U0717934

白居易集

严 杰 ○ 注评

凤凰出版社

白话聊斋集

长恨歌主
造化无为

困窘，白居易迟迟未参加科举考试。直到贞元十五年（799）秋，他在宣州（治所在今安徽宣州）应乡试，为宣歙观察使崔衍所推举，赴长安应进士试。次年春，以第四名进士及第，时年二十九。贞元十九年（803）春，登书判拔萃科，授秘书省校书郎，从此进入仕途。元和元年（806），任满，登才识兼茂明于体用科，授盩厔（治所在今陕西周至）县尉。著名的叙事长诗《长恨歌》就在该地创作。元和二年（807）秋，白居易调回长安，为集贤校理，充翰林学士。次年四月，授左拾遗，仍充翰林学士。白居易在京城任职期间，屡次上奏章指摘弊政，直言无忌，又创作《秦中吟》《新乐府》等「讽谕诗」，作为抨击时弊的武器，因此受到宦官和权贵集团的忌恨。元和五年（810）五月，左拾遗任满，白居易为养亲而自请俸禄优厚的京兆府户曹参军，仍充翰林学白居易是唐代的大文学家。他的最大成就在诗歌创作方面，人们常把他看作是继李白、杜甫之后的又一位大诗人。

白居易（772—846），字乐天，晚年号香山居士。先世太原（治所在今山西太原）人，曾祖白温迁居下邽（治所在今陕西渭南下邽镇），祖父白锽迁居郑州新郑（治所在今河南新郑）。白居易就出生在新郑。父亲白季庚曾在徐州做官，家属寓居属县符离（治所在今安徽宿州符离镇）。

白居易生长在小官僚家庭，自幼受到良好的文化教育。由于北方战乱频繁，他十一二岁时到吴越一带避难，从此奔走南北，颠沛流离，对社会现实和人民疾苦有了比较深切的了解。他从十五岁开始刻苦读书，立志仕进。二十三岁时，父亲卒于襄州别驾任上。由于家境以病罢任。在杭州、苏州任上，他关心民瘼，兴利除弊，因而深受爱戴。苏、杭美景，使他留下了许多精美的诗篇。大和元年（827），白居易回长安任秘书监，迁刑部侍郎，出于对政治斗争的厌倦，称病辞官。大和三年（829），以太子宾客分司东都，从此闲居洛阳，中间做了一任河南尹，又迁太子少傅分司，故后世称「白傅」。会昌元年（841），告病免官。会昌二年（842），以刑部尚书致仕。会昌六年（846）八月，病逝于洛阳，终年七十五岁，葬于龙门。

在白居易生活的七十多年中，唐王朝始终未能摆脱因安史之乱而造成的衰败，其间虽曾有过「中兴」的希望，但旋告破灭，国事越发不可收拾。白居易的文学创作总体上正是这一历史时期的真实反映，同时也构成个人生命历程的翔实记录。元和十年（815），在江州首士。这时，白居易的退避想法已比较明显。次年夏，母亲去世，居下邽服丧。元和九年（814）冬，回长安任太子左赞善大夫这一闲散官职。元和十年（815）六月，宰相武元衡被藩镇刺客刺死，白居易上疏请捕刺客，权贵以先于谏官言事等罪名，贬他为江州（治所在今江西九江）司马。受到这一沉重打击后，白居易仍不忘「兼济」之志，但是思想明显地趋向消极。在江州，他写了表达其诗歌创作理论的《与元九书》和著名的长诗《琵琶行》。元和十三年（818）冬，授忠州（治所在今重庆忠县）刺史。元和十五年（820）夏，召回长安，任尚书司门员外郎，迁主客郎中，知制诰，授中书舍人。长庆二年（822）七月，白居易眼见朝政日非，自请外任。任满后，以太子左庶子分司东都洛阳，不久又出任苏州刺史，至宝历二年（826）九月

《与元九书》中有系统的表述。他提出「文章合为时而著，歌诗合为事而作」，要求文学创作反映政治、社会现实，发挥「救济人病，裨补时阙」的作用。他要求继承《诗经》「风雅比兴」的传统，反对一味歌咏风花雪月、脱离现实的文风。他遵循汉儒「诗教」之说，更强调诗的政治功用。他的主张丰富了古代诗歌理论。与此主张相对应，他的讽谕诗语言平易浅近，自然畅达，便于理解。

讽谕诗之外，白居易最著名的作品是长篇叙事诗《长恨歌》，列入感伤诗。诗结构周密，情调感人，构造抒情意境，描写细致，音律和谐，是叙事与抒情融为一体的典范。江州所作《琵琶行》也是叙事长诗，与《长恨歌》齐名，特点相似。

白居易与元稹一直有诗歌唱酬，元和时期尤为频次编诗集时，白居易将作品分为四类：讽谕诗、闲适诗、感伤诗、杂律诗。他一生的经历和文学创作，大体可以贬谪江州为转折点，分为前后两期：前期志在「兼济」，创作了一批讽谕诗，后期则意在「独善」，以写作闲适诗为主。当然，这里的划分不可绝对化。

前一时期，白居易坚持自己的政治理想，以讽谕诗为武器，抨击弊政，反映人民疾苦，自觉地继承了陈子昂、杜甫等人的优良传统。《新乐府》《秦中吟》这两组诗可作讽谕诗的代表。白居易满怀忧国忧民的激情，尖锐地揭露社会现实中的黑暗面。这些诗主题鲜明，以叙事为主，详略得当，议论与叙事结合，运用对比、比喻等艺术手法，其中有些诗还创造出生动的人物形象。

白居易创作讽谕诗，有明确的理论主张，这在格的写照，笔法含蓄。他晚年的诗随意抒写，不假雕琢，而常拙中见巧，畅达中见委婉，较早年诗风稍有变化。

白居易诗的主要艺术特色大致可以概括为以下几点：叙述详尽，描写细致，语言平易。

一、叙述详尽。白居易诗，无论是叙事写景还是说理抒情，大都层次清楚，脉络分明，铺排有序，易于理解。其中叙事诗这一特点尤其明显，接近记叙散文的写法。因此他的长篇有很多成功之作。白居易在《和答诗十首》序中说自己写诗「意太切而理太周，故理太周则辞繁，意太切则言激」，「所长在于此，所病亦在于此」，这说得很恰当。

二、描写细致。白居易擅长描写人物，在他的笔下，各种人都栩栩如生。他的描写，不是粗线条地勾繁，唱和诗多长篇排律，次韵相酬，自数十韵至百韵，展示学力，驾驭文字。他们的共同特点是善于铺写，多顺叙而曲折有致，白居易的《东南行一百韵……》可为代表。此外，短篇小诗写景物、言情怀，也是唱和诗的重要构成。当时称他们这些唱酬次韵的长短篇为「元和体」，影响很大。

后一时期，白居易日益厌倦官场，这在江州已表现得很明显。出任杭州、苏州刺史，江南美景使他创作出很多写景的闲适之作，他善于用审美眼光描绘景色的特长得以发挥。晚年定居洛阳，思想上兼采儒、释、道三教，尤其热衷于佛教，多知足保和、吟玩性情的闲适之作，但是也时常流露对社会现实的关怀，表达内心的矛盾。他晚年的寓言诗颇具特色，包含对政治、人生的深刻思考，对丑恶现象的尖锐讽刺，也有对自身高洁品之》。《旧唐书·元稹白居易传》说：「元和主盟，微之，乐天而已。臣观元之制策，白之奏议，极文章之壶奥，尽治乱之根荄。」可见白居易在改变奏议文体上很有成绩。著名的《与元九书》在文学批评理论上卓有建树，文字生动，感情真挚。他的记叙文大多清新自然，描写真切，用意遣词常有创新，与韩愈、柳宗元的散文异曲同工。由于后世重视韩、柳散文，同时也受自己诗名所掩，白居易的散文未能受到人们应有的重视。

白居易的诗在当时就产生了重大影响。《与元九书》中说，他的讽谕诗使权豪贵近「相目而变色」、「扼腕」「切齿」。他的诗广泛流传，「二十年间，禁省、观寺、邮候墙壁之上无不书，王公、妾妇、牛童、马走之口无不道」（元稹《白氏长庆集序》）。邻国新罗、日本之人也喜爱白居易诗。「鸡林（新罗）贾人，求市颇切，勒，而是细致刻画容貌、服饰、动作、情绪等方面。他还擅长描写景物，常通过对花草的描摹、对色彩的摄取，表现景物的优美。最能显示他描写手段的，是《琵琶行》中对琵琶演奏的描写，结合比喻手法，使读者如身临其境、亲聆其声。

三、语言平易。白居易诗的语言平易浅显，许多诗如同面对面谈家常话，随口而出，这使得读者面非常广泛。与这一特点相关，白居易诗一般很少用典故。对白居易诗的浅近，历来都有文人表示不满，但白诗的浅近，并不是一览无余，而常是语浅意深，他少年时的作品《赋得古原草送别》《王昭君》就是很明显的例子。

白居易的散文也有很高成就，对唐代古文的发展起过重要作用。他和元稹一起改变骈体公文的写法，遂使「制从长庆辞高古」（《余思未尽，加为六韵，重寄微通俗化，都体现出一代诗歌风气的变化。白居易的《长恨歌》《琵琶行》，对后代戏剧也产生了深远的影响。

白居易集原为七十五卷，现存七十一卷，有诗文近四千篇。本书选作只是其中很小的一部分，各依创作年代排列，大体可以反映白居易创作的概况及主要事迹、思想。注释、品评力求简明扼要。

书中不当之处，敬请读者指教。

自云：「本国宰相每以百金换一篇，其甚伪者，宰相辄能辨别之。」（《白氏长庆集序》）又据传说，日本嵯峨天皇（相当于唐宪宗、穆宗时期在位）最爱读白居易诗，抄了许多诗藏于秘府，常暗自吟诵。有官员检查唐朝人到日本的船舶，得到白居易文集，献给朝廷，因此获赏。日本的许多诗人把白居易诗奉为楷模，作诗时学习他平易清新的风格。

白居易《新乐府》等讽谕诗，在唐末受到高度重视，皮日休创作《正乐府》，聂夷中、杜荀鹤等创作反映人民疾苦的诗篇，都与《新乐府》的精神一脉相承。白居易各类诗作不仅影响了唐代诗人，也对宋代及宋代以后的许多著名诗人产生过重要影响。在唐诗转向宋诗的过程中，白居易与同时代的韩愈等人同样起了重大作用。他诗中的议论化倾向、句式的散文化、表达方式的

诗　选

江南送北客因凭寄徐州兄弟书

注·释

● 01·故园：家乡。这里指徐州（治所在今江苏徐州）一带。白居易之父白季庚在徐州做官多年，家属寓居属县符离（治所在今安徽宿州符离镇）。望断：望尽，远望不见。

● 02·楚水吴山：楚水，这里特指徐州一带。吴山，泛指江南。万里余：夸张以上两地距离遥远。

故园望断欲何如？ ⁰¹

楚水吴山万里余。 ⁰²

今日因君访兄弟，

数行乡泪一封书。

品·评

本诗题下作者原注："时年十五。"则诗作于唐德宗贞元二年（786），是白居易现存作品中最早的一首。白居易因避中原战乱，旅居越中（今浙江一带）已数年，父白季庚时任徐州别驾，兄弟数人随父寓居。诗中表现游子对遥远的亲人深切思念，洒泪写就家书，感情真挚，语句朴实。前二句写遥望家乡而山水阻隔，无可奈何，心情似还平静，而末句"数行乡泪"与首句"故园望断"呼应，将思念之苦明显地表达出来。

赋得古原草送别

注·释
- 01·离离：草长得茂盛的样子。
- 02·枯荣：枯萎和繁荣。
- 03·远芳：指远处的芳草。
- 04·晴翠：指阳光照耀在草上的鲜明绿色。
- 05·"又送"二句：语本《楚辞·招隐士》："王孙游兮不归，春草生兮萋萋。"王孙：指远游者。萋萋：草茂盛的样子。

离离原上草，⁰¹ 一岁一枯荣。⁰²

野火烧不尽，　春风吹又生。

远芳侵古道，⁰³ 晴翠接荒城。⁰⁴

又送王孙去，　萋萋满别情。⁰⁵

品·评

相传白居易十六岁时作本诗，时当贞元三年（787）。据唐人张固《幽闲鼓吹》记载，白居易应举初到长安，以诗谒见著名文人顾况。顾况见其姓名，开玩笑说："米价方贵，'居'亦弗'易'。"当读到本篇"野火烧不尽，春风吹又生"等句时，立刻赞叹："道得个语，'居'即'易'矣。"于是顾况到处赞扬，白居易声名大振。五代人王定保《唐摭言》中也有类似记载。但是，据今人考证，两人没有此时在长安见面的可能。顾况贞元五年贬官饶州，白居易正在吴越，两人或许有机会见面。这一传说反映了当时人对此诗的赞赏。"赋得"，是唐代科举考试的指定诗题前必加的二字。白居易此诗是按照考试规矩的习作，也依例而加此二字。诗中借春草抒发送别友人之情，颔联歌颂小草的顽强生命力，用流水对，自然浑成，含蕴深刻哲理，为人传诵。颈联的"古道"和"荒城"，都是远行者将行经处，以此引出送别之意。尾联点明送别，将"草"与"送别"相融合，顿显别情浓重。

王昭君二首 01

（其二）

注·释

● 01 · 王昭君：古代著名美女，西汉秭规（治所在今湖北秭归）人，名嫱，字昭君。元帝时选入宫。匈奴呼韩邪单于入朝求结亲，昭君自请嫁匈奴，被立为阏氏（皇后）。据《西京杂记》及后来传说，汉元帝让画工毛延寿画宫女像，按图选择美貌者。昭君不肯贿赂画工，被画得很丑，一直未受召见。匈奴入朝，遣昭君和亲。临行时，元帝才发现她是宫中第一美人，很后悔，但已无法更改。于是元帝下令处死毛延寿。

● 02 · 却回：返回。

● 03 · 蛾眉：女子细长而弯的眉毛。代称美女。

汉使却回凭寄语，02

黄金何日赎蛾眉？03

君王若问妾颜色，

莫道不如宫里时。

品·评

本诗题下作者原注："时年十七。"则诗作于贞元四年（788）。后世以王昭君为题材的文艺作品众多，白居易此诗是其中名作。诗采取代言形式，借王昭君口吻，从心理角度开掘。前二句表现昭君在异乡盼望早日归国的急迫心情。后二句设想昭君叮咛汉朝使臣，莫向皇帝说自己不如当年那样美丽，言下之意是皇帝如果知道自己容貌已衰，就不可能赎自己回国。红颜色衰而遭弃，这是古代各阶层妇女普遍担忧的不幸命运。诗中设想新奇而合理，语言浅近而意味深远。

自河南经乱，关内阻饥，兄弟离散，各在一处。因望月有感，聊书所怀，寄上浮梁大兄、於潜七兄、乌江十五兄，兼示符离及下邽弟妹 01

时难年饥世业空，02

弟兄羁旅各西东。03

田园寥落干戈后，04

骨肉流离道路中。

吊影分为千里雁，05

辞根散作九秋蓬。06

共看明月应垂泪，

一夜乡心五处同。

注·释

● 01·阻饥：饥荒。语出《尚书·舜典》："黎民阻饥。"饥，谷物不熟，荒年。浮梁大兄：白居易的同父异母兄白幼文，时官浮梁（治所在今江西浮梁）县主簿。於潜七兄：白居易的叔父白季康之子，时官於潜（治所在今浙江临安於潜镇）县尉。乌江十五兄：白居易的另一位堂兄，名逸，时官乌江（治所在今安徽和县乌江镇）县主簿。下邽（guī）：治所在今陕西渭南下邽镇，是白居易曾祖父白温始迁居地，后人居此。

● 02·时难年饥：即诗题所叙"河南经乱""关内阻饥"。世业：祖先的遗产。

● 03·羁（jī）旅：寄居作客。

● 04·干戈：盾牌和横刃长柄兵器，引申为战事。

● 05·吊影：自己的形影相互怜惜，指孤独无依。

● 06·九秋：秋季有九旬，故称。又指深秋。蓬：又叫飞蓬，多年生草本植物，秋天开花，干枯后常被大风吹折，随风转动。用来比喻漂泊不定。

品·评

本诗或作于贞元十五年（799），白居易在洛阳母亲处；或作于贞元十六年，白居易在长安应试。本诗对战乱与饥荒带来的灾难深感痛苦，殷切希望骨肉团聚，安居乐业。前两句交待背景。在多难的年代里，祖先留下的产业荡然无存，弟兄留滞异地，各居东西。三、四两句分别承接一、二句，具体叙述。作者叙述自己和家族经受的离乱之苦，实际上也是对广大人民之苦难的高度概括。五、六两句继续写弟兄离散的苦境。兄弟分散，如同失群的孤雁，自怜形影；背井离乡，如同秋天离土的蓬草，飘荡不定。这两句比喻贴切，情词凄苦，引出乡愁。乡愁使作者夜深不眠，仰望明月，不由得潸然泪下；他又想到兄弟们有着同样的乡愁，这时也在他乡仰望明月思乡，流下清泪。这种从对方着笔的写法，往往能更深地反衬己方。全诗语言平易，不假雕琢，流畅自然，已显示其七言律诗的特色。

寄湘灵 01

注·释
- 01·湘灵：白居易早年的恋人，后两人未能结合。其身世不详，仅据白居易其他诗知为邻家女子。
- 02·凌寒：严寒。

泪眼凌寒冻不流，02

每经高处即回头。

遥知别后西楼上，

应凭栏干独自愁。

品·评　本诗约作于贞元十六年（800），是与恋人离别后所作。前两句写自己的思念与哀伤。作者在严寒中奔走，显然是不得已而出行，路途之苦从泪水"冻不流"中表现出来。他想念恋人而流泪，屡屡登高回望恋人所在之处，可见对恋人的思念一直不能释怀。后两句从对方着笔，写其寂寞忧愁。他想象恋人独凭栏杆，因思念自己而忧愁，可见两人相知之深、相爱之笃。全诗一片真情，无需雕饰。

杏园中枣树 01

人言百果中，　唯枣凡且鄙。

皮皴似龟手，02 叶小如鼠耳。

胡为不自知，03 生花此园里。

岂宜遇攀玩，04 幸免遭伤毁。

二月曲江头，05 杂英红旖旎。06

枣亦在其间，　如嫫对西子。07

东风不择木，　吹煦长未已。08

眼看欲合抱，　得尽生生理。09

寄言游春客，　乞君一回视。

君爱绕指柔，10 从君怜柳杞。11

君求悦目艳，　不敢争桃李。

君若作大车，　轮轴材须此。

注·释

● 01·杏园：在长安城东南部，近曲江池，是春季及第士宴游的地方。

● 02·皴（cūn）：皮肤受冻开裂。龟（jūn）手：冻裂的手。

● 03·胡为：为什么。

● 04·攀玩：攀折玩赏。

● 05·曲江：即曲江池。在长安城东南角，是著名的游览区。附近又有杏园、慈恩寺等名胜。

● 06·杂英：各种花。

● 07·嫫：嫫（mó）母。传说是黄帝的妃子，貌丑而有贤德。此喻枣树。西子：西施。春秋时越国的美女。此喻下文的柳杞桃李。

● 08·吹煦：吹送暖气。

● 09·生生理：语本《周易·系辞》："生生之谓易。"这里指生长不息的本性。

● 10·绕指柔：柔软得可以随意绕在手指上。语本晋刘琨《重赠刘谌》诗："何意百炼钢，化为绕指柔。"

● 11·从：任凭。

品·评　本诗约作于贞元十九年（803），白居易时在长安。本年春登书判拔萃科，授秘书省校书郎。枣树因其平凡而历来少见诗人关注，白居易却加以赞扬。诗先写常人轻视枣树，其形状不雅观，生于众芳之间更显丑陋。"东风不择木"句起转折，隐约表达出大自然对所有树木等量齐观的一种想法，与首句"人言"形成对立。"寄言"以下发表议论，希望人们不要追求花木的外形美，而是要重视实用价值。作者实际上是借枣树以自喻，表示自己不尚虚浮，志在做些有益的实事。

邯郸至除夜思家 01

注·释

● 01·邯郸：治所在今河北邯郸。至除：一作"冬至"。冬至节气在古代是重要节日。唐人将冬至前一夜称为至除夜。

● 02·驿：驿站。供传递官府文书者或来往官员中途换马、住宿的地方。

邯郸驿里逢冬至，02

抱膝灯前影伴身。

想得家中夜深坐，

还应说着远行人。

品·评

本诗约作于贞元二十年（804）。远行在外，人单影孤，必生思家之情，何况又逢节日，其情之浓重可想而知。第二句描画自己在客舍灯下独坐的孤单寂寞，"影伴身"传达着作者的感情。后两句写"思家"，不直说自己思家之情，而想到家人也在惦念自己，节日之夜正围坐灯前，说着"远行人"此时境况。这是从对方着笔的写法，则孤身远行人的离愁别绪更显沉重。全诗语言质朴而感情真挚。

赠元稹

01

自我从宦游，02 七年在长安。

所得唯元君，乃知定交难。

岂无山上苗？径寸无岁寒。03

岂无要津水？04 咫尺有波澜。

之子异于是，05 久要誓不谖。06

无波古井水，有节秋竹竿。

一为同心友，三及芳岁阑。07

花下鞍马游，雪中杯酒欢。

衡门相逢迎，08 不具带与冠。

春风日高睡，秋月夜深看。

不为同登科，不为同署官。

所合在方寸，09 心源无异端。10

注·释

● 01·元稹（779—831）：字微之，河南（治所在今河南洛阳）人。排行九。贞元九年（793）明经及第，十九年与白居易同登书判拔萃科，并同授校书郎。元和元年（806），又同登科，元稹授左拾遗，后为监察御史，贬江陵府士曹参军。穆宗时拜相，后卒于武昌军节度使任所。

● 02·宦游：离乡求官与做官。

● 03·"岂无山上苗"二句：晋左思《咏史》诗："郁郁涧底松，离离山上苗。以彼径寸茎，荫此百尺条。世胄蹑高位，英俊沉下僚。地势使之然，由来非一朝。"白居易此处以径寸茎之山上苗喻小人。岁寒：语本《论语·子罕》："岁寒，然后知松柏之后凋也。"

● 04·要津：语本《古诗十九首》："何不策高足，先据要路津。"津，渡口。喻当道、显要。

● 05·之子：此人。指元稹。

● 06·久要（yāo）：旧时的约定。语本《论语·宪问》："久要不忘平生之言。"誓不谖（xuān）：语本《诗经·卫风·考槃》："永矢弗谖。"谖（xuān），忘记。

● 07·芳岁阑：年终。芳，美好。

● 08·衡门：横木为门。指简陋的住所。语出《诗经·陈风·衡门》："衡门之下，可以栖迟。"逢迎：迎接。

● 09·方寸：心。

● 10·心源：佛教语。佛教视心为万法之根源。异端：不同的头绪。

品·评

本诗约作于永贞元年（805），白居易时在长安。这是白知赠元稹的最早作品。诗中自抒怀抱，以古井无波、竹竿有节而共勉，相誓保持节操。这是元白两人定交的人格基础。诗的开端说七年在长安结交的真正朋友唯有元稹，强调"定交难"，举世人如"山上苗"、"要津水"为例，说明此类不能长久。以下明确指出元稹与人不同，举"古井水"、"秋竹竿"作对照。诗中说与元稹是"同心友"，"所合在方寸"，是对两人友情的珍惜。元白之友情历数十年而始终不渝，堪称佳话。

长恨歌

汉皇重色思倾国，⁰¹

御宇多年求不得。⁰²

杨家有女初长成，

养在深闺人未识。

天生丽质难自弃，

一朝选在君王侧。⁰³

回眸一笑百媚生，⁰⁴

六宫粉黛无颜色。⁰⁵

春寒赐浴华清池，⁰⁶

温泉水滑洗凝脂。⁰⁷

侍儿扶起娇无力，⁰⁸

始是新承恩泽时。

注·释

● 01·汉皇：借汉武帝比拟唐玄宗，唐代诗人常用此法。倾国：据《汉书·外戚传》记载，汉武帝时，歌手李延年唱歌赞美其妹，歌词是："北方有佳人，绝世而独立。一顾倾人城，再顾倾人国。宁不知倾城与倾国？佳人难再得。"其妹即李夫人，因此得汉武帝召见而受宠。后以倾国倾城指代绝代美女。

● 02·御宇：皇帝统治天下。

● 03·"杨家有女"四句：杨贵妃小名玉环，先被册封为寿王（唐玄宗之子李瑁）妃。开元二十八年（740），玄宗安排她为女道士，道号太真。到天宝四载（745），纳进宫，封贵妃。诗句为玄宗隐讳事实。

● 04·回眸：回头顾盼。眸，眼珠。

● 05·"六宫"句：指宫中妃嫔与之相比黯然失色。六宫：古代宫廷中后宫有六，供后妃等居住。粉黛：妇女的化妆品。用白粉擦脸，用青黑色矿物颜料画眉。常借指美女。

● 06·华清池：骊山（在今陕西西安临潼）上行宫华清宫的温泉。唐玄宗每年冬季或初春到华清宫居住避寒。

● 07·凝脂：形容皮肤洁白光润。语本《诗经·卫风·硕人》："肤如凝脂。"

● 08·侍儿：婢女。

● 09・云鬓：妇女浓密如云的黑发。金步摇：黄金制成的一种头饰，上面有垂挂的珠子，行步时随着摇动。

● 10・芙蓉帐：上绣莲花的精致帐子。

● 11・专夜：此处指后妃中一人独占与皇帝寝宿的恩宠。

● 12・"后宫"句：皇帝的后宫常有宫女数千，这里的三千是泛言人数多。

● 13・金屋：汉武帝小时，曾说如能娶姑母之女阿娇为妻，"当作金屋贮之"。见《汉武故事》。这里指杨贵妃的居室。

● 14・玉楼：指宫中华贵的建筑。

● 15・"姊妹"句：唐玄宗宠幸杨贵妃，其三个姐姐被封为韩国、虢国、秦国夫人，族兄铦为鸿胪卿，锜为侍御史，钊（即杨国忠）为右丞相。列土：分封土地。这里指杨氏一家官高势大。

● 16・可怜：可羡慕。

云鬓花颜金步摇，⁰⁹

芙蓉帐暖度春宵。¹⁰

春宵苦短日高起，

从此君王不早朝。

承欢侍宴无闲暇，

春从春游夜专夜。¹¹

后宫佳丽三千人，¹²

三千宠爱在一身。

金屋妆成娇侍夜，¹³

玉楼宴罢醉和春。¹⁴

姊妹弟兄皆列土，¹⁵

可怜光彩生门户。¹⁶

遂令天下父母心，

不重生男重生女。 [17]

骊宫高处入青云， [18]

仙乐风飘处处闻。

缓歌慢舞凝丝竹， [19]

尽日君王看不足。

渔阳鼙鼓动地来， [20]

惊破霓裳羽衣曲。 [21]

九重城阙烟尘生， [22]

千乘万骑西南行。 [23]

翠华摇摇行复止， [24]

西出都门百余里。 [25]

● 17 • "遂令"二句：陈鸿《长恨歌传》记载当时歌谣曰："生女勿悲酸，生儿勿喜欢。"又曰："男不封侯女作妃，看女却为门上楣。"

● 18 • 骊宫：骊山上的宫殿。指华清宫。

● 19 • 缓歌慢舞：舒缓的歌声与轻盈的舞姿。凝丝竹：徐徐地奏乐。丝竹指弦乐器与管乐器。

● 20 • "渔阳"句：天宝十四载（755）十一月，平卢、范阳、河东三镇节度使安禄山起兵叛唐。渔阳：郡名，在今天津蓟州区一带，属范阳节度使辖区。这里暗用东汉时彭宠据渔阳反汉的典故。鼙（pí）鼓：军队用的一种小鼓。

● 21 • 霓裳羽衣曲：大型舞曲名。传为开元中西凉节度使杨敬述所进，经唐玄宗润色。

● 22 • 九重：皇宫有九道门，称为九重。语本《楚辞·九辩》："君之门以九重。"

● 23 • 乘：四匹马拉的车叫一乘。骑：一人乘一马叫一骑。

● 24 • 翠华：用翠鸟羽毛装饰的旗帜，指皇帝仪仗。

● 25 • "西出"句：指唐玄宗逃至长安西面的马嵬驿（在今陕西兴平境）。

- 26 • "六军"二句：指禁卫军哗变，杀杨国忠，又请杀杨贵妃，玄宗不得已，下令缢死杨贵妃。六军：周制，天子六军，每军有一万二千五百人。后泛指皇帝的扈从部队。宛转：缠绵多情的样子。
- 27 • 花钿（diàn）：镶嵌金花珠宝的首饰。委：丢弃。
- 28 • 翠翘：翠鸟羽毛形的首饰。金雀：凤鸟形金钗。玉搔头：玉簪。《西京杂记》载："武帝过李夫人，就取玉簪搔头。自此后宫人搔头皆用玉。"
- 29 • 萧索：形容风声。
- 30 • 云栈：形容栈道高入云霄。栈道，在山崖上凿孔架木板而成的道路。萦纡：曲折回旋。剑阁：栈道名，在今四川剑阁县境。
- 31 • 峨嵋山：在今四川西南部。唐玄宗赴蜀途中，未经此山。这里泛指蜀地的山。
- 32 • 日色薄：阳光暗淡。

六军不发无奈何，

宛转蛾眉马前死。 26

花钿委地无人收， 27

翠翘金雀玉搔头。 28

君王掩面救不得，

回看血泪相和流。

黄埃散漫风萧索， 29

云栈萦纡登剑阁。 30

峨嵋山下少人行， 31

旌旗无光日色薄。 32

蜀江水碧蜀山青，

圣主朝朝暮暮情。

●33·"夜雨"句：据唐人郑处诲《明皇杂录》记载，唐玄宗在栈道遇久雨不晴，听到车马铃声与山中声音相应，创作了一支乐曲寄托感伤，名《雨霖铃》。

●34·"天旋"句：至德二载（757）九月，郭子仪收复长安，十二月，唐玄宗从四川回京。龙驭：皇帝的车驾。

●35·踌躇：徘徊不前。

●36·"马嵬坡"二句：指玄宗回京路经马嵬时，派人以礼改葬杨贵妃，见坟土中香囊仍在，为之悲痛。空死处：空见死处。

●37·信马：让马随意走。

●38·太液：汉代长安有太液池。唐代的太液池在大明宫内。未央：汉宫名。这里借指唐宫。

行宫见月伤心色，

夜雨闻铃肠断声。 [33]

天旋日转回龙驭， [34]

到此踌躇不能去。 [35]

马嵬坡下泥土中，

不见玉颜空死处。 [36]

君臣相顾尽沾衣，

东望都门信马归。 [37]

归来池苑皆依旧，

太液芙蓉未央柳。 [38]

芙蓉如面柳如眉，

对此如何不泪垂？

春风桃李花开夜，

秋雨梧桐叶落时。

西宫南苑多秋草，[39]

落叶满阶红不扫。

梨园弟子白发新，[40]

椒房阿监青娥老。[41]

夕殿萤飞思悄然，[42]

孤灯挑尽未成眠。[43]

迟迟钟鼓初长夜，[44]

耿耿星河欲曙天。[45]

鸳鸯瓦冷霜华重，[46]

翡翠衾寒谁与共？[47]

- 39·西宫：指太极宫。南苑：指兴庆宫。唐玄宗回京，住兴庆宫。后肃宗亲信的宦官李辅国逼迫玄宗迁入太极宫，并遣散其侍从。
- 40·梨园弟子：唐玄宗通晓音律，曾选教坊中坐部伎三百人，在宫中梨园教习，称为皇帝梨园弟子。又有宫女数百人习艺，也称梨园弟子。
- 41·椒房：后妃的住房用椒粉涂墙，取其温暖芳香，并象征子孙众多。阿监：宫中的女官。青娥：年轻女子。
- 42·悄然：忧愁的样子。
- 43·"孤灯"句：夸张描写唐玄宗的孤独忧伤。挑：拨油灯的灯草芯。古时富贵人家都点蜡烛，不用油灯。这里是用来写玄宗晚景凄凉的一种文学手法。
- 44·钟鼓：古代城镇夜晚打钟击鼓以报时。
- 45·耿耿：明亮的样子。星河：银河。
- 46·鸳鸯瓦：两片瓦一俯一仰，配成一对，称鸳鸯瓦。霜华：霜花。
- 47·翡翠衾：绣有翡翠鸟的被子。翡翠雌雄双栖，绣在被上，象征夫妇好合。

悠悠生死别经年，

魂魄不曾来入梦。

临邛道士鸿都客，[48]

能以精诚致魂魄。

为感君王展转思，[49]

遂教方士殷勤觅。[50]

排空驭气奔如电，

升天入地求之遍。

上穷碧落下黄泉，[51]

两处茫茫皆不见。

忽闻海上有仙山，

山在虚无缥缈间。

● 52・五云：五色云。
● 53・绰约：体态柔美的样子。
● 54・参差（cēn cī）：仿佛。
● 55・金阙：道教所说的仙境上清宫有两阙，一名金阙，一名玉阙。扃（jiōng）：门。
● 56・小玉、双成：神话传说中的仙女名。
● 57・九华帐：指华丽多彩的帐子。
● 58・珠箔：用珠子编成的帘子。逦迤（lǐ yǐ）：曲折相连。
● 59・睡觉（jué）：睡醒。

楼阁玲珑五云起，[52]

其中绰约多仙子。[53]

中有一人字太真，

雪肤花貌参差是。[54]

金阙西厢叩玉扃，[55]

转教小玉报双成。[56]

闻道汉家天子使，

九华帐里梦魂惊。[57]

揽衣推枕起徘徊，

珠箔银屏逦迤开。[58]

云鬓半偏新睡觉，[59]

花冠不整下堂来。

● 60·袂（mèi）：衣袖。

● 61·阑干：纵横的样子。

● 62·凝睇（dì）：注目，出神地看。

● 63·昭阳殿：汉宫殿名。借指唐宫。

● 64·蓬莱：传说中的海上三仙山之一。

● 65·钿（diàn）合：用金丝珠宝等镶嵌的盒子。

风吹仙袂飘飖举，[60]

犹似霓裳羽衣舞。

玉容寂寞泪阑干，[61]

梨花一枝春带雨。

含情凝睇谢君王，[62]

一别音容两渺茫。

昭阳殿里恩爱绝，[63]

蓬莱宫中日月长。[64]

回头下望人寰处，

不见长安见尘雾。

唯将旧物表深情，

钿合金钗寄将去。[65]

钗留一股合一扇，

钗擘黄金合分钿。 ⁶⁶

但令心似金钿坚，

天上人间会相见。

临别殷勤重寄词，

词中有誓两心知。

七月七日长生殿， ⁶⁷

夜半无人私语时。

在天愿作比翼鸟， ⁶⁸

在地愿为连理枝。 ⁶⁹

天长地久有时尽，

此恨绵绵无绝期。

● 66·擘（bò）：分开，剖裂。

● 67·长生殿：华清宫中的殿名。唐玄宗每年到华清宫的时间在冬季或初春，这里所说七月七日在长生殿盟誓属于传说，不合史实。但诗人选择传说，有助于表达两人的爱情决心。

● 68·比翼鸟：传说中的鸟名，两鸟并翅而飞。

● 69·连理枝：不同根的两棵树，枝干结合在一起，叫做连理。

品·评 本诗作于元和元年（806）十二月，白居易时任盩厔（治所在今陕西周至）县尉。他与友人陈鸿、王质夫同游仙游寺，谈到唐玄宗与杨贵妃的故事，于是白居易写成此诗，陈鸿作《长恨歌传》。全诗可分四段。从开头至"惊破霓裳羽衣曲"为第一段，写唐玄宗宠爱杨贵妃，荒淫失政。"汉皇重色思倾国"一句总领全段，具有讽刺性。以下对唐玄宗和杨贵妃两人的淫乐生活一再渲染，正说明"重色"是造成安史之乱的根源。从"九重城阙烟尘生"到"夜雨闻铃肠断声"为第二段，写杨贵妃之死和唐玄宗在流亡中的悲伤。描写细腻，情景凄凉，作者充满同情。从"天旋日转回龙驭"到"魂魄不曾来入梦"为第三段，写唐玄宗返回京城后对杨贵妃的深切怀念。从"临邛道士鸿都客"至末句为第四段，写方士寻觅杨贵妃亡魂，使两人得以互通消息，重申爱情誓词。最后两句点明"长恨"，收束全篇，余味无穷。对唐玄宗晚年的荒淫误国，诗中给予尖锐的讽刺；对唐玄宗和杨贵妃的爱情悲剧，诗中表示深切的同情。全诗结构井然有序而曲折多变，情节宛转动人，韵律优美，词采绚丽。在叙事的进程中，叙事与抒情、写景紧密融合，抒情性强烈。诗的前半以写实为主，后半多采用民间传说，则受到传奇与变文的影响。"一篇长恨有风情"（《编集拙诗成一十五卷，因题卷末，戏赠元九、李二十》），这是白居易的自我评价。这首杰出的长篇叙事诗对后世的诗歌乃至小说与戏剧都产生过重大影响。

京兆府新栽莲 *01*

注·释

● *01* · 京兆府：唐京兆府治所在长安城中，下辖二十余县，鳌屋是其中之一。

● *02* · 田田：莲叶茂盛的样子。语本汉乐府《江南》："莲叶何田田。"

● *03* · 弃捐：抛弃。

● *04* · 媚：喜爱。

● *05* · 不得地：没有得到合适的地方。

● *06* · 憔悴：这里指花叶凋零、枯萎。

污沟贮浊水，　水上叶田田。*02*

我来一长叹，　知是东溪莲。

下有清泥污，　馨香无复全。

上有红尘扑，　颜色不得鲜。

物性犹如此，　人事亦宜然。

托根非其所，　不如遭弃捐。*03*

昔在溪中日，　花叶媚清涟。*04*

今来不得地，*05*　憔悴府门前。*06*

品·评　本诗作于元和二年（807）。诗题下作者原注："时为鳌屋尉，趋府作。"诗篇借污泥浊水比喻京兆府官场污浊，借莲花受污表达自己不愿同流合污的心情，惋惜不得其所。诗前半写东溪莲移种污水中而色香尽失，以"物性犹如此"两句引出后半的感叹，叹莲之遭遇亦是叹己身遭遇。元和三年，白居易有《论和籴状》，其中说："臣近为畿尉，曾领和籴之司，亲自鞭挞，所不忍睹。"可见任此官职的感受。

观刈麦

田家少闲月，　　五月人倍忙。

夜来南风起，　　小麦覆陇黄。

妇姑荷箪食，[01]　童稚携壶浆。[02]

相随饷田去，[03]　丁壮在南冈。

足蒸暑土气，　　背灼炎天光。

力尽不知热，　　但惜夏日长。

复有贫妇人，　　抱子在其傍。

右手秉遗穗，[04]　左臂悬弊筐。[05]

听其相顾言，　　闻者为悲伤。

家田输税尽，[06]　拾此充饥肠。

今我何功德，　　曾不事农桑。[07]

吏禄三百石，[08]　岁晏有余粮。[09]

念此私自愧，　　尽日不能忘。

注·释

● 01·妇姑：媳妇和婆婆，或嫂嫂和小姑。这里泛指妇女。荷（hè）：肩扛，背负。箪食（dān sì）：用圆形竹编器具盛着的食物。

● 02·壶浆：用壶盛的汤水。常与"箪食"一词连用。

● 03·饷（xiǎng）田：给在田里干活的人送饭。

● 04·秉：手拿。遗穗：掉在地上的麦穗。

● 05·弊筐：破旧的筐子。

● 06·输税：交税。

● 07·曾：竟然。

● 08·三百石：唐制，县尉每年禄粟远不及三百石，但有职分田等补贴，实际收入很难确说。这里当是借用汉代制度。据《汉书·百官公卿表》，县尉禄二百石至四百石。

● 09·岁晏：年底。晏，晚。

品·评　　本诗作于元和二年（807）。诗题下作者原注："时为盩厔县尉。"诗篇描写农民耕作的辛劳和重税下的痛苦，表达了作者的同情心和愧疚感。前十二句写农民收麦。他们脚下暑气蒸腾，背上烈日灼晒，疲乏无力也不觉得炎热，不肯休息。他们"力尽不知热"，只因为珍惜夏天白昼长能多干活，表现农民在农忙时节的心理，极为真切，可见作者对劳动人民的理解。"复有贫妇人"八句，写贫妇人缴税后已一无所有，只得靠拾麦穗充饥。这里突出反映了农民的痛苦，可见作者对贫苦人民的同情。诗末由所见所闻引起联想，将自己与农民对比，产生自愧，非常真诚可贵。全诗达到了叙事与抒情的高度统一。前面的叙事部分不是单纯叙述，而是叙述中含蕴感情。结尾的抒情部分源于叙事部分，是全诗的升华。

初授拾遗

01

注·释

● *01* · 拾遗：唐代门下省设左拾遗，中书省设右拾遗，各六人，品级为从八品上。职务为讽谏皇帝，防止朝政有缺失。

● *02* · 左掖：指门下省。唐代门下省在皇宫内东侧，称左掖。

● *03* · 束带：官员穿公服，外束腰带。语本《论语·公冶长》："束带立于朝。"

● *04* · 初命：初任官职。这里指初任朝官。

● *05* · 风尘吏：奔走风尘的小官吏，如县尉等。

● *06* · 蹇（jiǎn）薄：命运困顿。

● *07* · 白日：比喻皇帝。

● *08* · 青云：比喻地位显要。

● *09* · 匪躬：尽忠而不顾自身利害。语本《周易·蹇卦》："王臣蹇蹇，匪躬之故。"匪，同"非"。

● *10* · 班次：朝臣上朝排列的次序。

● *11* · 谏纸：谏官誊写谏书用的公文纸。

奉诏登左掖，*02* 束带参朝议。*03*

何言初命卑？*04* 且脱风尘吏。*05*

杜甫陈子昂，　才名括天地。

当时非不遇，　尚无过斯位。

况予蹇薄者，*06* 宠至不自意。

惊近白日光，*07* 惭非青云器。*08*

天子方从谏，　朝廷无忌讳。

岂不思匪躬？*09* 适遇时无事。

受命已旬月，　饱食随班次。*10*

谏纸忽盈箱，*11* 对之终自愧。

品·评　本诗作于元和三年（808），白居易时在长安。本年四月，白居易任左拾遗，仍充翰林学士。他对左拾遗这一官职很重视，觉得被授予此职是受到宠幸，希望能尽其职责。本诗反映了他的心理活动过程。先是为此官职胜于奔走风尘的俗吏而欣喜，继而想到才名动天地的陈子昂、杜甫最高官职不过谏官，又生惭愧。受宠若惊，誓愿进言尽忠，当面对尚未书写谏书的纸张时，又感到愧疚。心情变化，写来真切诚挚。

赠内

生为同室亲， 死为同穴尘。[01]

他人尚相勉， 而况我与君。

黔娄固穷士， 妻贤忘其贫。[02]

冀缺一农夫， 妻敬俨如宾。[03]

陶潜不营生， 翟氏自爨薪。[04]

梁鸿不肯仕， 孟光甘布裙。[05]

君虽不读书， 此事耳亦闻。

至此千载后， 传是何如人？

人生未死间， 不能忘其身。

所须者衣食， 不过饱与温。

蔬食足充饥， 何必膏粱珍？[06]

缯絮足御寒，[07] 何必锦绣文？

君家有贻训， 清白遗子孙。[08]

我亦贞苦士，[09] 与君新结婚。

庶保贫与素， 偕老同欣欣。

注·释

●01·"生为"二句：语本《诗经·王风·大车》："谷则异室，死则同穴。"

●02·"黔娄"二句：黔娄，春秋时齐国隐士。齐、鲁国君请他做官，他都不肯。家贫，死时只有短被，掩盖不住躯体。曾子说，把被子斜过来就可以盖住躯体。其妻说，与其"邪而有余，不如正而不足"。固穷：安贫乐道。

●03·"冀缺"二句：冀缺，即郤缺，春秋时晋国人。耕田时，其妻送饭，相敬如宾。晋文公用为大夫。俨：庄重。

●04·"陶潜"二句：陶潜（约365—427），东晋大诗人。又名渊明，字元亮，浔阳柴桑（今江西九江市西南）人。做过彭泽县令，不满官场污浊，辞官归隐。诗风淳朴，立意高洁，对后世影响很大。家贫，妻翟氏与他同耕作，共甘苦。爨（cuàn）薪：烧火做饭。

●05·"梁鸿"二句：梁鸿，字伯鸾，东汉扶风平陵（今陕西咸阳市西北）人。家贫博学。妻孟光，布衣荆钗，共隐霸陵山中。后避难吴地，梁鸿为人舂米，孟光做好饭食，举案齐眉。

●06·膏粱：肥肉和精粮。指精美的食物。

●07·缯（zēng）絮：指普通的衣着。缯，丝织品的总称。絮，粗丝绵。

●08·"君家"二句：东汉大臣杨震曾为涿郡太守，奉公守节，不受贿赂。子孙贫困，有人劝他置办田产，他说："使后世称为清白吏子孙，以此遗之，不亦厚乎？"遗（wèi）：赠送。

●09·贞苦：坚贞刻苦。

品·评 　本诗作于元和三年（808），白居易时在长安。白居易当年与杨虞卿的堂妹结婚，作诗赠之。诗中抒发怀抱，举前人为榜样，以甘于清贫、白头偕老相勉。开端即表明夫妻"死则同穴"。以下连举黔娄、冀缺、陶潜、梁鸿四对夫妻同心安于贫贱之例，由此希望杨氏也能与自己共同甘心贫贱，并特地指出杨氏远祖杨震以清白传家。结以"偕老同欣欣"，首尾呼应。语言明白晓畅，真情流露。

同李十一醉忆元九 ⁰¹

花时同醉破春愁，

醉折花枝作酒筹。⁰²

忽忆故人天际去，

计程今日到梁州。⁰³

注·释

● 01·李十一：即李建（765—822）。排行十一，字杓直，荆州（治所在今湖北荆州）人。贞元十四年（798）进士，授秘书省校书郎。德宗用为左拾遗、翰林学士。官至刑部侍郎。元九：即元稹。

● 02·酒筹：饮酒行令的筹码。

● 03·梁州：治所在南郑（今陕西汉中）。兴元元年（784）升为兴元府。

品·评 本诗作于元和四年（809），白居易时在长安。当年三月，元稹以监察御史的身份往东川（东川节度使治所在今四川三台）审理案件。他走后，白居易同友人李建、弟行简同游曲江、慈恩寺。在酒宴上，白居易想起元稹，作诗表达对元稹的深切思念。前两句说赏花饮酒以消除春日的苦闷，醉中折下花枝当作酒筹来行酒令。"花时同醉"与"醉折花枝"承接紧密，"花"字和"醉"字重复运用，读来有回环之美。第三句"忽忆"陡起转折，道出对老朋友的思念。诗人计算朋友的行程，显现真挚的友情。情深意真，具体可感，脱口而出，不事雕琢，这是全诗魅力所在。值得一提的是，元稹果真在那一天到达梁州，并且当夜梦见和白居易、李建同游曲江、慈恩寺，醒来后作《梁州梦》诗："梦君同绕曲江头，也向慈恩院院游。亭吏呼人排去马，忽惊身在古梁州。"事属巧合，但是并不神秘，它源于白居易、元稹两人的深厚友情，由朝夕思念而致。白行简作《三梦记》，亦记此事。

送王十八归山寄题仙游寺 01

注·释

● 01·王十八：即王质夫，《长恨歌传》作者。隐居于盩厔城南仙游寺蔷薇洞。
● 02·太白峰：太白山，秦岭主峰。在今陕西太白县东南。
● 03·"黑水"句：意谓黑水澄时可见潭底。仙游寺附近有潭，水呈黑色。
● 04·"白云"句：意谓白云散开处能看见山洞。洞指仙游洞，在仙游寺附近。

曾于太白峰前住，02

数到仙游寺里来。

黑水澄时潭底出，03

白云破处洞门开。04

林间暖酒烧红叶，

石上题诗扫绿苔。

惆怅旧游无复到，

菊花时节羡君回。

品·评　本诗约作于元和四年（809），白居易时在长安。诗开端忆往日曾多次到仙游寺，引出中间四句写仙游寺山林与人之和谐景色，描摹精细而自然，不显雕琢，色彩鲜明，宛如图画。时当秋日，其境清幽宜人，隐居其中而暖酒题诗，则高雅闲适，更于林间烧红叶而暖酒，于石上扫绿苔而题诗，又添野逸之趣。于是乃有结尾对旧游的惆怅，对王十八归山的美慕，同时点明诗送归的主题。

感鹤

注·释

- 01·不群：卓越，超出一般。
- 02·腐鼠：《庄子·秋水》篇载：鹓雏（即凤凰）非梧桐不栖，非竹实不食，非醴泉不饮。鸱得到一只死老鼠，鹓雏恰好经过，鸱以为鹓雏要抢死老鼠，于是发出威胁声"吓"。庄子以此讥刺魏相惠施像猫头鹰贪恋腐鼠那样热衷权位，而把自己比作鹓雏。
- 03·"渴不饮"句：语本陆机《猛虎行》诗句："渴不饮盗泉水。"盗泉：古时相传今山东泗水县境有盗泉，人饮盗泉水，立刻萌生贪心。见《水经注·泗水》。
- 04·贞姿：坚贞的资质。耿介：正直清高。
- 05·翩翾（xuān）：鸟飞舞的样子。
- 06·矰缴（zēng zhuó）：系有长绳以便收回的短箭。矰，短箭。缴，系箭的长绳。
- 07·委质：质通贽，礼品。古代臣下向君王献礼，表示归顺。此处取归顺之意。
- 08·怀稻粱：喻贪图俸禄。杜甫《同诸公登慈恩寺塔》："君看随阳雁，各有稻粱谋。"
- 09·竞腥膻：喻争夺分外的钱财与权位等。
- 10·恋主人：喻讨好上司。
- 11·狎乌鸢（yuān）：喻亲近贪官。狎，亲近。乌鸢，乌鸦和鹞鹰，古人常认为是贪鸟。
- 12·大夫轩：春秋时，卫懿公喜欢鹤，让鹤坐进大夫乘坐的车，引起国人不满。见《左传·闵公二年》。

鹤有不群者，⁰¹ 飞飞在野田。

饥不啄腐鼠，⁰² 渴不饮盗泉。⁰³

贞姿自耿介，⁰⁴ 杂鸟何翩翾。⁰⁵

同游不同志， 如此十余年。

一兴嗜欲念， 遂为矰缴牵。⁰⁶

委质小池内，⁰⁷ 争食群鸡前。

不惟怀稻粱，⁰⁸ 兼亦竞腥膻。⁰⁹

不唯恋主人，¹⁰ 兼亦狎乌鸢。¹¹

物心不可知， 天性有时迁。

一饱尚如此， 况乘大夫轩。¹²

品·评　本诗约作于元和二年至六年（807—811）之间，白居易时在长安。这是一首寓言诗，讽刺不能坚持操守的士人。诗前半赞美鹤之高洁逍遥，虽与众鸟同游而志向不同。"饥不啄腐鼠"句，用《庄子·秋水》典故，喻鹤可比鹓雏，不似鸱那样热衷权位。"一兴嗜欲念"以下，写鹤因生欲念而遭束缚，改变了天性。通过鹤的变节，作者告诫士人不可起贪心，否则就会受到官场名利的束缚，与小人为伍，行为卑劣，丧失本性。

有木诗八首

注·释

● 01·凌霄：一名紫葳。藤本植物，攀缘它物而上升。
● 02·擢秀：草木开花。孤标：独立的树梢。标，树的顶端。
● 03·飘飖：随风飘荡摇摆。
● 04·终朝：天亮到吃早饭的这段时间。
● 05·委地：堆积在地上。

有木名凌霄，⁰¹ 擢秀非孤标。⁰²

偶依一株树， 遂抽百尺条。

托根附树身， 开花寄树梢。

自谓得其势， 无因有动摇。

一旦树摧倒， 独立暂飘飖。⁰³

疾风从东起， 吹折不终朝。⁰⁴

朝为拂云花， 暮为委地樵。⁰⁵

寄言立身者， 勿学柔弱苗。

品·评

《有木诗八首》约作于元和二年至六年（807—811）之间。这是一组寓言诗，借树木喻人事。诗题下有序，说明是读《汉书》列传有感而作，"不独讽前人，欲儆后代尔"。这里所选的是第七首。诗咏凌霄，以此讽刺依附权势者。凌霄依附大树而花开云霄，自以为得势而不可动摇，一旦树倒则随之落地枯萎，其如此结局是由于没有独立的品格。诗以"寄言立身者"之句收束，关于立身之去取态度很明显。

李都尉古剑 *01*

注·释

● 01·李都尉：都尉为武官名。西汉李陵曾为骑都尉，魏晋至唐人都称其为李都尉。这里不知是否确指李陵。

● 02·寒黯黯：寒光幽暗阴森。

● 03·"紫气"句：《晋书·张华传》记载：张华看到斗、牛两星宿间常有紫气，雷焕告诉他，那是地下宝剑的精气上冲于天，当有宝剑埋藏在与斗、牛相应的地区丰城县（治所在今江西丰城）。于是张华派雷焕做丰城县令，果然在监狱地下掘得龙泉、太阿两把宝剑，天上紫气不再出现。

● 04·湛然：水光清澈的样子。这里形容宝剑的光芒。

● 05·"秋水"句：意谓剑光像澄澈静止的秋水，寒光逼人。

● 06·俦：相比。

● 07·绕指柔：语出晋刘琨《重赠卢谌》诗句："何意百炼钢，化为绕指柔。"这里变化语意。

● 08·"将断"句：《汉书·朱云传》记载：汉成帝时，朱云求见，说："臣愿赐尚方斩马剑，断佞臣一人，以厉其余。"朱云所指佞臣是丞相张禹。

● 09·神兵：神奇的兵器。晋张协《七命》称宝剑是"希世之神兵"。

古剑寒黯黯，*02* 铸来几千秋。

白光纳日月， 紫气排斗牛。*03*

有客借一观， 爱之不敢求。

湛然玉匣中，*04* 秋水澄不流。*05*

至宝有本性， 精刚无与俦。*06*

可使寸寸折， 不能绕指柔。*07*

愿快直士心， 将断佞臣头。*08*

不愿报小怨， 夜半刺私仇。

劝君慎所用， 无作神兵羞。*09*

品·评

本诗约作于元和三年至五年（808—810）之间，白居易时在长安。诗篇借物咏志，表明立朝应刚正不阿，敢于铲除奸佞，不报私怨，无愧于职责。诗描写古剑之光彩照耀天地之间，极尽赞美之辞。描写形状之后，"至宝有本性"四句揭示古剑的内在本质是"精刚"，刚而不柔，宁折不弯。"愿快直士心"以下指向政治，托出主旨。本诗正面赞美古剑，得古人作诗"比兴"之旨。

宿紫阁山北村
01

晨游紫阁峰，　暮宿山下村。

村老见予喜，　为予开一樽。02

举杯未及饮，　暴卒来入门。03

紫衣挟刀斧，04 草草十余人。05

夺我席上酒，　掣我盘中飧。06

主人退后立，　敛手反如宾。07

中庭有奇树，　种来三十春。

主人惜不得，　持斧断其根。

口称采造家，08 身属神策军。09

主人慎勿语，　中尉正承恩。10

品
·
评
本诗约作于元和三年至五年（808—810）之间，白居易时在长安。作者通过亲身见闻，如实记叙宦官统率下的神策军抢掠百姓的罪行，笔锋锐利。前四句写投宿山村，交待时间、地点。对抢掠事件，诗篇依次叙述，然后借"暴卒"之口自报家门："口称采造家，身属神策军。"得意扬扬，气焰嚣张。末句"中尉正承恩"，毫不隐晦地将矛头直指宦官头目，于是诗篇的意义就不仅在于揭露事件本身了。《与元九书》中自云："闻《宿紫阁村》诗，则握军要者切齿矣。"

惜牡丹花二首

（选一）

注·释

● *01* · 残：剩下。

惆怅阶前红牡丹，

晚来唯有两枝残。*01*

明朝风起应吹尽，

夜惜衰红把火看。

品·评

《惜牡丹花二首》约作于元和三年至五年（808—810）之间，白居易时在长安。
诗题下原注："一首翰林院北厅花下作，一首新昌窦给事宅南亭花下作。"此处所
选其一，应在翰林院北厅作。诗写牡丹花大都凋谢，诗人担心剩下来的两枝花第
二天会被风吹尽，夜晚还持灯火赏残花，有看花直到看尽之意，惜花心理真切。
苏轼《海棠》诗"只恐夜深花睡去，故烧高烛照红妆"两句，本此诗。

新制布裘

注·释

● 01·桂布：唐时桂管地区（今广西桂林一带）出产棉花，织成的布称桂布。当时属于特产。

● 02·吴绵：吴地（今江苏苏州一带）出产的丝绵。

● 03·支：同"肢"。

● 04·中夕：半夜。

● 05·逡（qūn）巡：原意为徘徊不前。这里指来回走动。

● 06·"丈夫"二句：语本《孟子·尽心上》："古之人，得志，泽加于民；不得志，修身见于世。穷则独善其身，达则兼善天下。"兼善，后人常写作"兼济"。作者其时志在兼济，所以追求兼济而不满于独善。

● 07·稳暖：安适温暖。

桂布白似雪，⁰¹ 吴绵软于云。⁰²

布重绵且厚，　为裘有余温。

朝拥坐至暮，　夜覆眠达晨。

谁知严冬月，　支体暖如春。⁰³

中夕忽有念，⁰⁴ 抚裘起逡巡。⁰⁵

丈夫贵兼济，　岂独善一身？⁰⁶

安得万里裘，　盖裹周四垠？

稳暖皆如我，⁰⁷ 天下无寒人。

品·评

本诗约作于元和初期。白居易在自己冬日温暖之时，幻想有大裘覆盖天下寒人，表现出博爱胸怀，言语朴实。杜甫《茅屋为秋风所破歌》中写道："安得广厦千万间，大庇天下寒士俱欢颜，风雨不动安如山。"此二诗常被后人相提并论。白居易与杜甫处境不同，生活较杜甫安逸，而承袭了杜甫之精神，同样可贵。白居易此后在《醉后狂言酬赠萧、殷二协律》、《新制绫袄成，感而有咏》等诗中屡表此理想，可与本诗共读。

上阳白发人 ⁰¹

愍怨旷也。⁰²

上阳人，红颜暗老白发新。绿
衣监使守宫门，⁰³ 一闭上阳多
少春。玄宗末岁初选入，入时
十六今六十。同时采择百余人，
零落年深残此身。⁰⁴ 忆昔吞悲别
亲族，扶入车中不教哭。皆云
入内便承恩，脸似芙蓉胸似玉。
未容君王得见面，已被杨妃遥
侧目。⁰⁵ 妒令潜配上阳宫，一生
遂向空房宿。宿空房，秋夜长，
夜长无寐天不明。耿耿残灯背
壁影，⁰⁶ 萧萧暗雨打窗声。⁰⁷ 春
日迟，日迟独坐天难暮。宫莺
百啭愁厌闻，梁燕双栖老休妒。
莺归燕去长悄然，春往秋来不

记年。惟向深宫望明月，东西四五百回圆。今日宫中年最老，大家遥赐尚书号。⁰⁸小头鞋履窄衣裳，青黛点眉眉细长。⁰⁹外人不见见应笑，天宝末年时世妆。¹⁰上阳人，苦最多。少亦苦，老亦苦，少苦老苦两如何？君不见昔时吕向《美人赋》，¹¹又不见今日上阳白发歌。

● 08·大家：自汉至唐，宫中对皇帝的一种习惯称呼。尚书：唐代宫中有女尚书，设六尚（尚宫、尚仪、尚服、尚食、尚寝、尚功），分管服侍皇帝的事务。

● 09·青黛：一种青黑色颜料，用来画眉。

● 10·时世妆：时髦妆饰。

● 11·吕向《美人赋》：作者原注："天宝末，有密采艳色者，当时号花鸟使。吕向献《美人赋》以讽之。"吕向，字子回。玄宗开元十年（722），召入翰林院，兼集贤院校理。当时朝廷每年遣使到各地选取美女纳入后宫，称"花鸟使"。他献《美人赋》进行讽谏，因官左拾遗。官至工部侍郎。作者原注以为"天宝末"事，有误。

品·评　《新乐府五十首》有序。序曰："凡九千二百五十二言，断为五十篇。篇无定句，句无定字，系于意，不系于文。首句标其目，卒章显其志，《诗》三百之义也。其辞质而径，欲见之者易谕也。其言直而切，欲闻之者深诫也。其事核而实，使采之者传信也。其体顺而肆，可以播于乐章歌曲也。总而言之，为君为臣为民为物为事而作，不为文而作也。"序后作者原注："元和四年为左拾遗时作。"时白居易以左拾遗充翰林学士。乐府，本是汉代设立的掌管音乐的官署，负责采集民间歌谣和文人诗歌，配乐歌唱。这类诗和历代诗人的拟作，后来都被称为乐府。唐初诗人已有人另作新题乐府。杜甫创作《兵车行》、《丽人行》等许多新题乐府，深刻反映社会现实，影响很大。元和初，李绅作《乐府新题》二十首，元稹、白居易相继和作，形成高潮。白居易又扩展到五十首，确定了新乐府的名称。他将《新乐府》归入讽谕诗一类，表明这一组诗的创作目的就在对皇帝进行讽谏。本诗的主体部分是一位老宫女自述遭遇，以此抨击后宫制度的罪恶。前八句总写老宫女的身世。"忆昔"八句追忆当年入宫经过。"宿空房，秋夜长"以下十二句具体而又概括地描写宫女一生的悲凉。先写环境的凄清，选取秋夜以渲染气氛。再写环境的优美，用春日的禽鸟来反衬孤寂。"梁燕双栖老休妒"句极精要地表现她因年老绝望而心如死灰。"今日宫中"六句是宫女自嘲。"天宝末年时世妆"道出宫女与世隔绝之久，语句表面轻松，实则无比沉痛。诗末是作者的感叹，他对无数宫女的悲惨命运深表同情，希望引起君臣上下的注意。全诗以叙事、描写为重点，生动形象，又有浓郁的抒情意味，感染力很强，是一首格局阔大的妇女题材佳作。

新丰折臂翁

戒边功也。

01

注·释

● 01 · 本诗为组诗《新乐府五十首》之一。新丰：县名。天宝七载（748）改为昭应县，治所在今陕西西安临潼区新丰镇。
● 02 · 贯：籍贯。
● 03 · 无何：不久。天宝大征兵：指天宝十载（751）剑南节度使鲜于仲通和十三载剑南节度留后李宓大规模进攻南诏国的两次征兵。
● 04 · 驱将：赶着走。将，语助词。
● 05 · 泸水：即长江上游的金沙江流经云南的一段。
● 06 · 椒花落时：花椒夏季开花落花。瘴烟：瘴气。南方山林中致人疾病的湿热空气。
● 07 · 徒涉：步行过河。汤：热水。
● 08 · 爷娘：爸爸妈妈。
● 09 · 蛮：古代对南方族群的泛称。

新丰老翁八十八，头鬓眉须皆似雪。玄孙扶向店前行，左臂凭肩右臂折。问翁臂折来几年，兼问致折何因缘。翁云贯属新丰县，*02* 生逢圣代无征战。惯听梨园歌管声，不识旗枪与弓箭。无何天宝大征兵，*03* 户有三丁点一丁。点得驱将何处去？*04* 五月万里云南行。闻道云南有泸水，*05* 椒花落时瘴烟起。*06* 大军徒涉水如汤，*07* 未过十人二三死。村南村北哭声哀，儿别爷娘夫别妻。*08* 皆云前后征蛮者，*09*

● 10·兵部：唐代尚书省分六部，兵部掌管军事事务。牒：簿册。这里指征兵的名册。

● 11·"夜深"二句：老翁折臂自残以避免兵役，在唐代属犯法行为，故不敢让人知道。对于自残以避兵役者的处罚，太宗贞观时令"据法加罪，仍从赋役"，高宗永徽时以"乏军兴"论罪而斩。

● 12·张弓：开弓。簸旗：摇旗。

● 13·拣退：挑选剩下。

● 14·来来：唐时口语，用法同"来"。

● 15·"万人冢"句：作者原注："云南有万人冢，鲜于仲通、李宓曾覆军之所也。"呦（yōu）呦：象声词。

千万人行无一回。是时翁年二十四，兵部牒中有名字。¹⁰夜深不敢使人知，偷将大石锤折臂。¹¹张弓簸旗俱不堪，¹²从兹始免征云南。骨碎筋伤非不苦，且图拣退归乡土。¹³臂折来来六十年，¹⁴一肢虽废一身全。至今风雨阴寒夜，直到天明痛不眠。痛不眠，终不悔，且喜老身今独在。不然当时泸水头，身死魂飞骨不收。应作云南望乡鬼，万人冢上哭呦呦。¹⁵老人言，君听取。君不闻开元宰相宋开府，不赏边功防黩武。[16]
又不闻天宝宰相杨国忠，欲求
恩幸立边功。[17] 边功未立生人
怨，[18] 请问新丰折臂翁。[19]

● 16 • "君不闻开元宰相"二句：唐玄宗开元年间，宰相宋璟不奖赏在边地立战功的人，以防止为邀功而滥用武力。作者原注："开元初，突厥数寇边，时天武军子将郝灵佺出使，因引特勒回鹘部落，斩突厥默啜，献首于阙下，自谓有不世之功。时宋璟为相，以天子年少好武，恐徼功者生心，痛抑其党，逾年始授郎将。灵佺遂恸哭呕血而死也。"宋开府：指宋璟（663—737），曾授开府仪同三司。唐邢州南和（治所在今河北邢台）人。武则天时，为御史中丞。睿宗时，一度为宰相。开元初期，继姚崇为相数年，与姚崇并称贤相。

● 17 • "又不闻天宝宰相"二句：天宝末年，宰相杨国忠企图建立边功，谋求皇帝的宠幸。杨国忠：唐蒲州永乐（治所在今山西芮城县永乐镇）人，本名钊，杨贵妃堂兄。天宝初年，因贵妃受宠，他升任要职。天宝十一载（752），为右相，独揽朝政。安禄山以讨伐杨国忠为名发动叛乱，他随玄宗西逃，在马嵬驿被士兵杀死。

● 18 • 生人：生民，人民。唐代避太宗李世民讳。

● 19 • "请问"句：句末作者原注："天宝末，杨国忠为相，重结阁罗凤之役，募人讨之，前后发二十余万众，去无返者。又捉人连枷赴役，天下怨哭，人不聊生。故禄山得乘人心而盗天下。元和初，而折臂翁犹存，因备歌之。"

品·评　本诗通过折臂老人的回忆，谴责不义战争，表现人民由此遭受的苦难。诗先写老人的形象，由此引起询问。再由老翁叙述当年战争给人民带来的灾难，及自己断臂保命的经过，沉痛中深感庆幸。"卒章显其志"，通过对比，抨击统治者穷兵黩武的罪行，反映了人民的反战心愿。唐玄宗天宝年间，先后两次对南诏国发动大规模进攻，均遭大败，共死亡十几万人，导致全国骚动，国力削弱。宪宗元和初，河党项部联合吐蕃侵扰，边将邀功，请求发动进攻。宰相杜佑不同意，曾引开元宰相宋璟不赏边功为法。本诗实以历史的教训作为当代的鉴戒。

道州民

美臣遇明主也。 *01*

道州民，多侏儒，长者不过三尺余。市作矮奴年进送，*02* 号为道州任土贡。*03* 任土贡，宁若斯？不闻使人生别离，老翁哭孙母哭儿。一自阳城来守郡，*04* 不进矮奴频诏问。城云臣按六典书，*05* 任土贡有不贡无。*06* 道州水土所生者，只有矮民无矮奴。吾君感悟玺书下，*07* 岁贡矮

注·释

● *01*·本诗为组诗《新乐府五十首》之一。道州：治所在今湖南道县。

● *02*·市：买卖。这里是买的意思。

● *03*·任土贡：语本《尚书·禹贡》："任土作贡。"指根据土地的不同情况确定贡赋的品种数量。

● *04*·一自：自从。阳城（736—805）：字亢宗，定州北平（治所在今河北顺平）人。唐德宗时，进士及第。召为谏议大夫，因弹劾权臣，改国子司业。又出为道州刺史，有美政，卒于任所。《太平御览》："道州土地产民多矮，每年常配乡户贡其男，号为矮奴。城不平其以良为贱，又悯其编氓岁有离异之苦，乃抗疏论而免之，自是乃停其贡。民皆赖之，无不泣荷。"

● *05*·六典：指《唐六典》。唐玄宗时官修，题唐玄宗撰、李林甫等注。共三十卷，列举百官职司、官佐、品秩及其沿革。唐人讨论典章制度时常引用参照。

● *06*·"任土"句：《唐六典》卷三户部郎中、员外郎条："掌领天下州县户口之事，凡天下十道，任土所出而为贡赋之差。"注文："旧额，贡献多非土物，或本处不产而外处市供，或当土所宜，缘无额遂止。"此即阳城上书的根据。

● *07*·玺书：即皇帝的诏书。因诏书加盖玺故称玺书。玺，专指皇帝的印。

● *08*・良人：良民，平民。原来"矮奴"属奴隶身份，地位比平民低下。

● *09*・"民到"句：借用《论语・宪问》中孔子称赞管仲的语句。

● *10*・使君：对州郡长官刺史或太守的尊称。

● *11*・生男：《新唐书・阳城传》：道州罢进侏儒，"州人感之，以'阳'名子"。当据本诗。

奴宜悉罢。道州民，老者幼者何欣欣。父兄子弟始相保，从此得作良人身。*08*道州民，民到于今受其赐，欲说使君先下泪。*09*仍恐儿孙忘使君，*10*生男多以阳为字。*11*

品・评 本诗歌颂道州刺史阳城保护人民免做奴隶的正直品格、仁爱之心，也赞美唐德宗能接受意见，是明主。诗开端对道州进贡"矮奴"加以解说，对进贡制度存在的荒谬提出疑问。这是作者的看法，也代表阳城的看法。因此，以下直接叙述阳城到任即不进贡"矮奴"，诏书屡次责问后，阳城上书回答，义正辞严。这种进贡废除后，道州百姓欢欣庆贺，感谢阳城。"道州民"与"矮奴"在诗中多次重复，当含有"正名"的意味。

红线毯

忧蚕桑之费也。 01

红线毯，择茧缲丝清水煮，⁰² 拣丝练线红蓝染。⁰³ 染为红线红于蓝，⁰⁴ 织作披香殿上毯。⁰⁵ 披香殿广十丈余，红线织成可殿铺。⁰⁶ 彩丝茸茸香拂拂，线软花虚不胜物。⁰⁷ 美人踏上歌舞来，罗袜绣鞋随步没。⁰⁸ 太原毯涩毳缕硬，⁰⁹ 蜀都褥薄锦花冷。¹⁰ 不如此毯温且柔，年年十月来宣州。¹¹ 宣城太守加样织，¹² 自谓为臣能竭力。百夫同担进宫中，线厚丝多卷不得。宣城太守知不知？一丈毯，千两丝。地不知寒人要暖，少夺人衣作地衣。¹³

注·释

● 01·本诗为组诗《新乐府五十首》之一。红线毯：一种红色丝织地毯，是宣州的特别贡品。据《元和郡县志》，宣州"自贞元后，常贡之外，别进五色线毯"。

● 02·缲（sāo）丝：将蚕茧抽成丝。

● 03·练：把丝煮得柔软洁白。红蓝：红蓝花。一种草本植物，花红黄色，可制胭脂和红色染料。

● 04·红于蓝：比红蓝花原来的红色还要红。

● 05·披香殿：汉代宫殿名。汉成帝皇后赵飞燕曾在此殿歌舞。位于武功县的唐庆善宫也有披香殿。这里泛指宫廷中歌舞的地方。

● 06·可：恰好符合。

● 07·不胜物：承受不了重物。

● 08·罗袜：罗制的袜。罗为一种质地疏松轻软的丝织物。

● 09·太原：太原府，治所在今山西太原。毳（cuì）缕：毛线。毳，鸟兽的细毛。

● 10·蜀都：指成都。

● 11·宣州：治所在今安徽宣州。曾称宣城郡。

● 12·加样：新添花样。作者原注："贞元中，宣州进开样加丝毯。"

● 13·地衣：即地毯。唐人习称。

品·评

本诗揭露地方官不顾民众赋税负担，一味逢迎皇帝，同时也暴露了最高统治者仅为个人的享乐而浪费人力物力的奢靡行为。诗中细叙红线毯的织造过程和特色，正是为了反衬统治者的奢侈浪费。写织造以"织作披香殿上毯"句结，紧接以"披香殿广十丈余"，揭示红线毯用来供皇宫美人歌舞其上以娱乐，意在讽谏皇帝而表达委婉。以下责问进贡红线毯以取悦皇帝的宣城太守，以"少夺人衣作地衣"结束，"其言直而切"，而对于皇帝仍是委婉讽谏。

杜陵叟

伤农夫之困也。⁰¹

杜陵叟

伤农夫之困也。[01]

- 01·本诗为组诗《新乐府五十首》之一。杜陵：本名杜县，因汉宣帝葬此，改称杜陵县。治所在今陕西西安市东南。北周时县废。
- 02·一顷：一百亩。唐初施行均田制时，一个成年男子授田一顷。
- 03·秀：庄稼抽穗开花。
- 04·长吏：指地方长官。申破：申报说明。
- 05·敛：征收租税。考课：对官吏政绩的定期考核。唐代由吏部考功司主管，按照法定标准对官员进行考核，确定等级，加以升降黜陟。
- 06·典：抵押。
- 07·"不知何人"句：元和四年（809）三月，白居易和另一翰林学士李绛上言，以久旱请求减租税等。闰三月，宪宗下诏，如所请。这里说"不知何人"，是作者避免自我表扬的说法。
- 08·恻隐：怜悯，同情。知人弊：知道民众的困苦。

杜陵叟，杜陵居，岁种薄田一顷余。[02]三月无雨旱风起，麦苗不秀多黄死。[03]九月降霜秋早寒，禾穗未熟皆青干。长吏明知不申破，[04]急敛暴征求考课。[05]典桑卖地纳官租，[06]明年衣食将何如？剥我身上帛，夺我口中粟。虐人害物即豺狼，何必钩爪锯牙食人肉！不知何人奏皇帝，[07]帝心恻隐知人弊。[08]白麻纸上书

● 09 · 白麻纸：唐代一般诏书用黄麻纸书写，大赦、赈灾、征伐、任命将相等重要诏书则用白麻纸书写。德音：诏书的一种，用于减税、赦免等。
● 10 · 京畿：京城周围地区。唐代京畿包括四十多县。放：免除。
● 11 · 里胥：指里正。唐制，一百户为里，设里正一人，掌管督察、赋役等。
● 12 · 敕牒：诏书的一种。榜：张贴。
● 13 · 蠲（juān）免：免除。

德音，⁰⁹ 京畿尽放今年税。¹⁰ 昨日里胥方到门，¹¹ 手持敕牒榜乡村。¹² 十家租税九家毕，虚受吾君蠲免恩。¹³

品·评 本诗反映农民受灾仍被迫缴纳租税的痛苦，怒斥官吏横征暴敛只想个人升官，慨叹皇帝的恩惠成为一纸空文。"杜陵叟"七句，交待杜陵老人的身份，叙述严重灾情。老人耕种一顷多田，这是唐代施行均田制时一个成年男子的份额，可见这里以杜陵老人代表普通农夫。"长吏明知"八句，写地方官吏逼迫租税，引出怒斥。"虐人害物即豺狼，何必钩爪锯牙食人肉！"诗人同情农民，义愤填膺，摆脱了叙述者的身份，站出来大骂凶残的官吏，极其激烈，态度鲜明，"其言直而切"。"不知何人"八句，写皇帝下诏免除赋税，农民却空受恩惠。"昨日里胥方到门"，与前面的"急敛暴征"形成强烈的呼应。"十家租税九家毕"，农民在痛恨之余，只能叹息空受了皇帝免税的恩惠。这一结果讽刺意味深长。

卖炭翁

苦宫市也。[01]

卖炭翁，伐薪烧炭南山中。[02]满面尘灰烟火色，两鬓苍苍十指黑。[03]卖炭得钱何所营？身上衣裳口中食。可怜身上衣正单，心忧炭贱愿天寒。夜来城外一尺雪，晓驾炭车碾冰辙。[04]牛困人饥日已高，市南门外泥中歇。翩翩两骑来是谁？[05]黄衣使者白衫儿。[06]手把文书口称敕，回车叱牛牵向北。[07]一车炭，千余斤，宫使驱将惜不得。[08]半匹红纱一丈绫，系向牛头充炭直。[09]

注·释

● 01·本诗为组诗《新乐府五十首》之一。宫市：皇宫掠夺民间财物的一种方式。皇宫所需物品，本来由专设的官吏采买。从唐玄宗天宝时期起，皇宫派遣宦官直接到市场上购买物品，称作宫市。宦官压低物价，强行购买，实际上是公开掠夺。到德宗贞元时期，情形更加严重。宦官在市场上看到合意的物品，就口称宫市，常常只付给少量陈旧的纺织品，就取走货物，有时强迫货主送入宫中，还索取"门户钱"、"脚价钱"等。有的货主竟至于空手而归。对宫市情况，韩愈《顺宗实录》中有详细记载。

● 02·南山：即终南山，在长安城南。

● 03·苍苍：灰白色。

● 04·冰辙：结冰道路上的车轮痕迹。

● 05·翩翩：轻快得意的样子。

● 06·黄衣使者：指宦官。唐代宦官品级较高的穿黄衣。白衫儿：唐代平民穿白衣。这里指为宦官当帮手的市井游民，当时称为"白望"。"白望"在市场上张望，看到中意的货物，就口称宫市。

● 07·牵向北：唐代皇宫在长安城北部，东西两市在南，所以车往北走。

● 08·宫使：宫中使者，即宦官。

● 09·"半匹"二句：宦官用半匹红纱和一丈绫，充当一车炭的价钱。唐代交易常用丝织物代替货币，而宫廷购物常高估绢帛价值，实际上是低价购买。直：同"值"，价钱。

品·评 本诗以一个卖炭老人的不幸遭遇，揭露了"宫市"对人民的掠夺行径。诗中通过对外貌和心理活动的刻画，塑造出贫困的卖炭翁的生动形象。对卖炭翁的心理活动，表现得尤其贴切，细致入微。先是写"可怜身上衣正单，心忧炭贱愿天寒"，他不顾衣衫单薄，只希望天寒能使炭卖出好价钱而换取衣食。"夜来城外一尺雪"，天寒如愿，他"晓驾炭车"，急切中充满希望。这里预作铺垫。最后写被宫使掠夺，希望破灭，形成不幸的结局。与《新乐府》中的大多数诗不同，本诗未出议论，也没有"卒章显其志"，而是叙事结束就戛然而止，含蓄深远，感染力强，艺术上有独到之处。

盐商妇

恶幸人也。⁰¹

注·释

● 01 · 本诗为组诗《新乐府五十首》之一。
幸人：以不正当手段牟利的人。
● 02 · 蚕绩：养蚕、纺织。
● 03 · 扬州：治所在今江苏扬州。唐代扬
州是繁华的商业城市，朝廷在此设有盐铁
巡院，管理盐政。
● 04 · 西江：指长江下游南部的今江西、
安徽一带，在唐代商业比较发达。
● 05 · 绿鬟：乌黑而显青色的环形发髻。
富去：指头发茂密增多。去，语助词。
● 06 · 苍头：汉代奴隶用纯黑色的巾裹头，
故称苍头。这里指男仆。婢：女仆。
● 07 · 婿：夫婿。
● 08 · "不属"句：盐商获得食盐专卖的
资格，直属国家的盐铁机关，不受地方官
管辖。

盐商妇，多金帛，不事田农与蚕绩。⁰²南北东西不失家，风水为乡船作宅。本是扬州小家女，⁰³嫁得西江大商客。⁰⁴绿鬟富去金钗多，⁰⁵皓腕肥来银钏窄。前呼苍头后叱婢，⁰⁶问尔因何得如此？婿作盐商十五年，⁰⁷不属州县属天子。⁰⁸每年盐利入官时，少入官家多入私。官家利薄私

● 09 · 盐铁尚书：唐代中期以后，尚书省下特置盐铁使，主管食盐专卖及冶铁等，常由六部尚书兼任，有时则由宰相兼任。这里称盐铁尚书，则任盐铁使的官员为尚书。

● 10 · 脍（kuài）：切细的鱼肉。

● 11 · 柂（duò）楼：柂，即舵。大船船尾安舵的地方有楼，以便瞭望，叫舵楼。

● 12 · 终朝：整天。

● 13 · 桑弘羊：西汉政治家，洛阳人。武帝时，任治粟都尉，领大司农，实行盐铁专卖、平准、均输等政策，增加了朝廷财政收入，但也被指责为"与民争利"。

家厚，盐铁尚书远不知。^{09}何况江头鱼米贱，红脍黄橙香稻饭。^{10}饱食浓妆倚柂楼，^{11}两朵红腮花欲绽。盐商妇，有幸嫁盐商。终朝美饭食，^{12}终岁好衣裳。好衣美食有来处，亦须惭愧桑弘羊。桑弘羊，^{13}死已久，不独汉时今亦有。

品·评　本诗通过对盐商妇奢华生活的描写，指责盐商牟取厚利，同时讽刺主管盐政者的无能，主旨与作者《策林·议盐法之弊》相近。《策林》中写道："自关以东，上农大贾，易其资产，入为盐商。率皆多藏私财，别营稗贩，少出官利，唯求隶名。居无征徭，行无榷税。身则庇于盐籍，利尽入于私室。"诗中"不属州县属天子"以下数句正是此看法的另一种形式的表达。诗指责盐商，从写盐商妇这一角度入手，当是其生活细节更易于衬托盐商的私利巨厚。

井底引银瓶

止淫奔也。⁰¹

注·释

● 01·本诗为组诗《新乐府五十首》之一。淫奔：指女子违反礼教，私自投奔情人。

● 02·"井底"二句：《周易·井卦》："往来井井，汔至，亦未繘井，羸其瓶，凶。"则古人认为汲水瓶倾覆于井中不吉。南齐释宝月《估客乐》："有信数寄书，无信心相忆。莫作瓶落井，一去无消息。"唐王昌龄《行路难》："双丝作绠系银瓶，百尺寒泉辘轳上。悬丝一绝不可望，似妾倾心在君掌。"则后人常以"瓶落井"为男女情爱关系断绝之兆。银瓶，汲水的器具。

● 03·殊姿：出众的姿态。

● 04·婵娟：美好的样子。秋蝉翼：形容鬓发梳得薄而光滑，像蝉翼一样。

● 05·宛转双蛾：细长而弯曲的双眉。远山色：《西京杂记》中说卓文君"眉色如望远山"。

● 06·"妾弄"二句：李白《长干行》："妾发初覆额，折花门前剧。郎骑竹马来，绕床弄青梅。"这里就李白诗句略加变化，描写这对青年初见时的情景。

● 07·断肠：这里形容极度思念。

● 08·"君指"句：意谓男子指着山上的松柏发誓，表示坚贞不变。

● 09·暗合双鬟：古代女子未婚时将头发梳成左右两鬟，结婚即合成一个鬟。

井底引银瓶，银瓶欲上丝绳绝。⁰²石上磨玉簪，玉簪欲成中央折。瓶沉簪折知奈何，似妾今朝与君别。忆昔在家为女时，人言举动有殊姿。⁰³婵娟两鬓秋蝉翼，⁰⁴宛转双蛾远山色。⁰⁵笑随戏伴后园中，此时与君未相识。妾弄青梅凭短墙，君骑白马傍垂杨。⁰⁶墙头马上遥相顾，一见知君即断肠。⁰⁷知君断肠共君语，君指南山松柏树。⁰⁸感君松柏化为心，暗合双鬟逐君去。⁰⁹到君家舍五六年，君家

- *10* · 君家大人：指男子的父母。
- *11* · "聘则"二句：语本《礼记·内则》："聘则为妻，奔则为妾。"意谓男家须行聘礼，男女正式结婚，女方才有妻的地位。女子私奔至男家，只能做妾。
- *12* · 蘋蘩（fán）：两种水草。古人用作祭品，由夫人捧之以祭祀祖宗。《诗经·召南》有《采蘋》、《采蘩》篇。《采蘋》小序说："《采蘋》，大夫妻能循法度也。能循法度，则可以承先祖共祭祀矣。"
- *13* · 高堂：住宅正房，是父母的住处。常用来指代父母。
- *14* · 亲情：亲戚。
- *15* · 痴小：年轻无知。

大人频有言。*10* 聘则为妻奔是妾，*11* 不堪主祀奉蘋蘩。*12* 终知君家不可住，其奈出门无去处。岂无父母在高堂，*13* 亦有亲情满故乡。*14* 潜来更不通消息，今日悲羞归不得。为君一日恩，误妾百年身。寄言痴小人家女，*15* 慎勿将身轻许人。

品·评　本诗以一个女子的口吻，述其与情人私奔，多年来婚姻不受男方家长承认，处境困窘，最终被迫离别。作者的本意是在谴责"淫奔"，强调明媒正娶，告诫青年男女，以维护礼教。但是诗中对那男子并无贬词，对这不幸的女子给予同情，在描写这对青年男女相爱过程时，表现两人情感纯真，笔调优美动人。因此，作者实际上展示了礼教与爱情的矛盾。诗以比兴起，预示不幸结果；以告诫终，点明主旨，同时希望热恋中的青年女子慎重行事，避免惨遭遗弃。

采诗官

监前王乱亡之由也。[02]

采诗官，采诗听歌导人言。言者无罪闻者诚，[03] 下流上通上下泰。[04] 周灭秦兴至隋氏，十代采诗官不置。[05] 郊庙登歌赞君美，[06] 乐府艳词悦君意。[07] 若求兴谕规刺言，[08] 万句千章无一字。不是章句无规刺，[09] 渐及朝廷绝讽议。诤臣杜口为冗员，[10] 谏鼓高悬作虚器。[11] 一人负扆常端默，[12] 百辟入门两自媚。[13] 夕郎

注·释

●01·本诗为组诗《新乐府五十首》之一。采诗官：据文献记载，周代设有采诗官，负责采集各地的诗歌，上呈王室，使周王可以了解各地的民情风俗，知道政治得失，加以改善。《汉书·艺文志》说："古有采诗之官，王者所以观风俗，知得失，自考正也。"

●02·监：借鉴。

●03·"言者"句：语本《毛诗序》："上以风化下，下以风刺上，主文而谲谏，言之者无罪，闻之者足以戒，故曰风。"

●04·"下流"句：意谓在上位的君主与在下位的臣民互相沟通，天下就安定。语本《周易·泰卦》："天地交而万物通也，上下交而其志同也。"

●05·"十代"句：十代指秦、汉、魏、晋、宋、齐、梁、陈、隋及唐代。汉代曾设乐府机构采诗，这里是就总体情况而言。

●06·郊庙：帝王祭祀。郊，指在国都近郊祭天地；庙，指在宗庙祭祖。登歌：帝王祭祀、宴飨时，乐师登堂奏乐唱歌。

●07·乐府艳词：六朝后期，乐府歌词趋向华美雕琢，多表现宫廷享乐生活。

●08·兴：启发。谕：告知。规：劝诫。

●09·不是：不仅是。

●10·诤臣：指谏官。诤，直言规劝。杜口：闭口。这里指不向皇帝进谏。

●11·谏鼓：设在朝堂大门外，允许臣民击鼓，以进谏或申冤。又名登闻鼓。

●12·一人：指皇帝。负扆（yǐ）：背向屏风。《礼记·明堂位》："天子负斧依（扆），南乡而立。"端默：端坐不言。

●13·百辟：百官。自媚：自夸而谄媚。

●14·夕郎：唐代门下省给事中的别称。给事中负责审核内外诏令章奏。

●15·春官：《周礼》中的官署名，即后世礼部。唐代礼部掌管礼仪、祭祀、贡举等事。

●16·九重：常指宫门深邃。《楚辞·九辩》："君之门以九重。"阅（bì）：闭门。

●17·厉王：周厉王。西周末期的暴君，禁止人民议论，最终引起反抗，逃奔外地而死。胡亥：即秦二世。他听信宦官赵高的话，深居宫中，不见群臣，也不听取任何意见，后被逼自杀。

●18·达人情：了解民情。唐避太宗讳，以"人"代"民"。

所贺皆德音，¹⁴春官每奏唯祥瑞。¹⁵君之堂兮千里远，君之门兮九重阅。¹⁶君耳唯闻堂上言，君眼不见门前事。贪吏害民无所忌，奸臣蔽君无所畏。君不见厉王胡亥之末年，¹⁷群臣有利君无利。君兮君兮愿听此，欲开壅蔽达人情，¹⁸先向歌诗求讽刺。

品·评　本诗是《新乐府五十首》的总结性诗篇，说明《新乐府》的创作意愿。作者希望恢复理想的古代采诗制度，使皇帝能察知民情，广泛听取意见，上下交流沟通，有利于以史为鉴，克服弊端，治理国家。至于诗歌创作，则应寓讽刺之意。"言者无罪闻者诚"一句，取《毛诗序》之意，表明以讽谕诗继承《诗经》传统的志向。

重赋

01

注·释

●01·本诗为组诗《秦中吟十首》之一。

●02·理布帛：即治布帛。唐人避高宗李治讳，以"理"代"治"。唐人以丝织帛，以麻织布。

●03·身外：这里指自身生活所需之外的布帛。

●04·君亲：君父。常特指君主。

●05·两税：唐德宗建中元年（780）起施行的赋税制度。唐初以均田制为基础，施行租庸调制（分别指纳粮、服力役、纳绢帛）。安史乱后，户籍破坏，已无法施行。德宗采用宰相杨炎的建议，将租、庸、调折成钱价合并征收，每年分夏、秋两次，故称两税。

●06·厥初：其初。淫：过度，过分。

●07·"税外"二句：据《旧唐书·德宗本纪》记载，建中元年正月诏："自艰难以来，征赋名目颇多，今后除两税外，辄率一钱，以枉法论。"论：论罪，判罪。

●08·因循：沿袭。这里指在两税之外仍沿用旧法，增加税额。

●09·浚：榨取。

●10·敛索：指征收赋税。无冬春：不论冬季、春季，即一年到头。这里是就两税法规定夏、秋两季征收而言。

●11·里胥：唐制百户为里，设里胥以掌管督察、赋役。

●12·逡（qūn）巡：徘徊不前。这里是迟缓的意思。

●13·天地闭：指冬季天气阴沉。语出《周易·坤卦·文言》："天地闭，贤人隐。"这里既喻冬寒，又喻贪吏横行。

●14·霰（xiàn）：小雪珠。

厚地植桑麻，　所要济生民。

生民理布帛，[02]　所求活一身。

身外充征赋，[03]　上以奉君亲。[04]

国家定两税，[05]　本意在忧人。

厥初防其淫，[06]　明敕内外臣。

税外加一物，　皆以枉法论。[07]

奈何岁月久，　贪吏得因循。[08]

浚我以求宠，[09]　敛索无冬春。[10]

织绢未成匹，　缲丝未盈斤。

里胥迫我纳，[11]　不许暂逡巡。[12]

岁暮天地闭，[13]　阴风生破村。

夜深烟火尽，　霰雪白纷纷。[14]

幼者形不蔽，　老者体无温。

- 15 • 悲端：悲伤。端，一作"喘"。
- 16 • 残税：未交清的赋税余额。
- 17 • 丝絮：丝绵。
- 18 • 羡余：唐代地方官超额征收赋税，将其中一部分进献皇帝以取宠，称作羡余，意谓赋税的盈余。德宗时，剑南西川节度使韦皋有"日进"，江西观察使李兼有"月进"。许多地方官也竞相进献。事见《旧唐书·食货志》。
- 19 • 琼林库：指皇帝的私库。唐玄宗创设琼林、大盈两库，贮藏贡物。德宗遇乱奔奉天（治所在今陕西乾县），仍设两库，陆贽进《奉天请罢琼林、大盈二库状》，反对置此私库。

悲端与寒气，¹⁵并入鼻中辛。

昨日输残税，¹⁶因窥官库门。

缯帛如山积，　丝絮似云屯。¹⁷

号为羡余物，¹⁸随月献至尊。

夺我身上暖，　买尔眼前恩。

进入琼林库，¹⁹岁久化为尘。

品·评　《秦中吟十首》有序。序曰："贞元、元和之际，予在长安，闻见之间，有足悲者，因直歌其事，命为《秦中吟》。"这组诗约作于元和五年（810）前后。同《新乐府五十首》一样，也是积极反映社会现实、极富批判性的作品，是作者讽谕诗中的重要篇章。白居易在《与元九书》中说："闻《秦中吟》，则权豪贵近者相目而变色矣。"这是因为作者在组诗中深刻地揭露了社会上的许多尖锐矛盾，对统治者的弊政作了有力的批判，而对百姓给予无限同情。本诗暴露两税法施行后的弊端，苛捐杂税给人民带来祸害，指出皇帝设置私库是其根源之一。各级官员在正税之外多方搜刮，借以求宠，并大饱私囊，从而将百姓榨取到无以为生的地步。诗先议论两税法的弊端，再以平民的口吻诉说衣不蔽体的困苦，继而指出官库中衣帛"如山积"、"似云屯"，对比强烈，引出"夺我身上暖，买尔眼前恩"两句，愤慨直率。结尾说库中财物朽烂，尤为沉痛。

轻肥

01

意气骄满路，⁰² 鞍马光照尘。

借问何为者， 人称是内臣。⁰³

朱绂皆大夫， 紫绶或将军。⁰⁴

夸赴军中宴， 走马去如云。

樽罍溢九酝，⁰⁵ 水陆罗八珍。⁰⁶

果擘洞庭橘，⁰⁷ 脍切天池鳞。⁰⁸

食饱心自若，⁰⁹ 酒酣气益振。¹⁰

是岁江南旱，¹¹ 衢州人食人。¹²

注·释

● 01·本诗为组诗《秦中吟十首》之一。轻肥：轻裘肥马的简称。

● 02·"意气"句：形容神态骄纵，盛气凌人，似乎已把道路充塞。

● 03·内臣：本指皇帝近臣，唐时多指宦官。

● 04·"朱绂（fú）"二句：指宦官担任文武要职。绂与绶，都是系官印的丝带。这里的朱绂、紫绶都借指服色。唐制，官员三品及以上穿紫衣，四品、五品穿绯（朱红色）衣。

● 05·樽、罍（léi）：盛酒的器具。九酝：一种经过重酿的美酒。唐代名酒，有宜城九酝。

● 06·八珍：八种珍奇食品。说法不一，有驼蹄、熊掌等。

● 07·擘（bò）：剖开。洞庭橘：太湖洞庭山产橘，闻名于世。

● 08·脍（kuài）：切细的鱼肉。天池鳞：指海鱼，也有可能指宫苑池塘中的鱼。

● 09·自若：舒畅自得。

● 10·振：兴奋。

● 11·"是岁"句：元和三、四年，江南大旱，见《旧唐书·宪宗纪》与《资治通鉴》。

● 12·衢州：治所在今浙江衢州。

品·评

本诗揭露宦官的骄横奢侈。自唐代中期起，宦官掌握禁军，干预朝政，不可一世。诗前八句写宦官赴宴的情况。首句"意气骄满路"，形容宦官神态骄纵。以下描写他们车马华丽，骑从众多，盛气凌人。"樽罍溢九酝"六句写宴会的情况。先写宴席上陈列山珍海味、美酒佳肴，是静态的描写。再写宦官们酒足饭饱后舒畅自得，其骄横无以复加。最后两句，笔锋忽转，提及江南大旱，灾情惨痛，与前文形成鲜明的对比，使主题更加深刻，说服力很强。

歌舞

01

秦中岁云暮，*02* 大雪满皇州。*03*

雪中退朝者，　朱紫尽公侯。*04*

贵有风云兴，*05* 富无饥寒忧。

所营唯第宅，　所务在追游。*06*

朱轮车马客，*07* 红烛歌舞楼。

欢酣促密坐，*08* 醉暖脱重裘。

秋官为主人，*09* 廷尉居上头。*10*

日中为一乐，　夜半不能休。

岂知阌乡狱，*11* 中有冻死囚。

品·评

本诗揭露权贵的享乐生活，着重斥责执法高官。前八句泛写高官们雪中退朝后唯思赏雪娱乐。"富无饥寒忧"等句含有谴责的意味，从"所营"、"所务"可见其为官只图满足私欲。"朱轮车马客"八句具体描写执法高官在歌舞楼中纵饮无度，"欢酣促密坐"句尤见其丑态。末两句提到狱中囚犯冻死，形成鲜明对比，戛然而止，意味深长。本诗结构、写法与《轻肥》类似。

买花

01

帝城春欲暮,⁰² 喧喧车马度。

共道牡丹时, 相随买花去。

贵贱无常价,⁰³ 酬直看花数。⁰⁴

灼灼百朵红,⁰⁵ 戋戋五束素。⁰⁶

上张幄幕庇,⁰⁷ 旁织巴篱护。⁰⁸

水洒复泥封, 移来色如故。⁰⁹

家家习为俗, 人人迷不悟。

有一田舍翁,¹⁰ 偶来买花处。

低头独长叹, 此叹无人谕。¹¹

一<u>丛</u>深色花, 十户中人赋。¹²

注·释

● 01·本诗为组诗《秦中吟十首》之一。

● 02·帝城:京城。

● 03·常价:固定的价格。

● 04·酬直:出价。直,同"值"。数:计算,衡量。

● 05·灼(zhuó)灼:光彩鲜艳的样子。《诗经·周南·桃夭》:"桃之夭夭,灼灼其华。"

● 06·"戋(jiān)戋"句:语本《周易·贲卦》:"束帛戋戋。"戋戋:堆积在一起的样子。素:白绢。这句诗向来有两种不同解释:一以为五捆白绢指上句百朵红牡丹的代价;一以为"素"指白牡丹,乃以价低之白牡丹与红牡丹对比。

● 07·幄幕:帐幕。

● 08·巴篱:即篱笆。

● 09·色如故:花色和原来一样。

● 10·田舍翁:庄稼汉。

● 11·谕:领会。

● 12·中人:中等财产人家。《汉书·文帝纪》:"百金,中人十家之产也。"古代以百姓资产多少分为上户、中户、下户,借此决定赋税徭役的份额。中人,即中户。

品·评 　本诗借当时长安富贵人家耽玩牡丹花的奢侈风气,揭示因贫富悬殊而产生的观感,对富贵人家的奢华享受加以指责,对广大农民的沉重负担则寄予同情。李肇《国史补》记载,京城贵族嗜好牡丹,每年春暮争相驱车观赏,花价昂贵,竟至一株数万钱。本诗艺术性地反映了这些情况,并且表现出深刻的主题,即富贵人家的挥霍浪费乃建立在剥削榨取广大农民之上。诗前半写京城贵族买花。"家家习为俗,人人迷不悟"两句是过渡,概括上文,又引出下文。自"有一田舍翁"以下,借"田舍翁"的感叹表达了诗人意欲抒发的见解,其中"一丛深色花,十户中人赋"两句,运用对比方法,深刻反映贫富不均,社会矛盾尖锐,为贫苦人民鸣不平。

和大嘴乌

01

乌者种有二，　　名同性不同。

嘴小者慈孝，　　嘴大者贪庸。

嘴大命又长，　　生来十余冬。

物老颜色变，　　头毛白茸茸。

飞来庭树上，　　初但惊儿童。

老巫生奸计，　　与乌意潜通。 02

云此非凡乌，　　遥见起敬恭。

千岁乃一出，　　喜贺主人翁。

祥瑞来白日， 03　神圣占知风。 04

阴作北斗使， 05　能为人吉凶。

此乌所止家，　　家产日夜丰。

上以致寿考， 06　下可宜田农。

主人富家子，　　身老心童蒙。 07

随巫拜复祝，　　妇姑亦相从。

杀鸡荐其肉， 08　敬若禋六宗。 09

乌喜张大嘴，　　飞接在虚空。

注·释

● 01·此诗为《和答诗十首》之一。

● 02·意潜通：心意暗中相通，即暗中勾结。

● 03·"祥瑞"句：传说太阳中有三足乌。诗中老巫借此说大嘴乌从太阳出，体现祥瑞。

● 04·"神圣"句：古代的候风仪顶部铸铜或刻木为乌形，随风向转动。老巫借此说大嘴乌能预知风候。

● 05·"阴作"句：《春秋运斗枢》："瑶光星散而为乌。"瑶光是北斗星的第七颗星，传说能化为乌。老巫附会说大嘴乌是北斗星的使者。

● 06·寿考：长寿。

● 07·心童蒙：心智像儿童一样幼稚无知。

● 08·荐：祭祀时进献食品。

● 09·禋（yīn）六宗：语本《尚书·舜典》："禋于六宗。"禋：一种祭祀典礼，烧柴升烟以祭。六宗：六种祭祀对象，说法不一，一说指四时、寒暑、日、月、星、水旱。

乌既饱膻腥，　　巫亦飨甘浓。[10]

乌巫互相利，　　不复两西东。[11]

日日营巢窟，　　稍稍近房栊。[12]

虽生八九子，[13] 谁辨其雌雄？[14]

群雏又成长，　　众嘴骋残凶。

探巢吞燕卵，　　入蔟啄蚕虫。[15]

岂无乘秋隼？[16] 羁绊委高墉。

但食乌残肉，　　无施搏击功。

亦有能言鹦，[17] 翅碧嘴距红。[18]

暂曾说乌罪，　　囚闭在深笼。

青青窗前柳，　　郁郁井上桐。

贪乌占栖息，　　慈乌独不容。

慈乌尔奚为，　　来往何憧憧？[19]

晓去先晨鼓，　　暮归后昏钟。

辛苦尘土间，　　飞啄禾黍丛。

得食将哺母，　　饥肠不自充。

●10・甘浓：指美食。

●11・"不复"句：指不再分开。

●12・稍稍：渐渐。房栊（lóng）：屋室。栊，有横直格子的窗。

●13・"虽生"句：语本汉乐府《乌生》："乌生八九子。"

●14・"谁辨"句：语本《诗经·小雅·正月》："具曰予圣，谁知乌之雌雄。"

●15・蔟（cù）：蚕蔟。蚕在上面作茧的器具，以苇草或麦秆等扎成。

●16・乘秋隼（sǔn）：《汉书·五行志》："立秋而鹰隼击。"隼为鹰类猛禽。古人常以鹰隼比喻御史等监察、司法官员。

●17・能言鹦：《礼记·曲礼》："鹦鹉能言。"这里比喻谏官。

●18・距：原指雄鸡脚爪后面突出像脚趾的部分。这里指鹦鹉的脚爪。

●19・憧（chōng）憧：来往不定的样子。《周易·咸卦》："憧憧往来。"

● 20 · "弦续"二句：指用会稽竹张弦做弹弓，用荆山铜做弹丸，形容弓弹所用材料的精良。《尔雅·释地》："东南之美者，有会稽之竹箭焉。"会稽：山名，在今浙江绍兴一带。《史记·封禅书》："黄帝采首山之铜。"首山即荆山，在今河南灵宝市境。

● 21 · 苍穹：天的别称。

● 22 · 反哺：传说乌雏长成后，衔食喂其母。比喻子女报答父母养育之恩。

● 23 · 微躯：卑微的躯体。

● 24 · 化工：大自然。古人认为大自然创造养育万物。这里也可以指天。

● 25 · 胡然：为什么。

● 26 · 天年：自然寿命。

主人憎慈乌，　　命子削弹弓。

弦续会稽竹，　　丸铸荆山铜。[20]

慈乌求母食，　　飞下尔庭中。

数粒未入口，　　一丸已中胸。

仰天号一声，　　似欲诉苍穹。[21]

反哺日未足，[22]　非是惜微躯。[23]

谁能持此冤，　　一为问化工？[24]

胡然大嘴乌，[25]　竟得天年终？[26]

品·评　《和答诗十首》作于元和五年（810），白居易时在长安。元稹贬江陵后，将途中所作十七首诗寄给白居易，白居易写了十首诗和答。本诗即其一，是一首寓言诗，生动真切。作者以大嘴乌喻贪官污吏，以老巫喻权臣和皇帝身边的亲信。他们相互勾结，蒙蔽君主，排斥尽职责的谏官和监察官员，致使被喻为慈乌的良吏受害，而恶人常在官位。诗以慈乌、大嘴乌二者生性不同起，以感叹二者命运不同终，抒发悲愤之情。

登乐游园望 01

独上乐游园，　四望天日曛。 02

东北何霭霭， 03 宫阙入烟云。

爱此高处立，　忽如遗垢氛。 04

耳目暂清旷，　怀抱郁不伸。

下视十二街， 05 绿树间红尘。

车马徒满眼， 06 不见心所亲。

孔生死洛阳， 07 元九谪荆门。 08

可怜南北路， 09 高盖者何人？ 10

注·释

● 01·乐游园：又名乐游原。在长安城东南部，为城内地势最高处，可瞭望全城。

● 02·曛（xūn）：黄昏时的阳光。

● 03·霭霭：云密集的样子。

● 04·遗垢氛：远离混浊之气。谢灵运《述祖德诗》："兼抱济物性，而不缨垢氛。"

● 05·十二街：宋敏求《长安志》："皇城……南北七街，东西五街，其间并列台、省、寺、卫。"

● 06·徒：徒然。

● 07·孔生：指孔戡（754—810）。字君胜，曲阜（治所在今山东曲阜）人。举进士及第。为昭义节度使卢从史掌书记，卢有不法事，常规劝，后告病归洛阳。元和五年卒。白居易有《哭孔戡》诗。

● 08·荆门：江陵府属县，治所在今湖北荆门。这里以荆门指代江陵。

● 09·可怜：可惜。

● 10·高盖：高立的车盖。指代乘车的大官。

品·评　本诗作于元和五年（810），白居易时在长安。作者登高四望，触景生情，念及友人，引发对小人得志、直士受压抑的愤懑。诗先写独上高处四望，"耳目暂清旷"句承上，"怀抱郁不伸"句启下。以下写街上车马满眼，不见友人，作一对比；再写友人或不得志而卒，或遭贬谪，而高官乘车行于大道，又作一对比。经过对比，其旨显现。《与元九书》中说："闻《乐游园》寄足下诗，则执政柄者扼腕矣。"即指本诗而言。

寄唐生

01

贾谊哭时事，*02* 阮籍哭路歧。*03*

唐生今亦哭， 异代同其悲。

唐生者何人？ 五十寒且饥。

不悲口无食， 不悲身无衣。

所悲忠与义， 悲甚则哭之。

太尉击贼日，*04* 尚书叱盗时。*05*

注·释

●*01*·唐生：指唐衢。荥阳（治所在今河南荥阳）人。应进士试不第。善诗，忧伤国事，常因此痛哭。五十多岁去世，时在元和十年前。

●*02*·贾谊（前200—前168）：汉洛阳人。文帝初，召为博士。迁至太中大夫。被大臣排挤，出为长沙王太傅，又为梁怀王太傅。曾多次上疏，议论时政。哭时事：贾谊《陈政事疏》曰："臣窃惟事势，可为痛哭者一，可为流涕者二，可为长太息者六。"

●*03*·阮籍（210—263）：三国魏诗人。字嗣宗，陈留尉氏（治所在今河南尉氏）人。曾任步兵校尉。为竹林七贤之一。他不满当权的司马氏集团，常用醉酒的方式避开政治斗争，保全自身。哭路歧：阮籍常常独自驾车出游，不顺着道路走，车走不通，就痛哭而返。又其《咏怀诗》有"杨子泣路歧"句，实为自我写照。

●*04*·"太尉"句：作者原注："段太尉以笏击朱泚。"段太尉，指段秀实（719—783）。字成公，汧阳人（治所在今陕西千阳县）。唐德宗时为司农卿。太尉朱泚欲叛唐称帝，召他议事，他突然夺过旁人手持的笏痛击朱泚，打破朱泚的额头，于是被害。后追赠太尉。

●*05*·"尚书"句：作者原注："颜尚书叱李希烈。"颜尚书，指颜真卿（709—785）。字清臣，京兆万年（治所在今陕西西安）人。任平原太守时，安禄山叛乱，他率兵抵抗立功。官至吏部尚书，封鲁郡公。德宗时，淮西军阀李希烈叛乱，颜真卿被派往劝谕。李希烈欲称帝，他怒斥之，最终被害。

●06•"大夫"句：作者原注："陆大夫为乱兵所害。"陆大夫，指陆长源。字泳之，吴县（治所在今江苏苏州）人。贞元十二年，授检校礼部尚书、宣武军行军司马。节度使董晋死后，他任留后，整顿军纪，被乱兵所杀。

●07•"谏议"句：作者原注："阳谏议左迁道州。"阳谏议，指阳城。见《道州民》注04。蛮夷：此处指蛮夷聚居之地，即道州。

●08•犹或非：还有人不以为然。

●09•郁郁：愁闷的样子。

●10•尽规：竭尽规劝的道理。

●11•"功高"句：意谓功用超过虞人的箴辞。虞人箴：据《左传·襄公四年》，周太史辛甲使百官各作箴辞告诫周王，虞人作箴辞谏王田猎。虞人是古代掌管山泽苑囿的官。白居易此后于元和十五年作《续虞人箴》，规谏唐穆宗勿溺于游猎。

●12•"痛甚"句：意谓沉痛超过骚人之辞。骚人辞：指屈原的《离骚》、《九章》等揭露楚国政治弊端、抒发悲愤的作品。

●13•官律：乐律。这里指诗的音韵。

●14•生民病：人民的疾苦。

大夫死凶寇，⁰⁶ 谏议谪蛮夷。⁰⁷

每见如此事， 声发涕辄随。

往往闻其风， 俗士犹或非。⁰⁸

怜君头半白， 其志竟不衰。

我亦君之徒， 郁郁何所为？⁰⁹

不能发声哭， 转作乐府诗。

篇篇无空文， 句句必尽规。¹⁰

功高虞人箴，¹¹ 痛甚骚人辞。¹²

非求宫律高，¹³ 不务文字奇。

惟歌生民病，¹⁴ 愿得天子知。

●15·"药良"句：语本《史记·留侯世家》："忠言逆耳利于行，毒药苦口利于病。"

●16·瑟淡：《礼记·乐记》："清庙之瑟，朱弦而疏越，一倡而三叹，有遗音者矣。"音声希：《老子》："大音希声。"

●17·群动息：此用陶渊明《饮酒》诗"日入群动息"意，指天地间的各种声响、活动停止。

●18·云雾披：云雾散开。以云雾不能遮蔽太阳比喻君主不受奸邪蒙蔽。陆贾《新语·慎微》："邪臣之蔽贤，犹浮云之障日月也。"

●19·庶几：表希望。天听卑：《史记·宋微子世家》："天高听卑。"意指上天高远，然而能听到低处人的说话。这里是希望君主听取下面臣民的意见。

●20·三十章：白居易《新乐府》共五十篇，这里说"三十"，可能其时尚未写满此数，或是只选录了其中的三十篇。

未得天子知，　甘受时人嗤。

药良气味苦，[15]　瑟淡音声稀。[16]

不惧权豪怒，　亦任亲朋讥。

人竟无奈何，　呼作狂男儿。

每逢群动息，[17]　或遇云雾披。[18]

但自高声歌，　庶几天听卑。[19]

歌哭虽异名，　所感则同归。

寄君三十章，[20]　与君为哭词。

品·评　本诗约作于元和五年（810）前后。白居易与唐衢相识约在贞元十八年（802）。唐死后，白居易又有《伤唐衢二首》，第二首中说："遂作秦中吟，一吟悲一事。……惟有唐衢见，知我平生志。"本诗前半部分对唐衢哭忠义之士表示同情，赞颂其正直，高度评价其"哭"。"我亦君之徒"句以下，主要阐述自己创作《新乐府》的主旨，重在"惟歌生民病，愿得天子知"，为此而不惧权贵动怒，任由他人嗤笑。全诗写二人志趣相合，格调高亢而情意缠绵。

初除户曹喜而言志 01

注·释

● 01·户曹：户曹参军事。州郡属官，掌
管户籍、田地等事。

● 02·簪笏：簪笔执笏。官吏奏事，插笔
于冠，执手板。指为官。

● 03·新妇：新娘。又为妇女自称的谦词。
俨：整齐。

● 04·晨昏：指侍奉父母。《礼记·曲礼
上》："凡为人子之礼，冬温而夏凊，昏定
而晨省。"

● 05·囷（qūn）：圆形粮仓。

诏授户曹掾，　捧认感君恩。

感恩非为己，　禄养及吾亲。

弟兄俱簪笏，02　新妇俨衣巾。03

罗列高堂下，　拜庆正纷纷。

俸钱四五万，　月可奉晨昏。04

廪禄二百石，　岁可盈仓囷。05

喧喧车马来，　贺客满我门。

不以我为贪，　知我家内贫。

置酒延贺客，⁰⁶客容亦欢欣。

笑云今日后，　不复忧空樽。

答云如君言，　愿君少逡巡。⁰⁷

我有平生志，　醉后为君陈。

人生百岁期，　七十有几人？

浮荣及虚位，　皆是身之宾。

唯有衣与食，　此事粗关身。

苟免饥寒外，　余物尽浮云。⁰⁸

品·评　本诗作于元和五年（810），白居易时在长安。元和三年四月，白居易授左拾遗，仍充翰林学士。两年后，左拾遗任满，改官京兆府户曹参军，这是白居易为养亲而自请任官俸禄优厚的京兆府判司。他的《奏陈情状》说："臣母多病，臣家素贫。甘旨或亏，无以为养，药饵或阙，空致其忧。"他仍然任翰林学士，但是诗中已无初授拾遗时的志向。这是因为白居易在朝刚直敢言而受到忌恨，对仕途险恶有了清醒的认识，打算退避，在官以赡足家计作为要事。诗中"俸钱四五万"、"廪禄二百石"数句表现了对安定生活的满足感。"我有平生志"以下，应看作由衷之言，不是牢骚话。可以说，左拾遗任满，是白居易思想转变的关键时期。本诗反映了这种转变。

自题写真 ⁰¹

注·释

● 01·写真：画像。

● 02·李放：唐贞元、元和时期画家。朱景玄《唐朝名画录·能品中》有李放，善写真，当即此人。

● 03·神：精神，神态。骨：骨相，形貌。

● 04·山中人：隐居山林者。

● 05·蒲柳：水杨，生于水边。常用以比喻衰弱的体质。《世说新语·言语》："蒲柳之姿，望秋而落；松柏之质，经霜弥茂。"

● 06·麋鹿心：麋鹿生长于山林。比喻喜爱山林隐居生活的天性。

● 07·赤墀（chí）：皇宫的台阶涂红色，故称。

● 08·刚狷（juàn）：刚正孤高。

● 09·同尘：《老子》："和其光，同其尘。"后以和光同尘指与世浮沉，随波逐流。

● 10·"收取"句：指如愿栖身山林。云泉：白云清泉。喻山中隐居胜境。

我貌不自识，　李放写我真。⁰²

静观神与骨，⁰³ 合是山中人。⁰⁴

蒲柳质易朽，⁰⁵ 麋鹿心难驯。⁰⁶

何事赤墀上，⁰⁷ 五年为侍臣？

况多刚狷性，⁰⁸ 难与世同尘。⁰⁹

不惟非贵相，　但恐生祸因。

宜当早罢去，　收取云泉身。¹⁰

品·评　本诗作于元和六年（811），白居易时在长安。诗题下原注："时为翰林学士。"诗中借观看自己的画像而抒发人生感想，表示不愿同流合污，又恐生祸患，希望及早退隐。"合是山中人"、"麋鹿心难驯"、"难与世同尘"等句反复表明自己的性情不适合官场生涯。这是"兼济"与"独善"的矛盾在其诗篇中较早的反映，可与上篇《初除户曹喜而言志》合观。

溪中早春

注·释

- 01·南山：即终南山。
- 02·阴岭：指山坡朝北的一面。
- 03·春溜（liù）：指春天山谷里往下流的水。
- 04·拆（chè）：同"坼"。指草木破土发芽。
- 05·阳和：春天的暖气。
- 06·"一日"句：意谓春气不虚度时间，每天都使万物变化。
- 07·啧（zé）啧：鸟鸣声。
- 08·蓬蒿：蓬草和蒿草。泛指杂草。
- 09·隐映：衬托映照。
- 10·荠麦：荠菜和麦子。

南山雪未尽，⁰¹ 阴岭留残白。⁰²

西涧冰已销，　春溜含新碧。⁰³

东风来几日，　蛰动萌草拆。⁰⁴

潜知阳和功，⁰⁵ 一日不虚掷。⁰⁶

爱此天气暖，　来拂溪边石。

一坐欲忘归，　暮禽声啧啧。⁰⁷

蓬蒿隔桑枣，⁰⁸ 隐映烟火夕。⁰⁹

归来问夜餐，　家人烹荠麦。¹⁰

品·评

本诗约作于元和七年（812）。六年四月，白居易母亲陈氏卒于长安，白居易归祖居下邽县义津乡紫兰村服丧。作者对早春景物观察细微，描摹细致而浑朴。诗着重写溪边景物，留意于溪水，故开端以远望南山积雪起，阴坡尚有残雪，则已化之雪流入溪涧，加以涧中冰销，则水势可观，于是"春溜含新碧"句自然而出，透露欣喜。以下稍及蛰虫、草芽，体会春天的暖气使万物时时变化。"爱此天气暖"与"一坐欲忘归"句明确表达喜悦之情。末尾以与家人同食荠麦表现安于清贫的恬淡心情。

秋游原上

注
·
释

● 01·行：即将。

● 02·巾栉（zhì）：裹头巾，梳头发。栉，梳子。

● 03·柴荆：树枝与荆条编的门。指居处简陋。

● 04·"露杖"句：意谓手中的竹杖因沾上露水而觉得冷。筇（qióng）竹：四川邛山出产的一种竹，可作手杖。

● 05·"风襟"句：意谓身穿的葛布衣在风中显得轻快。越蕉：岭南地方出产的一种葛布。

● 06·晚瓜：晚熟的瓜。

● 07·依依：亲热的样子。

● 08·向暮：近晚。

● 09·西成：秋收。古人以西方配秋天，秋天万物成熟，故称西成。《尚书·尧典》："平秩西成。"孔传："秋，西方，万物成。"

七月行已半，⁰¹ 早凉天气清。

清晨起巾栉，⁰² 徐步出柴荆。⁰³

露杖筇竹冷，⁰⁴ 风襟越蕉轻。⁰⁵

闲携弟侄辈，　同上秋原行。

新枣未全赤，　晚瓜有余馨。⁰⁶

依依田家叟，⁰⁷ 设此相逢迎。

自我到此村，　往来白发生。

村中相识久，　老幼皆有情。

留连向暮归，⁰⁸ 树树风蝉声。

是时新雨足，　禾黍夹道青。

见此令人饱，　何必待西成？⁰⁹

品
·
评

本诗约作于元和七年（812），白居易时在渭村。诗中表现了村中安闲的生活与淳朴的民情。诗写村中一日行程，纯是家常。清晨徐步出门，秋凉中有寒意而心情爽快，"露杖筇竹冷"两句将这种情境描写得很恰当。行至一田家，先入眼的是新枣、晚瓜，再说明是老叟设此迎接，补叙村中老幼对己皆有情，下笔自然。"留连向暮归"句承上，引出归途所见丰收有望的景象，而"见此令人饱"句蕴含与田家共欣喜之情。诗格淡远朴实，有陶渊明田园诗风味。

观稼

注·释

● 01·"世役"句：意谓世间的差役不再牵制我。作者此时服母丧，没有官职。

● 02·自若：自由自在不受拘束。

● 03·旁：同"傍"。靠近。

● 04·延：邀请。

● 05·社酒：社日祭土地神的酒。社日有春社、秋社，这里指秋社。古代以十干记日，立秋后第五个戊日为秋社。残酌：剩余的酒。

● 06·藜（lí）杖：藜是一种草本植物，老茎可作手杖。淹泊：逗留。

● 07·"言动"二句：写农夫的真率质朴。参看杜甫《遭田夫泥饮美严中丞》："指挥过无礼，未觉村野丑。"

● 08·生事：生计。

● 09·曾：竟然。

● 10·卫人鹤：见《感鹤》注12。

世役不我牵，⁰¹　身心常自若。⁰²

晚出看田亩，　闲行旁村落。⁰³

累累绕场稼，　喷喷群飞雀。

年丰岂独人？　禽鸟声亦乐。

田翁逢我喜，　默起具樽勺。

敛手笑相延，⁰⁴　社酒有残酌。⁰⁵

愧兹勤且敬，　藜杖为淹泊。⁰⁶

言动任天真，　未觉农人恶。⁰⁷

停杯问生事，⁰⁸　夫种妻儿获。

筋力苦疲劳，　衣食长单薄。

自惭禄仕者，　曾不营农作。⁰⁹

饱食无所劳，　何殊卫人鹤？¹⁰

品·评　本诗约作于元和七年（812），白居易时在渭村。作者通过对农村生活的深入了解，表达了对农民艰辛的同情及不劳而食的自愧。诗先写闲行看庄稼，眼中一片丰收景象，连禽鸟声都带着欢乐。次写老翁置酒迎接，言行中显现淳朴真率。"停杯问生事"以下，从农家乐的现象引出农夫自诉艰辛，作者自愧。"自惭禄仕者"数句与开端"世役不我牵"两句形成极大的心理落差。本诗可与《秋游原上》合观，以全面了解白居易所观察的渭村田园生活。

渭村雨归
01

渭水寒渐落，⁰² 离离蒲稗苗。⁰³

闲旁沙边立，⁰⁴ 看人刈苇苕。⁰⁵

近水风景冷， 晴明犹寂寥。⁰⁶

复兹夕阴起， 野思重萧条。⁰⁷

萧条独归路， 暮雨湿村桥。

注·释

● 01·渭村：下邽县（治所在今陕西渭南境）义津乡紫兰村，在渭水北岸。白居易诗文中常称为渭村。

● 02·寒渐落：指秋来转寒，水位降低。

● 03·蒲稗：水生的蒲草和稗草。谢灵运《石壁精舍还湖中作》："蒲稗相因依。"

● 04·旁：同"傍"。

● 05·苇苕（tiáo）：指芦苇。苕，芦苇的花穗。

● 06·寂寥：寂静，冷落。

● 07·野思：闲散的心情。萧条：寂寞，凄凉。

品·评 本诗约作于元和七年（812），白居易时在渭村。作者秋日闲行渭水边而感到寂寞。作者的目光集中于几种水生植物，它们长得很茂盛，但是也到了渐渐枯萎的时候，所以他"看人刈苇苕"。秋日里，水边的景物色调暗淡，显得冷落，黄昏的阴云更使人感到"萧条"。诗中传达出一种隐约的悲秋心情，末句以景结，留有余味。笔调清淡，颇近韦应物诗风。

感镜

注·释

● 01 · "秋水" 句：意谓镜中不再映照莲花般的容貌。秋水：喻镜。

● 02 · 红埃：灰尘。

● 03 · 拂拭：擦拭。

● 04 · 双盘龙：两条龙盘绕在一起的图案，喻成双结对。古人诗中常用这种意象反衬情侣分离后的孤单。

美人与我别，　留镜在匣中。

自从花颜去，　秋水无芙蓉。[01]

经年不开匣，　红埃覆青铜。[02]

今朝一拂拭，[03]　自照憔悴容。

照罢重惆怅，　背有双盘龙。[04]

品·评

本诗约作于元和七年（812），白居易时在渭村。作者对镜怀念昔日赠镜的"美人"，此"美人"可能指早年恋人湘灵。感镜，乃对镜而感"美人"，故诗以"美人与我别"发端。"经年"、"憔悴容"等语表现别后至今的状况，感伤年华流逝，恋人别后不复相见。"秋水无芙蓉"句用比喻手法寄托感情，伤心镜中不能再见到恋人如花的容貌。"背有双盘龙"句则感慨昔日情侣最终未能成双结对。

念金銮子二首 [01]

（选一）

注·释

● 01·金銮子：白居易夭折的女儿，死于元和六年，三岁。
● 02·娇痴：天真可爱而不懂事。
● 03·"非男"二句：语本陶渊明《和刘柴桑》："弱女虽非男，慰情良胜无。"
● 04·夭化：夭折。化，对死的委婉说法。
● 05·呕哑（ōu yā）：象声词。小儿学语声。
● 06·旧乳母：指金銮子的奶妈。

衰病四十身，　娇痴三岁女。[02]

非男犹胜无，　慰情时一抚。[03]

一朝舍我去，　魂影无处所。

况念夭化时，[04]　呕哑初学语。[05]

始知骨肉爱，　乃是忧悲聚。

唯思未有前，　以理遣伤苦。

忘怀日已久，　三度移寒暑。

今日一伤心，　因逢旧乳母。[06]

品·评　本诗作于元和八年（813），白居易时在渭村。诗共二首，这里所选为第一首。诗篇表现对夭折女儿的深切怀念，语言朴实。先写四十岁而得女，时时加以爱抚。再写爱女一朝夭折，回忆其牙牙学语，极度忧伤，只能以理智来排遣。三年后重忆亡女而伤心，末句点明是由于遇到旧乳母而引发，与"忘怀日已久"句呼应，也可见实未能忘怀。几年后，白居易有《重伤小女子》诗，仍然怀念亡女，中有"吾非上圣讵忘情"句，表达自己对亲人的深情。

效陶潜体诗十六首

并序（选一）

注·释

● 01·退居渭上：指作者服母丧，居下邽渭村。渭上，渭水边。
● 02·杜门：闭门。
● 03·属（zhǔ）：适逢。
● 04·会：恰巧。家醖：家里自酿的酒。
● 05·懒放：懒散放任。
● 06·得于此：指得到酒中乐趣。忘于彼：指忘记世事烦扰。
● 07·会：符合。
● 08·自哂（shěn）：嘲笑自己。

余退居渭上，[01] 杜门不出，[02] 时属多雨，[03] 无以自娱。会家醖新熟，[04] 雨中独饮，往往酣醉，终日不醒。懒放之心，[05] 弥觉自得，故得于此而有以忘于彼者。[06] 因咏陶渊明诗，适与意会，[07] 遂效其体，成十六篇。醉中狂言，醒辄自哂，[08] 然知我者，亦无隐焉。

注·释

● 01·冥心：心境宁静，没有牵挂。元化：造化。指大自然。

● 02·兀（wù）然：没有知觉的样子。晋刘伶《酒德颂》："兀然而醉。"

● 03·安弦：指舒缓的乐调。

● 04·独往人：超脱物外、按自己的意愿行事的人。

朝饮一杯酒，　冥心合元化。[01]

兀然无所思，[02]日高尚闲卧。

暮读一卷书，　会意如嘉话。

欣然有所遇，　夜深犹独坐。

又得琴上趣，　安弦有余暇。[03]

复多诗中狂，　下笔不能罢。

唯兹三四事，　持用度昼夜。

所以阴雨中，　经旬不出舍。

始悟独往人，[04]心安时亦过。

品·评

这组诗作于元和八年（813），白居易时在渭村。陶渊明《饮酒》诗共二十首，白居易因饮酒而读陶诗，仿之而成十六首。这里选第三首，写自己以饮酒、读书、弹琴、作诗为事，抒发闲适的心情。诗以饮酒四句起，其乐在心静，"兀然无所思"；下以读书四句对应，其乐在会意，"欣然有所遇"。以下写"琴上趣"、"诗中狂"，各以两句对应。继以"持用度昼夜"总结此四事。为何如此适意？末句以"心安"点明，表达了超脱物外而不受拘束的心愿。

村居苦寒

注·释

● 01·"八年"二句：是年冬季酷寒，《旧唐书·宪宗纪》有记载，与本诗合。

● 02·回观：朝周围看。村间：村落。古代以二十五家为一间。

● 03·蒿棘：蒿草和荆棘。指柴草。

● 04·顾：而。

● 05·褐裘：粗布袍。绤（shī）：一种粗绸。

● 06·垄亩勤：田间劳动的辛苦。

八年十二月，　五日雪纷纷。[01]

竹柏皆冻死，　况彼无衣民。

回观村闾间，[02]　十室八九贫。

北风利如剑，　布絮不蔽身。

唯烧蒿棘火，[03]　愁坐夜待晨。

乃知大寒岁，　农者尤苦辛。

顾我当此日，[04]　草堂深掩门。

褐裘覆绤被，[05]　坐卧有余温。

幸免饥冻苦，　又无垄亩勤。[06]

念彼深可愧，　自问是何人！

品·评

本诗作于元和八年（813），白居易时在渭村。诗写农民贫穷，逢冬季酷寒更为困苦，而诗人自己不事农耕却不受饥寒，又一次深感不安和自愧。诗以记载时间开端，以"竹柏皆冻死"一句写出酷寒，下句即想到"无衣民"，可见作者时时不忘贫民疾苦。以下描述村民"布絮不蔽身"、"愁坐夜待晨"的困境，与自己的安适相对照，引出自愧自责，内省真诚。

村夜

注·释　●01·切切：形容声音细碎。

霜草苍苍虫切切，⁰¹

村南村北行人绝。

独出前门望野田，

月明荞麦花如雪。

品·评 本诗约作于元和九年（814），白居易时在渭村。诗为仄韵七绝，笔调古朴。前两句表现村夜的寂静，从中透露心情的寂寞。后两句转而远望田野，有豁然开朗之感。结句写月光照耀，白色的荞麦花开，更显遍野雪白，笔下景色动人。这种景象，诗歌中少见。韩愈《李花赠张十一署》有句曰："江陵城西二月尾，花不见桃惟见李。"写无月光时看白色李花的视觉，与白居易此句相映成趣。

闻虫

注·释

● 01·唧唧：象声词。

● 02·"声声"句：《诗经·豳风·七月》："七月在野，八月在宇，九月在户，十月蟋蟀入我床下。"

暗虫唧唧夜绵绵，[01]

况是秋阴欲雨天。

犹恐愁人暂得睡，

声声移近卧床前。[02]

品·评　本诗约作于元和九年（814），白居易时在渭村。首句写闻虫声而长夜绵绵，暗示难眠。次句以"况是"领，递进一层，写时当秋阴欲雨而更为难眠，暗示心情况闷。接着以"愁人"点明是因愁而不眠，只能卧听虫鸣，无聊中辨其声音远近。用拟人手法写蟋蟀鸣叫似欲搅扰人的睡眠，更显发愁之人无可奈何。

纳粟

注·释

- 01·张灯烛：燃起灯烛。张，设置。
- 02·斛（hú）：十斗为一斛。
- 03·中（zhòng）：符合。
- 04·童仆：仆人。
- 05·谬从事：自谦之词，指不配做官而错误地从政。
- 06·四命官：四次授官。白居易自贞元十九年起历任秘书省校书郎、盩厔县尉、左拾遗、京兆府户曹参军事。
- 07·坐：徒然，白白地。尸禄：空受俸禄而不尽职责。
- 08·"损益"句：意谓损和益是周而复始的。损、益：《周易》的两个卦名，分别象征减少和增加。这里暗指昔日领受禄米为"益"，今日纳粟为"损"，所以下面说还太仓谷。
- 09·谅：确实。
- 10·太仓：在京城的国家粮库。

有吏夜扣门，　　高声催纳粟。

家人不待晓，　　场上张灯烛。 01

扬簸净如珠，　　一车三十斛。 02

犹忧纳不中， 03 鞭责及童仆。 04

昔余谬从事， 05 内愧才不足。

连授四命官， 06 坐尸十年禄。 07

常闻古人语，　　损益周必复。 08

今日谅甘心， 09 还他太仓谷。 10

品·评　本诗约作于元和六年至九年（811—814）间，白居易时在渭村。前八句写纳粟的过程。在这过程中，活动着官吏和农户两方，一方态度强横，一方小心翼翼。官吏"夜扣门"，高声催促，农户则"不待晓"而"张灯烛"，精心簸扬后，还担心遭受鞭责。这是对政治弊端的反映。后八句是作者的感受，由作为农户而纳粟的苦辛，联想到自己在官时食禄米的优厚，于心不安。

伤唐衢二首

（选一）

01

忆昨元和初，　　忝备谏官位。*02*

是时兵革后，*03* 生民正憔悴。*04*

但伤民病痛，　　不识时忌讳。

遂作秦中吟，　　一吟悲一事。

贵人皆怪怒，　　闲人亦非訾。*05*

天高未及闻，*06* 荆棘生满地。*07*

唯有唐衢见，　　知我平生志。

一读兴叹嗟，*08* 再吟垂涕泗。*09*

● *10* · 陈杜：作者原注："陈、杜，谓子昂
与杜甫也。"

● *11* · "此诗"句：作者原注："'此诗尤可
贵'，谓唐衢诗也。"

● *12* · 箧（qiè）：小箱子。

● *13* · 蠹（dù）鱼：蛀书之虫。

● *14* · 歔欷（xū xī）：哽咽，抽泣。

● *15* · "还君"句：应前"垂涕泗"。一掬：
一捧。

因和三十韵，　手题远缄寄。

致吾陈杜间，¹⁰ 赏爱非常意。

此人无复见，　此诗尤可贵。¹¹

今日开箧看，¹² 蠹鱼损文字。¹³

不知何处葬，　欲问先歔欷。¹⁴

终去哭坟前，　还君一掬泪。¹⁵

品·评 此二诗约作于元和六年至九年（811—814）间。第一首回忆与唐衢结识的经过，悲叹其不幸遭遇。这里选的是第二首。诗中自述创作《秦中吟》的动机与反响，于"荆棘生满地"时，唯有唐衢"知我平生志"，读诗而"垂涕泗"，并和诗远道寄来，将诗人与陈子昂、杜甫相提并论，显现知音的可贵。诗人知道唐衢已死，重读其诗，极为悲伤，想要坟前"还泪"。本诗中，表明《秦中吟》是连接两人关系的纽带，诗篇围绕此而展开。

欲与元八卜邻先有是赠 01

注·释

● 01·元八：即元宗简（？—822）。排行八，字居敬，河南郡（治所在今河南洛阳）人。举进士。历官侍御史、尚书员外郎、郎中、京兆少尹。死后，白居易为其文集作序。卜邻：选择好邻居。

● 02·墙东：喻隐者所居。《后汉书·逸民列传》记王君公遇乱世，以做牛贩自隐，当时人称"避世墙东王君公"。

● 03·三径：三条小路。指代隐者住所。据汉代赵岐《三辅决录》，蒋诩在庭院中开三径，只同隐者求仲、羊仲交往。后陶渊明《归去来兮辞》有"三径就荒"句。

● 04·绿杨：《南史·陆慧晓传》："慧晓与张融并宅，其间有池，池上有二株杨柳。（何）点叹曰：'此池便是醴泉，此木便是交让。'"

● 05·可独：岂独，岂止。数（shuò）：屡次，常常。

平生心迹最相亲，

欲隐墙东不为身。 02

明月好同三径夜， 03

绿杨宜作两家春。 04

每因暂出犹思伴，

岂得安居不择邻？

可独终身数相见， 05

子孙长作隔墙人。

品·评

本诗作于元和十年（815），白居易时居长安昭国坊。本诗向时居升平坊的友人元宗简表达与他结邻的愿望。首联写两人友情亲密，志趣相同，并且都有隐居的打算，以此说明两家适合结邻。颔联预想结邻后的乐趣，两家同赏明月，共享春色，有诗情画意，用典浑然不觉。颈联转折兼递进，说明久居必须择邻。尾联推进一层，说不仅两人为邻可以时常相见，也希望子孙长结睦邻。全诗于议论中抒发友情，言辞诚恳。

读张籍古乐府

01

张君何为者？　业文三十春。 02

尤工乐府诗，　举代少其伦。 03

为诗意如何？　六义互铺陈。 04

风雅比兴外， 05 未尝著空文。

读君学仙诗， 06 可讽放佚君。 07

读君董公诗， 08 可诲贪暴臣。

读君商女诗， 09 可感悍妇仁。

读君勤齐诗， 10 可劝薄夫敦。 11

上可裨教化，　舒之济万民。 12

下可理情性，　卷之善一身。 13

始从青衿岁， 14 迨此白发新。 15

注·释

● 01·张籍（约768—约830）：字文昌，和州乌江县（治所在今安徽和县乌江镇）人。贞元十五年登进士第。历官太常寺太祝、国子博士、水部员外郎、主客郎中、国子司业等。有诗名。乐府诗与王建齐名，并称"张王乐府"。古乐府：沿用古题的乐府诗。

● 02·业文：从事诗文创作。

● 03·伦：同类。

● 04·六义：《诗大序》说《诗经》有六义：赋、比、兴、风、雅、颂。风雅颂是三种体裁，赋比兴是三种表现手法。互铺陈：指配合设置。

● 05·风雅：指诗有社会内容。《诗大序》说，"上以风化下，下以风刺上"，"雅者，正也，言王政之所由废兴也"。比兴：指诗有寄托。

● 06·学仙诗：唐代皇帝以李耳为始祖，尊崇道教，追求成仙，张籍此诗反对学仙、服药、求长生等事。

● 07·放佚君：放纵淫乐的君主。

● 08·董公诗：董公指晋董晋（724—799）。字混成，河中虞乡（治所在今山西永济）人。明经及第。贞元时宣武军节度使李万荣死，部将邓惟恭欲作乱，董晋以宰相衔领宣武军节度使，不率兵卒赴任，说服将士，避免了祸乱。张籍此诗歌颂董晋的功绩。

● 09·商女诗：已佚，内容不详。

● 10·勤齐诗：已佚，内容不详。

● 11·"可劝"句：意谓可以激励浅薄的人，使之厚道。

● 12·舒：扩展。济万民：救助百姓。即"兼济"之意。

● 13·卷：收敛。善一身：即"独善"之意。

● 14·青衿（jīn）岁：指青年求学时期。青衿，青色的衣领，指学子穿的衣服。《诗经·郑风·子衿》："青青子衿。"毛传："青衿，青领也。学子之所服。"

● 15·迨（dài）：到。

● *16* · 百岁：死的委婉说法。

● *17* · 灭没：散失。

● *18* · 中秘书：官廷藏书处。唐代设秘书省，掌管宫中图书。

● *19* · 湮沦：埋没。

● *20* · 内乐府：这里以汉代的乐府机构指称唐代宫中的教坊。教坊掌教习音乐、舞蹈与百戏。

● *21* · "言者"句：指语言是思想的苗。即先有思想，随后发出语言，语言用来表达思想。

● *22* · "行者"句：指行为是诗文的根本。即行为决定文章的性质。

● *23* · 官小：张籍长期任太常寺太祝，只是品级最低的九品官。

● *24* · 病眼：患眼病。张籍曾患眼病多年，几乎失明，作有《患眼》诗。街西住：张籍当时住所在长安城朱雀门街西的延康坊，较为偏远。

日夜秉笔吟，　　心苦力亦勤。

时无采诗官，　　委弃如泥尘。

恐君百岁后，*16* 灭没人不闻。*17*

愿藏中秘书，*18* 百代不湮沦。*19*

愿播内乐府，*20* 时得闻至尊。

言者志之苗，*21* 行者文之根。*22*

所以读君诗，　　亦知君为人。

如何欲五十，　　官小身贱贫。*23*

病眼街西住，*24* 无人行到门。

品·评　本诗约作于元和十年（815），白居易时在长安。元和时期，白居易与元稹、李绅、张籍、王建等人写作乐府诗，常抨击政治、社会弊病。诗中对张籍的乐府诗给予高度评价，同时也阐述自己的文学主张："为诗意如何？六义互铺陈。风雅比兴外，未尝著空文。"这是对《诗经》反映社会现实之传统的继承。作者由诗及人，感慨"时无采诗官"，担心这类诗不传，又对张籍的困苦境遇深表同情。

得微之到官后书，备知通州之事，怅然有感，因成四章 01

来书子细说通州， 02

州在山根峡岸头。

四面千重火云合， 03

中心一道瘴江流。 04

虫蛇白昼拦官道， 05

蚊蟆黄昏扑郡楼。 06

何罪遣君居此地？

天高无处问来由。 07

081

匼匝巅山万仞余，

人家应似甑中居。 ⁰¹

寅年篱下多逢虎， ⁰²

亥日沙头始卖鱼。 ⁰³

衣斑梅雨长须熨， ⁰⁴

米涩畲田不解锄。 ⁰⁵

努力安心过三考， ⁰⁶

已曾愁杀李尚书。 ⁰⁷

注
·
释

● 01·"匼匝（kē zā）"二句：意谓四面高山围绕，人家就像住在锅底。匼匝：环绕重叠。仞：古代以八尺或七尺为一仞。甑（zèng）：蒸食物的陶器。

● 02·"寅年"句：指山区多虎。古人以十二地支配生肖，寅年配虎。

● 03·"亥日"句：指物产单一。当时南方习俗大多逢亥日为集市。张籍《江南行》有"江村亥日长为市"句。

● 04·梅雨：又称霉雨。夏初梅子黄熟的一段时期里，长江中下游地区常连续下雨，空气潮湿，衣物易发霉。

● 05·"米涩"句：指当地人采用畲田的耕作方式，米质涩口。不解锄：指不懂得用锄除草、松土等耕作方法。

● 06·三考：三次考绩。唐制，每年年末考核官吏的治绩。官吏一般三考任满。

● 07·李尚书：作者原注："李实尚书先贬此州，身没于彼处。"李实，道王元庆玄孙。贞元末，为检校工部尚书、司农卿、京兆尹。顺宗时，贬为通州长史。后移虢州，死于途中。

人稀地僻医巫少，⁰¹

夏旱秋霖瘴疟多。⁰²

老去一身须爱惜，

别来四体得如何？⁰³

侏儒饱笑东方朔，⁰⁴

薏苡谗忧马伏波。⁰⁵

莫遣沉愁结成病，⁰⁶

时时一唱濯缨歌。⁰⁷

注·释

● 01·医巫：古时医和巫常不分，治病时兼用药草、针灸和祈祷。《论语·子路》："人而无恒，不可以作巫医。"

● 02·瘴疟：南方湿热地区常见的恶性疟疾。

● 03·四体：四肢。得：语助词，表示可能。

● 04·"侏儒"句：指有才能的人被无才能的人讥笑。东方朔（前154—前93）：字曼倩，汉平原厌次（治所在今山东惠民县）人。武帝时，曾为太中大夫。诙谐善辩，擅长辞赋。据《汉书·东方朔传》，他曾经对武帝说："朱儒长三尺余，奉一囊粟，钱二百四十。臣朔长九尺余，亦奉一囊粟，钱二百四十。朱儒饱欲死，臣朔饥欲死。"

● 05·"薏苡（yì yǐ）"句：指有功的人被小人造谣中伤。薏苡：一种草本植物，果仁可供食用及药用。马伏波：即马援（前14—49）。字文渊，汉扶风茂陵（治所在今陕西兴平东北）人。光武帝时，屡立战功，官伏波将军，封新息侯。后进击武陵五溪蛮，病死军中。据《后汉书·马援列传》，马援在交趾时，常食薏苡仁，以除瘴气。南方薏苡果实大，马援想用来做种子，北归时，装载一车。马援死后，有人上书诬告，说他装回的是满车珠宝。为此竟一时不能安葬。

● 06·沉愁：深愁。

● 07·"时时"句：劝元稹要适应环境，随遇而安。濯缨歌：《孟子·离娄上》："有孺子歌曰：'沧浪之水清兮，可以濯我缨；沧浪之水浊兮，可以濯我足。'孔子曰：'小子听之：清，斯濯缨；浊，斯濯足矣。'"缨，冠带，在下巴处打结。

注·释

● 01·恓（xī）惶：惊恐烦扰。

● 02·司马：唐制，州设司马一人，是州刺史的佐官，实际上并没有职权，所以说是"冗长官"，即闲散的长官。

● 03·"伤鸟"句：比喻遇祸后惶恐不安，如惊弓之鸟。典出《战国策·楚策四》：更羸见大雁飞来，虚拉弓弦，雁即掉下来。他解释说这雁受过箭伤，听到弓弦声就受惊高飞，疮口发痛而掉落。

● 04·"卧龙"句：比喻贤才失去凭借，不得施展才能。《管子·形势》："蛟龙，水虫之神也。乘于水则神立，失于水则神废。"卧龙：指有大才而隐居或在下位的人。

● 05·"剑埋"句：见《李都尉古剑》注03。

● 06·偃：倒伏。

● 07·争能：怎能。

● 08·高车大马：达官贵人乘坐的车马。

通州海内恓惶地，⁰¹

司马人间冗长官。⁰²

伤鸟有弦惊不定，⁰³

卧龙无水动应难。⁰⁴

剑埋狱底谁深掘？⁰⁵

松偃霜中尽冷看。⁰⁶

举目争能不惆怅，⁰⁷

高车大马满长安。⁰⁸

品·评

这组诗作于元和十年（815），白居易时在长安。元稹于当年三月授通州司马，到达后，有《叙诗寄乐天书》，在信中备述个人的文艺见解和通州情况，抒发悲愤心情。白居易以诗酬答，情致缠绵，感慨顿挫，在其七律中别具一格。第一首写通州风土险恶，人不堪居。第二首写通州生活艰苦不适。第三首写通州易染病，少医生，劝元稹保重身体。第四首感叹元稹遭受打击，不被重用。前二首多描述通州风土人情，后二首多用典以寄慨。四诗皆在尾联发议论，或悲痛或劝慰，心情沉重。

燕子楼三首

并序

注·释

● 01·张尚书：指张愔，徐泗濠节度使张建封之子。贞元十六年，张建封卒，愔为留后，授武宁军节度使、检校工部尚书。元和元年，以疾求代，召为兵部尚书，未离境而卒。历来记载大多以张尚书为张建封，误。眄眄：各种记载中多作"盼盼"。
● 02·雅：很，甚。风态：风度姿态。
● 03·泗：泗州，治所在今江苏泗洪东南。清康熙时陷入洪泽湖。
● 04·佐欢：助兴。
● 05·袅（niǎo）：摇动。
● 06·仅：近，将近。一纪：十二年。
● 07·司勋员外郎：司勋是尚书省吏部下属四司之一，掌管官吏勋级授予。员外郎是尚书省各司的副长官。张仲素（769—819）：字缵之，符离（治所在今安徽宿州符离镇）人。贞元十四年登进士第。后入武宁军节度使张愔幕。历司勋员外、礼部郎中、翰林学士、中书舍人。

徐州故张尚书有爱妓曰眄眄，善歌舞，雅多风态。予为校书郎时，游徐、泗间，张尚书宴予，酒酣，出眄眄以佐欢，欢甚。予因赠诗云："醉娇胜不得，风袅牡丹花。"一欢而去，迩后绝不相闻，迨兹仅一纪矣。昨日，司勋员外郎张仲素缵之访予，因吟新诗，有《燕子楼》

三首，词甚婉丽。诘其由，[08] 为盼盼作也。缋之从事武宁军累年，[09] 颇知盼盼始末，云："尚书既殁，归葬东洛。[10] 而彭城有张氏旧第，[11] 第中有小楼，名燕子。盼盼念旧爱而不嫁，居是楼十余年，幽独块然，[12] 于今尚在。"予爱缋之新咏，感彭城旧游，因同其题，作三绝句。

注
·
释

● 01 · 被冷灯残：暗示独眠不寐。

● 02 · 张仲素原唱第一首如下："楼上残灯
伴晓霜，独眠人起合欢床。相思一夜情多
少，地角天涯不是长。"

满窗明月满帘霜，

被冷灯残拂卧床。[01]

燕子楼中霜月夜，

秋来只为一人长。[02]

- 01·钿（diàn）晕：金花首饰的光圈。色似烟：颜色像烟一样飘忽和暗淡。
- 02·潸（shān）然：流泪的样子。
- 03·"自从"二句：意谓张愔死后，关氏再也没有心思歌舞，舞衣一直放在箱底。句意近《诗经·卫风·伯兮》："岂无膏沐，谁适为容。"霓裳曲：即《霓裳羽衣曲》。十一年：疑当作"一十年"。张愔死于元和元年，至作者作此诗时，恰好十年。张仲素原唱第二首如下："北邙松柏锁愁烟，燕子楼人思悄然。自埋剑履歌尘散，红袖香消已十年。"

钿晕罗衫色似烟，⁰¹

几回欲著即潸然。⁰²

自从不舞霓裳曲，

叠在空箱十一年。⁰³

注 · 释

● *01* · 见说：被告知。白杨：古人墓地常
种松柏、白杨。如《古诗十九首·去者日
以疏》："古墓犁为田，松柏摧为薪。白杨
多悲风，萧萧愁杀人。"

● *02* · 争：怎。红粉：妇女化妆用的胭脂
和白粉。代指美女。这里指盼盼。张仲素
原唱第三首如下："适看鸿雁岳阳回，又睹
玄禽逼社来。瑶瑟玉箫无意绪，任从蛛网
任从灰。"

今春有客洛阳回，

曾到尚书墓上来。

见说白杨堪作柱， *01*

争教红粉不成灰。 *02*

品 · 评

这组诗作于元和十年（815），白居易时在长安。张仲素原作是代言体，抒写关
氏十余年来"念旧爱而不嫁"的感情，白居易的和诗则抒发自己的同情和感慨，
内容相应，一唱三叹，韵味悠远。第一首写其秋夜独眠不寐，感叹夜长，竟觉
得"秋来只为一人长"。第二首写其再也无心歌舞，任随舞衣搁置。这两首都表
现关氏的孤寂思念之情。第三首写在张尚书墓所感。末二句感叹坟边的白杨树
已经可以做屋柱，美貌的关氏也终将变成灰土，语气尤为沉痛，亦包含对故人
的怀念、对旧游的回忆，如序中所说"感彭城旧游"。

读史五首

（选一）

楚怀放灵均，[01] 国政亦荒淫。

彷徨未忍决，[02] 绕泽行悲吟。[03]

汉文疑贾生，[04] 谪置湘之阴。[05]

是时刑方措，[06] 此去难为心。[07]

士生一代间，　谁不有浮沉？

良时真可惜，　乱世何足钦！[08]

乃知汨罗恨，[09] 未抵长沙深。

品·评　这一组诗作于元和年间。此处所选为第一首。本诗以屈原和贾谊作对比，强调两人所处时代治乱不同，一逢国政荒淫之乱世，一逢刑罚不用之治世。对屈原，写其投江前"彷徨未忍决"，写得重；对贾谊，只说"此去难为心"，写得轻。这实际上反映了通常对两人遭遇的感知。以下"良时真可惜"才是本诗的主旨。作者认为贾谊生当良时，而不受重用，遗憾比生逢乱世的屈原还深。这在一定程度上是作者对自身境遇不满的反映。

初贬官过望秦岭
01

注 · 释
● 01 · 望秦岭：当在骊山畔。
● 02 · 草草：急急忙忙。
● 03 · 去国：离开京城。国，国都。

草草辞家忧后事，02

迟迟去国问前途。03

望秦岭上回头立，

无限秋风吹白须。

品 · 评　本诗作于元和十年（815）。当年六月，藩镇李师道派人刺杀宰相武元衡，大臣裴度被刺负伤。白居易最先上疏请急捕贼，当朝权贵责难他在谏官之前言事，又诬告他作诗不忌讳母亲看花坠井而死的事。白居易因此被贬为江州（治所在今江西九江）司马。八月，登程赴贬所。本诗是途中第一首诗，表现对京城的留恋及离京后的悲凉心绪。前两句对仗，写出对家庭和朝廷不同形式的不舍。末两句宛如自画像，萧瑟秋风中，遭受严重打击的作者容颜衰老，其心情可以想见。

蓝桥驿见元九诗 _01_

注·释

● 01·蓝桥驿：自长安通往湖北大道上的一个驿站，在今陕西蓝田县东南蓝桥镇。

● 02·"蓝桥"句：指元稹于元和十年春自唐州返长安，路经蓝桥驿。元稹作《西归绝句》十二首，有诗云："云覆蓝桥雪满溪，须臾便与碧峰齐。风回面市连天合，冻压花枝著水低。"当是白居易所见诗。白居易自注："诗中云：江陵归时逢春雪。"

蓝桥春雪君归日， _02_

秦岭秋风我去时。

每到驿亭先下马，

循墙绕柱觅君诗。

品·评　本诗作于元和十年（815）白居易往江州途中。本年，元稹、白居易两人都途经蓝桥驿，而性质不同，元稹是从外地还京，白居易则是离京城往贬所。前两句诗反映了这种情况，点明季节未必没有表现情绪的用意。元稹当初归京抱有希望，符合"春"；白居易此次贬谪心情悲痛，符合"秋"。以下写自己在驿站细心寻觅元稹的题诗，"先下马"与"循"、"绕"、"觅"等连续的动作显示其急切，以平淡的词语表现两人间的深厚友情。

登郢州白雪楼 [01]

注·释

● 01·郢（yǐng）州：治所在今湖北钟祥。白雪楼：战国时楚国宋玉《对楚王问》中说，有人在郢都唱《阳春》、《白雪》，曲调高雅，能跟着唱的人很少；又唱《下里》、《巴人》，跟着唱的人就很多。后人附会此事，在郢州建白雪楼。

● 02·京使：京城来的使者。

● 03·"说道"句：作者原注："时淮西寇未平。"元和九年，淮西节度使吴少阳死，子吴元济自代，抗拒朝廷，唐宪宗下令讨伐，但相持不下。烟尘：指战争。

白雪楼中一望乡，

青山簇簇水茫茫。

朝来渡口逢京使， [02]

说道烟尘近洛阳。 [03]

品·评　本诗作于元和十年（815）白居易往江州途中。登楼而望乡，是题中应有之意，首句即开门见山。次句言向故乡望中所见，唯见群山重叠，流水茫茫，路途阻隔，未言此时心情，而思念之愁闷可以想见。以下转折，说起刚刚知道的消息，淮西叛军已威胁洛阳，表现出对国事的忧虑。作者撇开个人的悲思，忧心国事，苦于报国无门，更显焦虑万分。诗虽短，而境界阔大，寄慨遥深。

舟中读元九诗

注
·
释

● 01·把：手拿。

● 02·暗坐：在黑暗中坐着。

把君诗卷灯前读，⁰¹

诗尽灯残天未明。

眼痛灭灯犹暗坐，⁰²

逆风吹浪打船声。

品
·
评

本诗作于元和十年（815）白居易往江州途中。诗中以"灯残"、"眼痛"表现灯下长时间读元稹诗，未写读诗后的感受，而是以暗中独坐、静听风浪作结，通过氛围描写来衬托心情，留不尽之意于言外。前三句三用"灯"字，有意营造稠叠的诗境。元稹本年作有《闻乐天授江州司马》诗："残灯无焰影憧憧，此夕闻君谪九江。垂死病中惊坐起，暗风吹雨入寒窗。"元诗与本诗意境相似，可见挚友间心意相通。

放言五首

并序（选二）[01]

注·释

- 01·放言：放纵言论。
- 02·"元九"句：元稹于元和五年贬江陵府士曹参军事，元和九年移唐州，白居易和其诗时，元稹已任通州司马。
- 03·长句诗：指七言诗。这里特指七言律诗。
- 04·体律：体制合乎格律。
- 05·李颀（约690—约751）：唐代诗人。家居颍阳（治所在今河南登封市境）。开元二十三年进士第，官新乡县尉。
- 06·"济水"二句：见李颀《杂兴》诗。
- 07·浔阳：江州曾称浔阳郡。
- 08·届：到达。
- 09·缀：连结。这里指写诗。

元九在江陵时，[02] 有《放言》长句诗五首，[03] 韵高而体律，[04] 意古而词新。予每咏之，甚觉有味，虽前辈深于诗者，未有此作。唯李颀有云[05]："济水至清河自浊，周公大圣接舆狂。"[06] 斯句近之矣。予出佐浔阳，[07] 未届所任，[08] 舟中多暇，江上独吟，因缀五篇，[09] 以续其意耳。

●01·底事：何事。

●02·臧生：指臧武仲。臧孙氏，名纥。春秋时鲁国大夫。有智谋，时称圣人。见《左传·襄公二十二年》。

●03·宁子：指宁武子。春秋时卫国大夫。《论语·公冶长》："宁武子邦有道则知，邦无道则愚。其知可及也，其愚不可及也。"

●04·草萤：草间的萤火虫。

●05·团：圆。

●06·燔（fán）柴：祭天的仪式。把玉、牺牲放在积柴上，焚烧以祭。照乘（shèng）：照乘珠。据说是光能照亮车前后很远的宝珠。

朝真暮伪何人辨，

古往今来底事无？ ⁰¹

但爱臧生能诈圣， ⁰²

可知宁子解佯愚？ ⁰³

草萤有耀终非火， ⁰⁴

荷露虽团岂是珠？ ⁰⁵

不取燔柴兼照乘， ⁰⁶

可怜光彩亦何殊？

注·释

● 01 · 狐疑：形容人遇事犹豫不决，像狐狸一般多疑。

● 02 · 钻龟、祝蓍（shī）：两种占卜方法。前者在龟甲上钻孔，用火烤后，根据裂纹来判断吉凶。后者取蓍草的茎加以排列计算来预测。

● 03 · "试玉"句：作者原注："真玉烧三日不热。"

● 04 · "辨材"句：作者原注："豫章木生七年而后知。"《史记·司马相如列传》"便楠豫章"，《正义》引《活人》曰："豫，今之枕木也；章，今之樟木也。二木生至七年，枕樟乃可分别。"

● 05 · "周公"句：周公：姬姓，名旦，周武王之弟。助武王灭商，建立典章制度。成王年幼，周公摄政。管叔、蔡叔、霍叔不满，造谣说周公想篡位。周公避居三年，成王明白真相，迎回周公。三叔叛乱，成王命周公东征，平定东方。后：一作"日"。

● 06 · "王莽"句：西汉末年，王莽利用外戚的地位独揽朝政。后篡位，改国号为"新"。未篡位前，生活节俭，散财结客，谦恭下士，声望很高。见《汉书·王莽传》。

● 07 · 向使：假使。

赠君一法决狐疑，[01]

不用钻龟与祝蓍。[02]

试玉要烧三日满，[03]

辨材须待七年期。[04]

周公恐惧流言后，[05]

王莽谦恭未篡时。[06]

向使当初身便死，[07]

一生真伪复谁知？

品·评

这一组诗作于元和十年（815）白居易往江州途中，乃和元稹《放言五首》而作。这里选录第一、第三两首。白居易对自己与元稹两人蒙冤遭贬之事加以思考，得出具有普遍意义的哲理。这两首诗的主旨是：人间真伪虽难辨别，但经过比较，经过时间考验，总能真伪分明。通篇议论，以历史事例说明，使用对比、比喻等修辞方法，寓哲理于形象之中，生动而深刻。上一首开端直接提出辨别真伪的问题，诗中多用反问句，以问为答。三、四句举古人为例。后四句以萤火非火、露珠非珠为喻，指出比较是辨伪的好方法。下一首一开始就说赠人一个方法，解决人的犹豫不决，这样的开头很有吸引力。三、四句通过举例说出了这个方法，即时间能够辨别真伪。后四句对举著名的历史人物周公、王莽，说明这个方法的正确性，并发出令人警醒的反问："向使当初身便死，一生真伪复谁知？"这一问点出了主题。从这里可以看出作者坚信自己无罪，时间会洗清罪名。

读李杜诗集因题卷后 *01*

注·释

- *01*·李杜：李白、杜甫。
- *02*·"翰林"句：指李白晚年曾客游今安徽、江苏一带。江左：即江东，指长江下游地区。
- *03*·"员外"句：杜甫在安史之乱中辗转入四川成都，曾在剑南节度使严武幕中任参谋，授检校工部员外郎。后又流寓梓州、夔州。剑南：唐代道名。以在剑阁之南而得名，治所在益州（今成都）。
- *04*·仍：更。
- *05*·"暮年"句：杜甫晚年离开成都，不再担任官职，流浪川东、湖北、湖南。逋（bū）客：指不愿做官的人。
- *06*·浮世：古人认为人生不定，故称人生为"浮生"，人世为"浮世"。谪仙：作者原注："贺监知章目李白为谪仙人。"李白《对酒忆贺监二首》序："太子宾客贺公于长安紫极宫一见余，呼余为谪仙人。因解金龟换酒为乐。"谪仙，谪降人世的仙人。
- *07*·四夷：指中原周边各族所居地区。
- *08*·文场：文坛。

翰林江左日， *02* 员外剑南时。 *03*

不得高官职， 仍逢苦乱离。 *04*

暮年逋客恨， *05* 浮世谪仙悲。 *06*

吟咏流千古， 声名动四夷。 *07*

文场供秀句， *08* 乐府待新辞。

天意君须会， 人间要好诗。

品·评　本诗作于元和十年（815）白居易往江州途中。感叹李白、杜甫两位大诗人的不幸遭遇，赞扬他们的不朽诗篇。诗以李、杜两人晚年流落异乡对起，引出以下四句写其遭遇，再四句赞扬其诗。末两句总结全篇，说天意不让李、杜做大官而漂泊流离，是因为人间需要好诗。这里含有诗"穷而后工"的观点。作者实际上是以自身的遭遇相比，并以继承李、杜自勉。

望江州

注·释　●01·回：曲折。华表：这里指路边做标志的木柱。柱一般高丈余，上端有横板。

江回望见双华表，[01]

知是浔阳西郭门。

犹去孤舟三四里，

水烟沙雨欲黄昏。

品·评　本诗作于元和十年（815）。诗写船中望见江州时的景象。先写在曲折的江流中望见华表，再写知道那里是江州的城门。叙述简要，省略不少细节。三、四句写孤舟所处，将近黄昏时分，江水迷茫，雨打沙滩，一片凄清景象。以景结束，而情在其中，可察觉作者的迷惘，似疑惑江州司马的贬官生涯该如何开始。

江楼闻砧 [01]

注·释

● 01·闻砧（zhēn）：听到在石上捣衣的声音。砧，捣衣石。捣衣，指人们在做衣服前，先把丝帛等放在石上拍打，使其松软。
● 02·江人：指江州人。授衣：指准备寒衣。《诗经·豳风·七月》："九月授衣。"

江人授衣晚，[02] 十月始闻砧。

一夕高楼月，　万里故园心。

品·评　本诗作于元和十年（815），时白居易初到江州。诗中写闻砧望月，表现对家乡的思念。客居他乡者听到捣衣声，容易联想到家乡的亲人或许也在捣衣，从而引发思乡之情。诗中反映了古人的这种普遍心理。"闻砧"而引动"故园心"，第三句先宕开，写登楼望月，句中含遥想故乡月及月下亲人之意，末句一并点明。笔调平淡，而含蕴的感情强烈。

放旅雁
01

注
·
释

● *01* · 旅雁：指在旅途中的大雁。

● *02* · 九江：江州地区，秦时属九江郡。西晋置江州。隋时曾改称九江郡，唐复改为江州。

● *03* · 江童：指江州的儿童。捕将去：捕捉而去。将，语助词。

九江十年冬大雪，*02*

江水生冰树枝折。

百鸟无食东西飞，

中有旅雁声最饥。

雪中啄草冰上宿，

翅冷腾空飞动迟。

江童持网捕将去，*03*

手携入市生卖之。

我本北人今谴谪，

人鸟虽殊同是客。

● 04・客人：居他乡的人。

● 05・第一：最紧要者。

● 06・"淮西"句：见《登郢州白雪楼》注03。甲兵：披甲的士兵。

● 07・老：指军队出战时间过久，情绪低落而有暮气。

● 08・兵穷：武器用尽。将及汝：就要轮到杀你。

● 09・健儿：唐代军队招募的一种兵士。开元二十五年置兵防健儿，长驻边军，享受常例外的待遇。这里泛指兵士。

● 10・箭羽：箭杆末端的鸟羽毛，起平衡作用。雁翎为上选羽毛。

见此客鸟伤客人，⁰⁴

赎汝放汝飞入云。

雁雁汝飞向何处？

第一莫飞西北去。⁰⁵

淮西有贼讨未平，

百万甲兵久屯聚。⁰⁶

官军贼军相守老，⁰⁷

食尽兵穷将及汝。⁰⁸

健儿饥饿射汝吃，⁰⁹

拔汝翅翎为箭羽。¹⁰

品·评 本诗作于元和十年（815），白居易时在江州。诗题下作者原注："元和十年冬作。"诗写见旅雁遭捕捉而生怜悯，抒发贬谪客居的伤感，并表达了对淮西叛乱未平的忧虑。诗先写大雪天使鸟类陷入困境，旅雁尤甚，导致被捉，"雪中啄草冰上宿"两句观察细致。"我本北人今谴谪"四句由旅雁为客想到自身亦为客，同命相怜，于是赎买旅雁放生，称"汝"显现亲近。以下设问而叮嘱旅雁，告诫其莫飞向淮西，引出对战事的关注。末句"拔汝翅翎为箭羽"表明由雁而想到战事的逻辑关系。

编集拙诗成一十五卷，因题卷末，戏赠元九、李二十 [01]

一篇长恨有风情，[02]
十首秦吟近正声。[03]
每被老元偷格律，[04]
苦教短李伏歌行。[05]
世间富贵应无分，[06]
身后文章合有名。
莫怪气粗言语大，[07]
新排十五卷诗成。[08]

注·释

● 01·李二十：即李绅（772—846）。字公垂，排行二十，润州无锡（治所在今江苏无锡）人。元和元年登进士第。入浙西观察使李锜幕，李锜谋反，不从。武宗时，自淮南节度使为相，后复出为淮南节度使，卒于任所。早有诗名。曾作《新题乐府》二十首，为元稹、白居易和诗的先导。

● 02·长恨：指《长恨歌》。风情：风雅的情趣。

● 03·秦吟：指《秦中吟》。正声：正大之音。指《诗经》中的雅诗。《诗大序》曰："雅者，正也，言王政之所由废兴也。"《秦中吟》也旨在探讨政治废兴。

● 04·"每被"句：作者原注："元九向江陵日，尝以拙诗一轴赠行，自后格变。"偷：这里是戏辞。

● 05·"苦教"句：作者原注："李二十常自负歌行，近见予乐府五十首，默然心伏。"苦：极，甚。短李：李绅身材矮小，人称"短李"。歌行：汉乐府中有很多题名为"歌"或"行"的诗，后世遂有"歌行"一体，采用五言、七言、杂言的古体，形式自由多变化。

● 06·分：同"份"。

● 07·言语大：言辞夸张。

● 08·排：编排。

品·评　本诗作于元和十年（815）冬。白居易到江州后，自编诗集，成十五卷，约八百首，分为四类：讽谕诗、闲适诗、感伤诗、格律诗。本诗引以为豪的《长恨歌》《秦中吟》分别编入感伤诗、讽谕诗。首联对自己的诗歌创作推重"风情"、"正声"，颇为自负，并以此态度贯穿全诗。颔联由自负而向友人戏谑自夸，颈联由自负而预言身后将有诗名。尾联则说明新编成诗集，点题。

山鹧鸪
01

注·释

● 01 · 鹧鸪：生活于南方的鸟。古人象其啼声为"行不得也哥哥"，常借以抒发行旅感慨。

● 02 · 黄茅岗：泛指长满黄茅草的山岗。

● 03 · 苦竹岭：泛指长着苦竹的山岭。苦竹，竹的一种，笋味苦。《琵琶行》中亦有句曰"黄芦苦竹绕宅生"。

● 04 · 石楠：一种常绿小乔木，生长在淮河以南山地。

● 05 · 迢迢：形容长久。

● 06 · 迁客：贬谪到外地的官员。展转卧：在床上翻来覆去，不能入睡。

● 07 · 彷徨：走来走去，形容心神不安。

山鹧鸪，朝朝暮暮啼复啼，啼时露白风凄凄。黄茅岗头秋日晚，*02* 苦竹岭下寒月低。*03* 畲田有粟何不啄，石楠有枝何不栖？*04* 迢迢不缓复不急，*05* 楼上舟中声暗入。梦乡迁客展转卧，*06* 抱儿寡妇彷徨立。*07* 山鹧鸪，尔本此乡鸟。生不辞巢不别群，何苦声声啼到晓？啼到晓，唯能愁北人，南人惯闻如不闻。

品·评

本诗约作于元和十年（815），白居易时在江州。诗中描绘山鹧鸪啼声凄凉，影响外乡人的心情，以此抒发思乡之苦。诗将山鹧鸪置于秋天的环境中，渲染凄清的气氛。"迢迢不缓复不急"以下，由山野转向居人，写其啼声令人感伤。"山鹧鸪，尔本此乡鸟"以下，角度变换，作者直接责问山鹧鸪，怪其使北方迁客发愁，于无理中表达思乡之苦。诗为杂言体，多次换韵，语言表达灵活变化，似与啼声相应。

题浔阳楼
01

常爱陶彭泽，⁰² 文思何高玄。⁰³
又怪韦江州，⁰⁴ 诗情亦清闲。⁰⁵
今朝登此楼，　有以知其然。
大江寒见底，⁰⁶ 匡山青倚天。⁰⁷
深夜湓浦月，⁰⁸ 平旦炉峰烟。⁰⁹
清辉与灵气，　日夕供文篇。
我无二人才，　孰为来其间？¹⁰
因高偶成句，　俯仰愧江山。¹¹

品·评　本诗约作于元和十一年（816），白居易时在江州。诗将江山美景与著名诗人相联系。开端称颂曾生活于江州的陶渊明、韦应物两人之诗"高玄"、"清闲"，如今登楼而见江山景色之美，认为"清辉与灵气"是产生好诗的原因。此即古人所说文学创作的江山之助。诗中写景从大处表现特征，有概括性，下笔拔俗。

访陶公旧宅

并序

注·释

● 01·夙：向来。

● 02·柴桑：地名。在今九江市西南。

● 03·栗里：地名。在柴桑附近，陶渊明曾居此。

予夙慕陶渊明为人，[01]往岁渭川闲居，尝有效陶体诗十六首。今游庐山，经柴桑，[02]过栗里，[03]思其人，访其宅，不能默默，又题此诗云。

● 01 · "垢尘"句：《管子·水地》："(玉)
鲜而不垢，洁也。"

● 02 · "灵凤"句：《太平御览·羽族部》
引《乐计图》："(凤)不啄生虫。"

● 03 · 呜呼：叹词。陶靖节：陶渊明死后，
友人私谥其为靖节。

● 04 · "心实"二句：意谓陶渊明内心实
为晋朝守臣节，而不便明说。这是古人的
普遍看法。如《宋书·隐逸传》："自以曾
祖（陶侃）晋世宰辅，耻复屈身异代。自
（宋）高祖王业渐隆，不复肯仕。"

● 05 · "永惟"二句：意谓长久思念隐居首
阳山的伯夷、叔齐二人。伯夷、叔齐是商
末孤竹国君之子，孤竹君死后，两人互相
推让君位，逃走不受。周武王进军伐商，
两人劝阻不成，遂隐居首阳山。后不食周
粟，采薇而食，终致饿死。惟：思念。孤
竹：商、周时小国，在今河北卢龙县南。
拂衣：抖动衣服，表示某种激动的感情。
这里指代隐居。首阳山：其位置异说甚多，
一说在今山西永济市南。

● 06 · "先生"二句：陶渊明有五个儿子：
俨、俟、份、佚、佟。他在《与子俨等疏》
中说："僶僶辞世，使汝等幼而饥寒。"

● 07 · "连征"句：颜延之《陶征士诔》：
"有诏征为著作郎，称疾不到。"征：朝廷
征召做官。起：指应征召。

垢尘不污玉，01 灵凤不啄膻。02

呜呼陶靖节，03 生彼晋宋间。

心实有所守， 口终不能言。04

永惟孤竹子， 拂衣首阳山。05

夷齐各一身， 穷饿未为难。

先生有五男， 与之同饥寒。06

肠中食不充， 身上衣不完。

连征竟不起，07 斯可谓真贤。

我生君之后， 相去五百年。

每读五柳传，⁰⁸ 目想心拳拳。⁰⁹

昔常咏遗风， 著为十六篇。¹⁰

今来访故宅， 森若君在前。¹¹

不慕樽有酒，¹² 不慕琴无弦。¹³

慕君遗荣利， 老死此丘园。¹⁴

柴桑古村落， 栗里旧山川。

不见篱下菊，¹⁵ 但余墟中烟。¹⁶

子孙虽无闻， 族氏犹未迁。¹⁷

每逢姓陶人， 使我心依然。¹⁸

●08·五柳传：即《五柳先生传》。文中说："先生不知何许人也，亦不详其姓字，宅边有五柳树，因以为号焉。"其后列叙此人清高的品格和作风，实际上是陶渊明的自述。

●09·目想：仰望，凝思。拳拳：恳切的样子。

●10·十六篇：指白居易《效陶潜体诗十六首》。

●11·森：严肃的样子。

●12·樽有酒：语本陶渊明《归去来兮辞》："有酒盈樽。"

●13·琴无弦：陶渊明不解音律，而备无弦琴一张，酒后常抚弄以寄托心意。

●14·丘园：田园。

●15·篱下菊：语本陶渊明《饮酒》诗："采菊东篱下，悠然见南山。"

●16·墟中烟：村落里的炊烟。语本陶渊明《归园田居》："暧暧远人村，依依墟里烟。"

●17·族氏：家族。

●18·依然：留恋不舍。

品·评 本诗作于元和十一年（816），白居易时在江州。诗中抒发了对陶渊明的仰慕之情。诗以比兴起，赞扬陶渊明人格高洁。以下将陶渊明与伯夷、叔齐比较，认为陶渊明全家饥寒而隐居更难，是真贤。"我生君之后"以下，写自己一向敬仰陶渊明，再写此次访其旧宅的感受，最后写逢姓陶人而依恋，进一步显现对陶渊明的敬重。白居易此时已萌生退隐之意，故对陶渊明的生活道路产生共鸣。

江楼早秋

注·释

● 01·霁：雨止。
● 02·蘋（pín）：一种生在浅水中的小草，四片小叶成一复叶，形如"田"字。
● 03·木兰：一种落叶小乔木。又称紫玉兰、木笔。先开花后长叶，花大，外面紫色，内面近白色。
● 04·伏腊资：指生活费用。伏、腊，是夏祭与冬祭之日。
● 05·官满：任职期满。

南国虽多热，　秋来亦不迟。

湖光朝霁后，⁰¹ 竹气晚凉时。

楼阁宜佳客，　江山入好诗。

清风水蘋叶，⁰² 白露木兰枝。⁰³

欲作云泉计，　须营伏腊资。⁰⁴

匡庐一步地，　官满更何之？⁰⁵

品·评　本诗作于元和十一年（816），白居易时在江州。前八句写南国早秋，天气宜人，景物优美，可以待佳客，能助成好诗，于是引发后四句所表达的就近隐居庐山的想法。末句采取反问形式，决心坚定。诗中写到要准备隐居的生活费用，这说明白居易对于退隐的具体问题已有所考虑。回顾作者几年前所作《自题写真》中"宜当早罢去，收取云泉身"句，可以察觉程度的不同。

西楼

注·释

● 01·小郡：江州在唐代虽定为上州，但仅辖浔阳等三县，人口稀少，因此这里说是小郡。

● 02·危楼：高楼。

● 03·青芜：丛生的青草。卑湿：地势低湿。《史记·屈原贾生列传》记贾谊自京城出为长沙王太傅，"闻长沙卑湿，自以寿不得长，又以谪去，意不自得"。白诗用此暗喻自己被贬谪。

● 04·沆（xuè）瀣：空旷的样子。宋玉《九辩》："沆瀣兮天高而气清。"

● 05·"仍闻"二句：吴元济据蔡州抗拒朝廷，自元和九年至此已三年。陈州，治所在宛丘（今河南淮阳）。蔡州，治所在汝阳（今河南汝南）。

小郡大江边，[01] 危楼夕照前。[02]

青芜卑湿地，[03] 白露沆瀣天。[04]

乡国此时阻，　家书何处传？

仍闻陈蔡戍，　转战已三年。[05]

品·评

本诗作于元和十一年（816），白居易时在江州。诗首联写登楼，"小郡"语似显遭弃置的心态。颔联写俯仰天地所见，寓贬谪之苦、悲秋之情。颈联写望中故乡道路梗阻，音讯不通。尾联承上，说明路阻是由于战争连年不止。笔调简练凝重。颔联写所见景物，含贾谊事、宋玉赋，暗表自身心情。用典浑然不觉，可谓善用典。

琵琶行

并序

元和十年，予左迁九江郡司马。[01] 明年秋，送客溢浦口，[02] 闻舟中夜弹琵琶者。听其音，铮铮然有京都声。[03] 问其人，本长安倡女，[04] 尝学琵琶于穆、曹二善才，[05] 年长色衰，委身为贾人妇。[06] 遂命酒，使快弹数曲。[07] 曲罢，悯默。[08] 自叙少小时欢乐事，今漂沦憔悴，[09] 转徙于江湖间。予出官二年，[10] 恬然自安，[11] 感斯人言，是夕始觉有迁谪意。因为长句，[12] 歌以赠之，凡六百一十六言，命曰《琵琶行》。

● 01 · 左迁：贬官。古人以右为尊，以左为卑。

● 02 · 溢浦口：溢浦流入长江的地方。见《题浔阳楼》注 08。

● 03 · 铮铮然：形容声音像金属撞击般响亮。京都声：京城一带的韵味。

● 04 · 倡女：歌舞女。

● 05 · 穆、曹二善才：善才是当时对琵琶名手的尊称。唐段安节《乐府杂录》记琵琶手："贞元中有王芬、曹保保，其子善才，其孙曹纲，皆袭所艺。"所记曹善才不知是专名还是通称。

● 06 · 贾（gǔ）人：商人。

● 07 · 快弹：尽兴弹奏。

● 08 · 悯默：忧伤而不说话。

● 09 · 漂沦：漂泊沦落。憔悴：困顿失意。

● 10 · 出官：指离开京城做地方官。

● 11 · 恬然：形容心情平静。

● 12 · 长句：指七言诗。

注
·
释
● *01*·浔阳江：长江流经江州北边的一段。
● *02*·荻（dí）：水边植物，与芦苇相似，
秋天开花。瑟瑟：风吹草木的声音。
● *03*·管弦：管乐器与弦乐器。指奏乐。
古代官僚宴饮，常有歌伎演唱奏乐以助兴。
● *04*·回灯：使灯光转亮。灯指油灯。灯
光暗淡时，需添油拨芯，使之转明。

浔阳江头夜送客，*01*

枫叶荻花秋瑟瑟。*02*

主人下马客在船，

举酒欲饮无管弦。*03*

醉不成欢惨将别，

别时茫茫江浸月。

忽闻水上琵琶声，

主人忘归客不发。

寻声暗问弹者谁，

琵琶声停欲语迟。

移船相近邀相见，

添酒回灯重开宴。*04*

● 05 · 始：才。

● 06 · 抱：弹奏琵琶的常规姿势。

● 07 · 转轴：转动琵琶上系弦的木轴，以调节音调，俗称定弦。

● 08 · 掩抑：形容声音低沉。声声思：一声声都含有情思。

● 09 · 续续：连续不断。

● 10 · "轻拢"句：写弹奏时的各种指法。拢：左手指扣弦。捻：左手指揉弦。抹：右手顺手下拨。挑：右手反手回拨。

● 11 · 霓裳：即《霓裳羽衣曲》。绿腰：又称《六幺》或《录要》。琵琶曲名。

● 12 · "大弦"二句：琵琶有四弦。大弦是最粗的弦，小弦是最细的弦。嘈嘈：形容声音粗重喧闹。切切：形容声音细微急促。

千呼万唤始出来，⁰⁵

犹抱琵琶半遮面。⁰⁶

转轴拨弦三两声，⁰⁷

未成曲调先有情。

弦弦掩抑声声思，⁰⁸

似诉平生不得志。

低眉信手续续弹，⁰⁹

说尽心中无限事。

轻拢慢捻抹复挑，¹⁰

初为霓裳后绿腰。¹¹

大弦嘈嘈如急雨，

小弦切切如私语。¹²

● 13 · "大珠"句：形容乐声圆润流转。《礼记·乐记》："累累乎端如贯珠。"

● 14 · 间关：鸟鸣声。

● 15 · 幽咽：形容声音低沉微弱。

● 16 · 弦凝绝：弦凝止不动。这里指弹奏作一顿挫。

● 17 · 乍：忽然。迸：喷溅。

● 18 · 突出：突然杀出。

● 19 · 拨：弹琵琶用的器具，形状如铲，用以拨弦。弹琵琶时可用手指，也可用拨。
当心画：对着几条弦的中心用力横划，是终止乐曲的动作。

嘈嘈切切错杂弹，

大珠小珠落玉盘。 *13*

间关莺语花底滑， *14*

幽咽泉流冰下难。 *15*

冰泉冷涩弦凝绝， *16*

凝绝不通声暂歇。

别有幽愁暗恨生，

此时无声胜有声。

银瓶乍破水浆迸， *17*

铁骑突出刀枪鸣。 *18*

曲终收拨当心画， *19*

四弦一声如裂帛。

东舟西舫悄无言，[20]

唯见江心秋月白。

沉吟放拨插弦中，

整顿衣裳起敛容。[21]

自言本是京城女，

家在虾蟆陵下住。[22]

十三学得琵琶成，

名属教坊第一部。[23]

曲罢曾教善才伏，

妆成每被秋娘妒。[24]

五陵年少争缠头，[25]

一曲红绡不知数。

钿头云篦击节碎，[26]

血色罗裙翻酒污。

今年欢笑复明年，

秋月春风等闲度。

弟走从军阿姨死，

暮去朝来颜色故。[27]

门前冷落鞍马稀，

老大嫁作商人妇。

商人重利轻别离，

前月浮梁买茶去。[28]

去来江口守空船，[29]

绕船月明江水寒。

● 30 · 妆泪：泪水和着脂粉。阑干：眼泪
纵横的样子。
● 31 · 唧唧：嗟叹声。
● 32 · 沦落：失意流落。
● 33 · 黄芦：即芦苇。芦苇秋后变黄。苦
竹：见《山鹧鸪》注03。

夜深忽梦少年事，

梦啼妆泪红阑干。³⁰

我闻琵琶已叹息，

又闻此语重唧唧。³¹

同是天涯沦落人，³²

相逢何必曾相识？

我从去年辞帝京，

谪居卧病浔阳城。

浔阳地僻无音乐，

终岁不闻丝竹声。

住近湓江地低湿，

黄芦苦竹绕宅生。³³

● 34 • 杜鹃：又名子规、杜宇。啼声悲凉，
相传常啼到吐血才停止。

● 35 • 呕哑：象声词，形容声音杂乱。嘲
哳（zhāo zhā）：象声词，形容声音繁碎。

● 36 • 暂：突然。

● 37 • 翻：指按曲调写成歌词。

● 38 • 却坐：退后坐下。促弦：拧紧弦。

其间旦暮闻何物？

杜鹃啼血猿哀鸣。[34]

春江花朝秋月夜，

往往取酒还独倾。

岂无山歌与村笛？

呕哑嘲哳难为听。[35]

今夜闻君琵琶语，

如听仙乐耳暂明。[36]

莫辞更坐弹一曲，

为君翻作琵琶行。[37]

感我此言良久立，

却坐促弦弦转急。[38]

● 39·向前：先前。

● 40·掩泣：掩面哭泣。

● 41·青衫：唐代八、九品官的官服为青色，依散官阶而定。江州司马为职事官，从五品下，但是白居易此时散官为将仕郎，从九品下，只能穿青色官服。

凄凄不似向前声，³⁹

满座重闻皆掩泣。⁴⁰

座中泣下谁最多？

江州司马青衫湿。⁴¹

品·评 本诗作于元和十一年（816），白居易时在江州。作者贬谪异乡，借偶然相遇的倡女的不幸遭遇，抒发同病相怜之感，宣泄自己的沦落之情。至于是否真有其事，不必深究，全诗可分三段。从开头到"唯见江心秋月白"为第一段，写江边偶遇弹琵琶的妇人，描述其弹奏技艺的精妙。从"沉吟放拨插弦中"到"梦啼妆泪红阑干"为第二段，写此长安倡女回忆往事，诉说痛苦。从"我闻琵琶已叹息"到末句为第三段，抒发自己的贬谪悲伤，"同是天涯沦落人"两句尤为沉痛。作为一首叙事诗，全篇结构缜密，承接自然，剪裁得体，情调凄婉动人，词句优美。诗的重点是写长安倡女和作者的身世遭遇，长安倡女详，作者自身略。两次写弹奏琵琶，第一次是具体描写乐声，第二次是叙述音乐的感伤效果。描写乐声时，用各种生动的比喻表现音乐形象，声情并茂，艺术性极高。

百花亭晚望夜归 [01]

注·释

● 01·百花亭：在江州城东，南朝梁刺史邵陵王萧纶建。

● 02·日色悠扬：指日光柔和而时有强弱。

● 03·萧飒：风雨声。

百花亭上晚徘徊，

云景阴晴掩复开。

日色悠扬映山尽， [02]

雨声萧飒渡江来。 [03]

鬓毛遇病双如雪，

心绪逢秋一似灰。

向夜欲归愁未了，

满湖明月小船回。

品·评　本诗约作于元和十一年（816），白居易时在江州。首联点明"晚望"，从看云写傍晚阴晴变化。颔联承上句"阴晴"分写，用语贴切，有气势。颈联接前所写阴雨而来，表现叹老心态、逢秋愁绪。尾联点明"夜归"，上句"愁未了"，沉闷已极，而下句以"满湖明月"开朗之景收束，显现劲健笔力。

夜雪

注
·
释

● *01* · 衾（qīn）：被子。

已讶衾枕冷，⁰¹ 复见窗户明。

夜深知雪重，　时闻折竹声。

**品
·
评**

本诗约作于元和十一年（816），白居易时在江州。诗中没有直接描写雪景，而是采取侧面烘托的手法，通过多种角度的感受来表现大雪，笔法简练而细致。前两句通过人的触觉与视觉判断已下雪。"衾枕冷"点明是夜雪，"窗户明"则表明积雪反光强烈。后两句通过听觉进一步判断雪下得很大，雪落本寂静无声，而从"折竹声"中透出雪"重"，则可知雪降不止。

读谢灵运诗 ⁰¹

注·释

● 01·谢灵运（385—433）：南朝诗人。祖籍陈郡阳夏（治所在今河南太康）。晋谢玄之孙，袭封康乐公，故后人称为谢康乐。入宋后，曾任永嘉太守、临川内史等官。纵情山水，不理政事，多次被弹劾。后以谋反罪被杀。文学上卓有成就，开创了山水诗派。

● 02·达士：豁达明理、超越世俗的人。《后汉书·仲长统列传》："达士拔俗。"

● 03·穷通：穷达。困窘不得志与显达受重用。冥数：暗中的定数，即命运。

● 04·廓落：豁达不羁。

● 05·摅（shū）：抒发。心素：心意，本心。

● 06·即事：指就眼前的事物、景色而作诗。

● 07·兴谕：指有所寄托讽谕。

● 08·章句：章节和句子，代指文辞。

吾闻达士道，⁰² 穷通顺冥数。⁰³

通乃朝廷来， 穷即江湖去。

谢公才廓落，⁰⁴ 与世不相遇。

壮志郁不用， 须有所泄处。

泄为山水诗， 逸韵谐奇趣。

大必笼天海， 细不遗草树。

岂惟玩景物？ 亦欲摅心素。⁰⁵

往往即事中，⁰⁶ 未能忘兴谕。⁰⁷

因知康乐作， 不独在章句。⁰⁸

品·评

本诗约作于元和十一年（816），白居易时在江州。谢灵运以山水诗著称，本诗中称赞谢灵运是达士，有志不得用乃"泄为山水诗"。白居易认为谢灵运写作山水诗不只是描绘风景，还抒发心意，有所寄托讽谕，强调其诗"不独在章句"，即不是仅追求文辞之工。这一看法，暗含作者自白之意。

注·释

● *01* · 十二年：原作"十三年"，据正史改。淮寇：指淮西吴元济叛军。岁仗：指皇帝在元旦接受群臣朝贺的仪仗。率尔：轻率，随意。

● *02* · 轸（zhěn）：哀痛。

● *03* · 不分（fèn）：不甘心，不服气。

● *04* · 无明：无明火的简称。佛教语。指痴愚之念，欲火。这里指发怒。

● *05* · 飞短檄（xí）：指为朝廷发布讨伐檄文。檄，官府用以征召、告示或声讨的文书。

● *06* · 请长缨：请求投军出征。据《汉书·终军传》，汉武帝派人出使南越，让南越王入朝，终军自请，愿受长缨，要把南越王捆绑押送到京城。缨，绳子。

闻停岁仗轸皇情，*02*

应为淮西寇未平。

不分气从歌里发，*03*

无明心向酒中生。*04*

愚计忽思飞短檄，*05*

狂心便欲请长缨。*06*

从来妄动多如此，

自笑何曾得事成。

品·评

本诗作于元和十二年（817），白居易时在江州。诗中抒发了因淮西叛乱而生的愤慨，表明作者虽有隐退之心，然而并未忘怀国事，仍思报效朝廷。诗由闻国事艰难而起，颔联直抒愤慨。颈联表示欲起而行动，效力于平叛战争。尾联语气转折，说自己从来行动轻率，可笑没有做成过什么事情。这是因抱负难以施展而只得自嘲。诗篇义愤填膺，直抒胸臆，表达了曲折的内心活动。

香炉峰下新置草堂，即事咏怀，题于石上

注·释

● 01·遗爱寺：在香炉峰下，近东林寺。
● 02·"白石"句：语本《诗经·唐风·扬之水》："白石凿凿。"凿凿：鲜明的样子。
● 03·潺潺：流水声。
● 04·青琅玕（gān）：喻青竹。琅玕，玉石。
● 05·沉冥子：藏匿行迹的隐者。
● 06·依然：留恋不舍。
● 07·忽乎：时间过得快。
● 08·茅宇：草堂。
● 09·劚（zhǔ）壑：挖掘山沟。

香炉峰北面，　遗爱寺西偏。 *01*

白石何凿凿， *02* 清流亦潺潺。 *03*

有松数十株，　有竹千余竿。

松张翠伞盖，　竹倚青琅玕。 *04*

其下无人居，　惜哉多岁年。

有时聚猿鸟，　终日空风烟。

时有沉冥子， *05* 姓白字乐天。

平生无所好，　见此心依然。 *06*

如获终老地，　忽乎不知还。 *07*

架岩结茅宇， *08* 劚壑开茶园。 *09*

● 10 · 洗我耳：传说尧聘许由为九州长，许由不愿听，在颖水边洗耳。见晋皇甫谧《高士传》。

● 11 · 白莲：晋慧远在庐山东林寺结社修业，寺中多种白莲，称为白莲社。这里暗用其事。

● 12 · 挈（qiè）：提着。五弦：指五弦琴。

● 13 · "傲然"句：语本陶渊明《劝农》诗："傲然自足，抱朴含真。"

● 14 · 箕踞：古人席地而坐，如两腿向前伸开，则形状像簸箕，称箕踞，是不拘礼节的坐法。

● 15 · 野夫：乡下人。

● 16 · 世网：世俗名利的束缚。

● 17 · 捧日：喻做皇帝的近臣。

● 18 · 倦鸟：陶渊明《归去来兮辞》："鸟倦飞而知还。"

● 19 · 涸（hé）鱼：《庄子·大宗师》："泉涸，鱼相与处于陆，相呴以湿，相濡以沫，不如相忘于江湖。"

何以洗我耳？[10]　屋头落飞泉。

何以净我眼？　砌下生白莲。[11]

左手携一壶，　右手挈五弦。[12]

傲然意自足，[13]　箕踞于其间。[14]

兴酣仰天歌，　歌中聊寄言。

言我本野夫，[15]　误为世网牵。[16]

时来昔捧日，[17]　老去今归山。

倦鸟得茂树，[18]　涸鱼反清源。[19]

舍此欲焉往？　人间多险艰。

品·评　本诗作于元和十二年（817），白居易时在江州。白居易在庐山建成草堂而作本诗，表达了傲然自足、终老其间的心情。诗先写草堂位置所在，环境清幽，继而表示自己到此留恋不舍。"架岩结茅宇"六句写草堂外部设置，以下写自己在其中诗酒弦歌，适意自得。诗末直抒情怀，感叹久遭世俗束缚，经历艰险，欲终老其间。全诗结构井然，叙述详尽。语句清淡，受到陶渊明的影响。白居易撰有《草堂记》一文，叙述草堂建筑情况，可参看。

大林寺桃花
01

注·释

● 01·大林寺：在香炉峰，晋僧昙诜法师所建。

● 02·"人间"二句：白居易《游大林寺序》："山高地深，时节绝晚。于时孟夏月，如正、二月天，梨桃始华，涧草犹短。人物风候，与平地聚落不同。初到，恍然若别造一世界者。"

人间四月芳菲尽，

山寺桃花始盛开。 02

长恨春归无觅处，

不知转入此中来。

品·评

本诗作于元和十二年（817）四月九日。诗中表现惜春心情。前两句写四月初夏正值大地春归，春花已尽，却在山中古寺见到桃花刚刚盛开。"芳菲尽"与"始盛开"形成对比，可以觉察字面未表达的从对春归的叹惜到又见春色的惊喜。第三句遥应首句，直接写出先前对春归的惋惜，无处寻春的惆怅。末句语言质朴而出人意料，传达如置身仙境之感，惊喜之情溢于言表。诗是纪实之作，而立意新颖，富有情趣。

登西楼忆行简

注·释

● 01·肠：指思念的心情。

● 02·早晚：何时。峡：长江三峡。即瞿塘峡、巫峡、西陵峡。在今重庆奉节到湖北宜昌之间，水流湍急，而以瞿塘峡为最险。

每因楼上西南望，

始觉人间道路长。

碍日暮山青簇簇，

浸天秋水白茫茫。

风波不见三年面，

书信难传万里肠。[01]

早晚东归来下峡，[02]

稳乘船舫过瞿唐。

品·评 本诗作于元和十二年（817），白居易时在江州。诗人的弟弟白行简此时在剑南东川节度使（驻梓州，治所在今四川三台）卢坦幕府任职。诗中表现思念兄弟之情。首联点明登楼远望，望中道路遥远。颔联应上句"道路长"，写山水重重阻隔。颈联写分别已久，书信难以传达思念之情。"风波"字面上紧承上句，实则比喻仕途风险。尾联则盼望行简早日平安来相会。全诗语言平易。

注·释

● 01 · 东川：指梓州（治所在今四川三台）。剑南东川节度使驻梓州。

● 02 · 暂：即，便。

● 03 · 潇湘：潇水和湘水，今湖南省境内的两条河流，常代称湖南地区。加餐饭：语本汉代《古诗十九首》："努力加餐饭。"

● 04 · 滟滪（yàn yù）：滟滪堆。在瞿塘峡口，长江中间，船只常触此而陷没。唐代民谣说："滟滪大如马，瞿塘不可下；滟滪大如牛，瞿塘不可留；滟滪大如幞，瞿塘不可触。"见李肇《国史补》。

得行简书，闻欲下峡，先以此寄

朝来又得东川信，⁰¹

欲取春初发梓州。

书报九江闻暂喜，⁰²

路经三峡想还愁。

潇湘瘴雾加餐饭，⁰³

滟滪惊波稳泊舟。⁰⁴

欲寄两行迎尔泪，

长江不肯向西流。

品·评

本诗作于元和十二年（817），白居易时在江州。东川节度使卢坦病殁，白行简离职将来江州相聚。白居易闻讯，欣喜之余，又担忧行简旅途安危，加以叮咛。首联叙述题意。颔联写得信后的心情，从将相会想到水路艰险，由喜转忧。颈联由担忧而叮咛。末联写喜极而泣，急欲迎接，反怨江水不肯西上相助，无理而合情。诗中写心情变化，不假雕琢，更显兄弟感情之深。

题旧写真图

注·释

● 01·丹青：丹砂和青臒（huò），两种可作颜料的矿物，泛指绘画。

● 02·衰悴：衰弱憔悴。

● 03·众苦：佛教语。指人生多种苦痛。

● 04·照：对照。

● 05·仪形：容貌形状。

● 06·昧平生：不认识。

● 07·羲和：神话中驾日车的神。

● 08·属（zhǔ）：托付，交付。

● 09·凌烟阁：唐代在长安建有凌烟阁。太宗贞观十七年，图画开国功臣二十四人于凌烟阁。代宗时，也曾绘像凌烟阁。

我昔三十六，　写貌在丹青。⁰¹

我今四十六，　衰悴卧江城。⁰²

岂止十年老？　曾与众苦并。⁰³

一照旧图画，⁰⁴　无复昔仪形。⁰⁵

形影默相顾，　如弟对老兄。

况使他人见，　能不昧平生？⁰⁶

羲和鞭日走，⁰⁷　不为我少停。

形骸属日月，⁰⁸　老去何足惊？

所恨凌烟阁，⁰⁹　不得画功名。

品·评

本诗作于元和十二年（817），白居易时在江州。作者面对旧画像，百感交集，伤衰老，叹坎坷，感慨时光急速，功业未建。十年过去，作者想到自己不仅是外貌衰老，更经历了各种苦难，而诗中对此只用"曾与众苦并"一句概括，重点还是放在感叹外貌的改变上。"形影默相顾"两句表达看似平静，而实有满腹苦楚。诗末提到凌烟阁，尤可见壮志未酬之憾。

东南行一百韵寄通州元九侍御、澧州李十一舍人、果州崔二十二使君、开州韦大员外、庚三十二补阙、杜十四拾遗、李二十助教员外、窦七校书 *01*

南去经三楚， *02* 东来过五湖。 *03*

山头看候馆， *04* 水面问征途。

地远穷江界， *05* 天低极海隅。 *06*

飘零同落叶， *07* 浩荡似乘桴。 *08*

渐觉乡原异， 深知土产殊。

夷音语嘲哳， 蛮态笑睢盱。 *09*

水市通阛阓， *10* 烟村混舳舻。 *11*

吏征鱼户税， *12* 人纳火田租。 *13*

亥日饶虾蟹， 寅年足虎貙。 *14*

注·释

●*01*·通州元九侍御：指元稹，他曾为监察御史，时为通州（治所在今四川达州）司马。澧州李十一舍人：指李建，他曾为知制诰，时为澧州（治所在今湖南澧县）刺史。果州崔二十二使君：指崔韶，时为果州（治所在今四川南充）刺史。开州韦大员外：指韦处厚，他时以尚书员外郎为开州（治所在今重庆开州）刺史。庚三十二补阙：指庚敬休，他时为右补阙。杜十四拾遗：指杜元颖，他曾为左拾遗。李二十助教员外：指李绅，他时为国子助教。"员外"疑为衍文。窦七校书：指窦巩，他曾为秘书省校书郎。

●*02*·三楚：《史记·货殖列传》有西楚、东楚、南楚之分。后多泛指今湖北、湖南一带。

●*03*·五湖：说法不一。这里泛指东南大湖。

●*04*·候馆：接待旅人、宾客的馆舍。

●*05*·江界：江边。

●*06*·海隅：海角。

●*07*·飘零：飘落凋零。

●*08*·乘桴（fú）：《论语·公冶长》："道不行，乘桴浮于海。"桴，筏。

●*09*·"夷音"二句：互文，即蛮夷之音语嘲哳，蛮夷之态笑睢盱。嘲哳（zhāo zhā）：形容声音杂乱。睢盱（suī xū）：喜悦的样子。亦形容浑朴。

●*10*·阛阓（huán huì）：指陆上市场。

●*11*·舳舻（zhú lú）：指船很多，首尾相接。舳，船尾。舻，船头。

●*12*·鱼户：指渔民。

●*13*·火田：即畲田。焚烧田地里的草木，用草木灰做肥料来耕作。

●*14*·"亥日"二句：见《得微之到官后书……因成四章》第二首注*02*、*03*。貙（chū）：一种猛兽，似狸而稍大。

成人男作丱，事鬼女为巫。

楼暗攒倡妇，　堤喧簇贩夫。

夜船论铺赁，春酒断瓶沽。

见果多卢橘，闻禽悉鹧鸪。

山歌猿独叫，　野哭鸟相呼。

岭徼云成栈，江郊水当郛。

月移翘柱鹤，　风泛飐樯乌。

鳌碍潮无信，蛟惊浪不虞。

黾鸣泉窟室，蜃结气浮图。

树裂山魈穴，沙含水弩枢。

喘牛犁紫芋，羸马放青菰。

绣面谁家婢？鸦头几岁奴？

- 15・丱（guàn）：儿童束发成两角的样子。
- 16・"夜船"句：指坐船时按照铺位论价钱。
- 17・"春酒"句：指沽酒以瓶计量。
- 18・卢橘：又名金橘。未成熟时皮色青黑，故称卢橘。卢，黑色。
- 19・徼（jiào）：防御工事。栈：指木栅栏。
- 20・郛（fú）：外城。泛指城墙。
- 21・飐（zhǎn）：风摇动物体。樯乌：船桅杆上设置的候风乌。
- 22・潮无信：指潮水每天未能按时来去。
- 23・蛟：传说中一种能发洪水的动物，似龙。不虞：出乎意料。
- 24・"黾（měng）鸣"句：一作"鼍鸣江擂鼓"。黾：蛙的一种。鼍（tuó）：鳄鱼的一种。
- 25・"蜃（shèn）结"句：一作"蜃气海浮图"。蜃：大蛤蜊。古人认为蜃吐气可以幻化成楼台，即海市蜃楼。
- 26・山魈（xiāo）：传说中山里的猴形怪物。
- 27・"沙含"句：传说水里有一种名叫蜮的怪物，又名射工、水弩，听到人声就含沙射人，人被射中就会生疮。枢：弩机。弩是一种利用机械力发射的弓。
- 28・喘牛：古人有吴牛见月而喘的说法，见《世说新语・言语》。
- 29・菰（gū）：水生植物。嫩茎叫茭白，果实叫菰米。
- 30・绣面：在脸上刺花纹。
- 31・鸦头：即丫头。头梳双鬟如丫形，故称。

泥中采菱芡，³² 烧后拾樵苏。³³

鼎腻愁烹鳖，　盘腥厌脍鲈。³⁴

钟仪徒恋楚　张翰浪思吴。³⁵

气序凉还热，³⁶ 光阴旦复晡。³⁷

身方逐萍梗，³⁸ 年欲近桑榆。³⁹

渭北田园废，　江西岁月徂。⁴⁰

忆归恒惨澹，　怀旧忽踟蹰。⁴¹

自念咸秦客，⁴² 尝为邹鲁儒。⁴³

蕴藏经国术，⁴⁴ 轻弃度关繻。⁴⁵

●32·芡（qiàn）：水生植物。果实称芡实，俗称鸡头米。

●33·烧：指畲田的放火烧山。樵苏：柴草。

●34·脍鲈：切细的鲈鱼。

●35·"钟仪"二句：承上述南方风俗而言，意谓南方风俗如此，钟仪、张翰的思乡之情甚无谓。钟仪：春秋时楚国人。被晋国俘虏，仍戴南冠（楚国人的帽子），晋侯见了，叫他弹琴，弹的是南音（楚国的乐调），晋侯知道他怀念楚国，于是放还。张翰：字季鹰，西晋吴（今江苏苏州）人。齐王司马冏执政，张翰为大司马东曹掾。见政事混乱，仕途危险，乃以思念故乡莼羹、鲈鱼脍为由，辞官归乡而避祸。

●36·气序：时序。季节的推移。

●37·晡（bū）：午后太阳偏西的一段时间。

●38·萍梗：浮萍与断枝残梗随风在水中漂荡。比喻行踪不定。

●39·桑榆：指日落时映在桑树榆树上的阳光。比喻迟暮。《后汉书·冯异列传》："所谓失之东隅，收之桑榆。"

●40·江西：江州属江南西道。徂（cú）：往，流逝。

●41·踟蹰（chí chú）：徘徊。

●42·咸秦：秦都咸阳。这里指唐代京城长安。

●43·邹鲁儒：儒生。儒家宗师孔子为鲁国人，孟子为邹国人。

●44·经国术：治理国家的办法。

●45·"轻弃"句：用汉代终军事。繻（xū）：用帛制成的符信，出入关卡时检验。《汉书·终军传》记载：终军从家乡济南往长安，过函谷关，关吏给他繻，充当返回时通行的凭证，他说："大丈夫西游，终不复传还。"弃繻入关。后终军做官，巡察地方，车上立节东出函谷关，关吏认出是他，说："此使者乃前弃繻生也。"

赋力凌鹦鹉，⁴⁶ 词锋敌辘轳。⁴⁷

战文重掉鞅，⁴⁸ 射策一弯弧。⁴⁹

崔杜鞭齐下，⁵⁰ 元韦辔并驱。⁵¹

名声逼杨马，⁵² 交分过萧朱。⁵³

世务经磨揣，⁵⁴ 周行窃觊觎。⁵⁵

风云皆会合，⁵⁶ 雨露各沾濡。⁵⁷

共偶升平代，⁵⁸ 偏惭固陋躯。⁵⁹

承明连夜直，⁶⁰ 建礼拂晨趋。⁶¹

美服颁王府，　珍羞降御厨。⁶²

● 46·鹦鹉：指东汉末祢衡所作《鹦鹉赋》。

● 47·辘轳（lù lú）：剑名。又名鹿卢。以剑柄端作井上辘轳形而得名。

● 48·战文：指科举考试如作战。重（chóng）：再次。掉鞅：作战时整理系在马颈上用以驾车的皮带。表示从容。

● 49·射策：汉代取士法。主试者把试题写在简策上，分甲乙科放置。应试者取之解答。射是投射的意思。唐代科举有策试。弧：弓。

● 50·"崔杜"句：指作者与崔韶、杜元颖于贞元十六年同中进士第。

● 51·"元韦"句：指作者与韦处厚、元稹于元和元年同登制科。辔：驾马的缰绳。

● 52·杨马：指汉代大辞赋家杨雄、司马相如。

● 53·交分：交谊。萧朱：西汉萧育与朱博，两人友情闻名当世。

● 54·磨揣：揣摩。探求研究。

● 55·周行：大道，正道常理。窃：私自。觊觎（jì yú）：非分的希望。这里是自谦之词。

● 56·"风云"句：喻遭遇时机。《周易·乾卦·文言》："云从龙，风从虎。"

● 57·"雨露"句：喻受到皇帝的恩惠。沾濡：滋润。

● 58·偶：遇。

● 59·固陋：浅陋。

● 60·"承明"句：指为翰林学士时在内廷值宿。承明：汉代皇宫有承明庐，是侍臣值宿的居处。

● 61·"建礼"句：指随百官清晨朝见。建礼：晋代皇宫有建礼门。趋：入朝须小步快走，表示恭敬。

● 62·"美服"二句：唐代翰林学士初入院，按例由内廷赐给衣服、酒食，逢节日也常赐宴赐食。王府：宫中府库。珍羞：珍贵的食物。

议高通白虎，⁶³ 谏切伏青蒲。⁶⁴

柏殿行陪宴，⁶⁵ 花楼走看酺。⁶⁶

神旗张鸟兽，⁶⁷ 天籁动笙竽。⁶⁸

丸剑星芒耀，⁶⁹ 鱼龙电策驱。⁷⁰

定场排汉旅，⁷¹ 促座进吴歈。⁷²

缥缈疑仙乐，　婵娟胜画图。

歌鬟低翠羽，⁷³ 舞汗堕红珠。⁷⁴

别选闲游伴，　潜招小饮徒。

一杯愁已破，　三盏气弥粗。

软美仇家酒，⁷⁵ 幽闲葛氏姝。

十千方得斗，⁷⁶ 二八正当垆。⁷⁷

论笑杓胡胿，⁷⁸ 谈怜巩嗫嚅。⁷⁹

●63 • "议高"句：指参加经学讨论。白虎：东汉官中有白虎观，汉章帝曾在此会集群儒，讨论五经经义，编成《白虎通义》一书。

●64 • "谏切"句：指直言进谏。伏青蒲：西汉史丹在汉元帝病中，入皇帝卧室，伏在青色蒲席上进谏。

●65 • 柏殿：指柏梁台。汉武帝曾在柏梁台与群臣联句作诗。

●66 • 花楼：指花萼楼。唐玄宗时建。酺（pú）：朝廷特许的聚会欢饮。

●67 • 神旗：祭祀时迎神的旗帜。

●68 • "天籁"句：指官中奏乐具有自然情趣。天籁：原指自然界的音响。

●69 • 丸：弄丸。艺人取众丸投在空中，两手连续接投，不使落地。剑：舞剑。

●70 • 鱼龙：鱼龙戏。一种变化出各种鸟兽的大型幻术。

●71 • 定场：最先出场表演。汉旅：不详。可能指官廷武舞中的一种舞队。

●72 • 吴歈（yú）：吴地的歌。

●73 • 歌鬟：指歌女。鬟，环形发髻。翠羽：翠鸟的羽毛。这里指头上饰物。

●74 • 红珠：指汗珠和着脂粉流下。

●75 • 软美：酒味柔和美好。仇家酒：长安一个仇姓人家卖的酒。

●76 • 十千：钱数。语本曹植《名都篇》："美酒斗十千。"

●77 • 二八：十六岁。常指妙龄女子。当垆（lú）：卖酒。垆，放酒坛的土台子。

●78 • "论笑"句：指李建谈论时喜欢发笑。杓：李建字明直。胡胿：同"胡卢"。笑声在喉间。

●79 • "谈怜"句：指可怜窦巩说话时吞吞吐吐。友人呼窦巩为"嗫嚅翁"，见《旧唐书·窦巩传》。嗫嚅（niè rú）：想说话又说不出口的样子。

李酣尤短窦，[80]　庾醉更蔫迁。[81]

鞍马呼教住，　骰盘喝遣输。

长驱波卷白，　连掷采成卢。[82]

筹并频逃席，[83]　觥严别置盂。[84]

满卮那可灌？[85]　颓玉不胜扶。[86]

入视中枢草，[87]　归乘内厩驹。[88]

醉曾冲宰相，　骄不揖金吾。[89]

日近恩虽重，[90]　云高势却孤。

翻身落霄汉，　失脚倒泥涂。

博望移门籍，　浔阳佐郡符。[91]

时情变寒暑，　世利算锱铢。[92]

即日辞双阙，[93]　明朝别九衢。[94]

- 80 • "李酣"句：指李某酒醉了更说窦巩的短处。
- 81 • "庾醉"句：指庾敬休醉后肆意取笑，更使辛丘度不能振作精神。蔫（niān）：花草枯萎。指人精神不振。迁：指辛丘度。友人称为"迁辛"。白居易《代书诗一百韵寄微之》自注："辛大丘度性迁嗜酒，李二十绅形短能诗，故当时有迁辛、短李之号。"可知上句李某或指李绅。
- 82 • "鞍马"四句：写饮酒时行酒令。采成卢：五枚骰子依色不同构成各种"采"，掷成上端全黑称"卢"，最佳。
- 83 • 筹并：指记数的酒筹聚得多。
- 84 • 觥（gōng）严：指监酒严格。觥，饮酒器。
- 85 • 卮（zhī）：饮酒器。
- 86 • 颓玉：指酒醉卧倒。嵇康醉后"傀俄若玉山之将崩"，见《世说新语•容止》。
- 87 • "入视"句：指任翰林学士时入内廷起草诏令。视草：代皇帝起草诏令。
- 88 • 内厩：皇家马棚。
- 89 • 揖：拱手行礼。金吾：执金吾。汉武帝时改中尉为执金吾，负责京师地区巡察，维持治安。晋后官废。这里借用其名。
- 90 • 日近：指为皇帝近臣。
- 91 • 博望：汉武帝在长安南郊为卫太子开博望苑，以交接宾客。移门籍：取消出入宫门的登记牌。白居易官太子赞善大夫，名隶东宫。被贬江州，则不再是京官。佐郡符：辅佐州郡长官。
- 92 • 锱铢（zī zhū）：古代的重量单位。一般以六铢为一锱，四锱为一两。比喻极微小的数量。
- 93 • 双阙：指宫廷。宫殿门外有左右相对的高建筑物，称为阙。
- 94 • 九衢：指京城。《周礼•考工记》中说，京城有南北九街、东西九街。衢，四通八达的道路。

135

播迁分郡国，　　次第出京都。⁹⁵

秦岭驰三驿，　　商山上二邘。⁹⁶

岘阳亭寂寞，⁹⁷　夏口路崎岖。⁹⁸

大道全生棘，　　中丁尽执殳。

江关未撤警，　　淮寇尚稽诛。⁹⁹

林对东西寺，　　山分大小姑。¹⁰⁰

庐峰莲刻削，　　溢浦带萦纡。¹⁰¹

九派吞青草，¹⁰²　孤城覆绿芜。¹⁰³

黄昏钟寂寂，　　清晓角呜呜。

春色辞门柳，　　秋声到井梧。

● 95 • "播迁"二句：作者原注："十年春，微之移佐通州。其年秋，予出佐浔阳。明年冬，杓直出牧澧州，崔二十二出牧果州，韦大出牧开州。"播迁：流离迁徙。郡国：汉代地方行政分郡与国，郡由朝廷直接管辖，国分封诸侯。隋唐时，州郡相当于汉代郡国一级行政区划。次第：依次。

● 96 • "商山"句：作者原注："商山险道中，有东西二邘。"邘（yú）：地名。

● 97 • 岘（xiàn）阳：岘山南坡。襄阳岘山因晋将羊祜常登临而著称。

● 98 • 夏口：鄂州治所，在今湖北武汉武昌。

● 99 • "大道"四句：作者原注："时淮西未平，路经襄、鄂二州界，所见如此。"生棘：语本《老子》："师之所处，荆棘生焉。"中丁：唐初规定二十一岁为丁，十六岁为中男。天宝时改十八岁为中男，二十三岁成丁。自代宗朝起，以二十五岁为成丁。中男不需服役。诗中作"中丁"，则此时中男因兵源不足亦服兵役。执殳（shū）：语本《诗经·卫风·伯兮》："伯也执殳，为王前驱。"殳是棍棒类兵器。稽诛：尚未诛除。稽，延迟。

● 100 • "林对"二句：作者原注："东林、西林寺，在庐山北。大姑、小姑，在庐山南彭蠡湖中。"

● 101 • "庐峰"二句：作者原注："莲花峰在庐山北。溢水在江城南。何逊诗云：'溢城对溢水，溢水萦如带。'"何逊诗句见其《日夕望江山赠鱼司马》。刻削：形容山高峻。"九派"句：作者原注："浔阳江九派，南通青草、洞庭湖。"

● 102 • 九派：九条支流。泛指长江流经江州一带时支流众多。青草：指青草湖，在洞庭湖南面，水大时两湖相连。

● 103 • "孤城"句：作者原注："南方壁，多以草覆。"绿芜：丛生的绿草。

残芳悲鶗鴂，¹⁰⁴ 暮节感茱萸。¹⁰⁵

蕊坼金英菊， 花飘雪片芦。

波红日斜没， 沙白月平铺。

几见林抽笋， 频惊燕引雏。

岁华何倏忽，¹⁰⁶ 年少不须臾。¹⁰⁷

眇默思千古，¹⁰⁸ 苍茫想八区。¹⁰⁹

孔穷缘底事？¹¹⁰ 颜夭有何辜？¹¹¹

龙智犹经醢，¹¹² 龟灵未免刳。¹¹³

穷通应已定， 圣哲不能逾。

况我身谋拙，¹¹⁴ 逢他厄运拘。

- 104·"残芳"句：本屈原《离骚》："恐鶗鴂之先鸣兮，使夫百草为之不芳。"鶗鴂（tí jué）：即杜鹃。
- 105·暮节：这里指九月九日重阳节。茱萸（zhū yú）：一种植物，有浓烈香味。古人有重阳节佩带茱萸以辟邪的风俗。
- 106·倏（shū）忽：迅速。
- 107·须臾：片刻。
- 108·眇（miǎo）默：遥远的样子。
- 109·苍茫：旷远无际。八区：八方。
- 110·孔穷：指孔子在当世不得志。缘底事：因为什么事。
- 111·颜夭：指孔子的学生颜回早死。颜回死时三十二岁。
- 112·"龙智"句：意谓龙虽然有神灵，仍然被人剁成肉酱。《左传·昭公二十九年》记载蔡墨论龙，说刘累学到驯龙术，为夏王孔甲养龙，"龙一雌死，潜醢以食夏后"。醢（hǎi）：剁成肉酱。
- 113·"龟灵"句：《庄子·外物》篇说，宋元君梦见有人求救，说被渔人捉住，醒后知道这是一只神龟托梦，于是求得此龟，杀掉而取壳占卜。刳（kū）：剖开。
- 114·身谋：为自身图谋。

漂流随大海，　　锤锻任洪炉。

险阻尝之矣，[115]　栖迟命也夫。[116]

沉冥消意气，　　穷饿耗肌肤。[117]

防瘴和残药，　　迎寒补旧襦。[118]

书床鸣蟋蟀，[119]　琴匣网蜘蛛。

贫室如悬磬，[120]　端忧剧守株。[121]

时遭人指点，[122]　数被鬼揶揄。[123]

兀兀都疑梦，[124]　昏昏半似愚。

女惊朝不起，　　妻怪夜长吁。

万里抛朋侣，　　三年隔友于。[125]

● 115·"险阻"句：《左传·僖公二十八年》："险阻艰难，备尝之矣。"

● 116·栖迟：游息。这里指闲散失意。

● 117·"穷饿"句：《孟子·告子下》："故天将降大任于斯人也，必先苦其心志，劳其筋骨，饿其体肤，空乏其身，行拂乱其所为，所以动心忍性，曾益其所不能。"白居易此处仅仅化用《孟子》辞句，未用其意。

● 118·襦（rú）：短袄。

● 119·书床：书架。

● 120·悬磬：形容贫家一无所有。《国语·鲁语上》："室如悬磬，野无青草。"

● 121·端忧：深忧。剧：甚于。守株：守株待兔。

● 122·指点：指责。

● 123·鬼揶揄（yé yú）：东晋罗友在桓温幕府，久不得官，后有一幕僚出任地方官，桓温设宴送别，罗友到得最迟，说出门时于中路逢一鬼，鬼揶揄云："我只见汝送人作郡，何以不见人送汝作郡？"因此不觉来迟。揶揄，嘲笑、戏弄。

● 124·兀兀：昏沉的样子。

● 125·友于：兄弟。《论语·为政》："友于兄弟。"后人以友于代称兄弟。

● *126* · 荣枯：指仕途的得志和失意。

● *127* · "去夏"四句：作者原注："去年闻元九瘴疟，书去，竟未报。今春闻席八殂。久与往还，能无恸矣！"席八：即席夔。贞元十年中进士，十二年登制科。曾任中书舍人。殂（cú）：死去。泉下：黄泉之下，地下。无：么，吗。句尾疑问词。

● *128* · 谩（màn）：徒然，白白地。

● *129* · 颔（hàn）：下巴。

自然悲聚散，　　不是恨荣枯。[126]

去夏微之疟，　　今春席八殂。

天涯书达否？　　泉下哭知无？[127]

谩写诗盈卷，[128]　空盛酒满壶。

只添新怅望，　　岂复旧欢娱？

壮志因愁减，　　衰容与病俱。

相逢应不识，　　满颔白髭须。[129]

品·评　本诗作于元和十二年（817），白居易时在江州。全诗结构宏大，波澜壮阔，可分三大段。自开篇至"怀旧忽踟蹰"为第一段，描述江州一带风土人情，笔调低沉。自"自念咸秦客"至"浔阳佐郡符"为第二段，回忆在京城时仕途得志、友朋欢聚的往事，词语豪迈。自"时情变寒暑"至末尾为第三段，写贬谪江州的愁闷。全诗于叙述中随处抒情，经历感人。白居易长篇排律甚多，本诗内容充实，铺排有序，变化自然，功力深厚，堪称白诗中该体第一。

问刘十九 ⁰¹

注·释

● 01 · 刘十九：白居易在江州结识的朋友。白居易有《刘十九同宿》一诗，称他"嵩阳刘处士"，可知其人曾在嵩山隐居。

● 02 · 绿蚁：新酿的酒，酒面上有浮渣，似蚁，略带绿色。醅（pēi）：未过滤的酒。

● 03 · 无：么，吗。句尾疑问词。

绿蚁新醅酒，⁰² 红泥小火炉。

晚来天欲雪，　能饮一杯无？⁰³

品·评　本诗约作于元和十二年（817），白居易时在江州。这首小诗语言自然生动，平常事写来饶有情趣。诗先写酒和饮酒的环境。酒绿，火红，不论其他，其色彩已使人愉悦。傍晚天色像要下雪的样子，正是适合饮酒的天气，对酒围炉，赏雪消寒，其乐融融。前三句渲染饮酒的条件，很有诱惑力，水到渠成地引出最后的一问，流露出邀友共饮的热情。试想，对方能不欣然命驾吗？

赠内子

01

注·释

● *01*·内子：丈夫称妻。

● *02*·青娥：同"青蛾"。妇女用黛画眉，细长而弯。这里指代作者之妻。

● *03*·屏帏：屏风、帐幕。故：旧。

● *04*·黔娄：见《赠内》注 *02*。

白发方兴叹，　青娥亦伴愁。 *02*

寒衣补灯下，　小女戏床头。

暗澹屏帏故，*03* 凄凉枕席秋。

贫中有等级，　犹胜嫁黔娄。 *04*

品·评　本诗作于元和十一年至十三年（816—818）间，白居易时在江州。诗以赠妻口气表现对家境贫寒的忧愁。首联即直述夫妻相对叹愁。中两联写衣装陈旧，妻须缝补寒衣，气氛黯然，"小女戏床头"句则稍增生趣。尾联以尚不是最贫加以宽慰。由此诗可见白居易若欲退隐，的确"须营伏腊资"。

感情

注·释

● 01·服玩：衣服和玩赏之物。

● 02·履（lǚ）：鞋。

● 03·东邻：可能是实指，也可能用宋玉《登徒子好色赋》中东家美女登墙窥视的典故，喻邻女主动接近。婵娟子：美女。

● 04·结终始：指缔结始终不渝的爱情。

● 05·綦（qí）：鞋带。

● 06·长情：指情意不改。

● 07·"锦表"句：指鞋面是锦，鞋里有刺绣。

● 08·黯：暗淡。花草死：指绣的花草色彩不再鲜艳。

中庭晒服玩，⁰¹ 忽见故乡履。⁰²

昔赠我者谁？ 东邻婵娟子。⁰³

因思赠时语， 特用结终始。⁰⁴

永愿如履綦，⁰⁵ 双行复双止。

自吾谪江郡， 漂荡三千里。

为感长情人，⁰⁶ 提携同到此。

今朝一惆怅， 反覆看未已。

人只履犹双， 何曾得相似？

可嗟复可惜， 锦表绣为里。⁰⁷

况经梅雨来， 色黯花草死。⁰⁸

品·评　　本诗作于元和十一年至十三年（816—818）间，白居易时在江州。"感情"即有感于昔日邻家女子之情，其人当即早年恋人湘灵。作者睹物思人，情真意切。由重见恋人昔日所赠鞋，想到恋人当时言语，本希望"双行复双止"，今日却是"人只履犹双"，令人惆怅不已。"反覆看未已"句写动作，最能显露思念之情。末句"色黯花草死"，寓时光流逝、两情不复之感叹。

建昌江

● 01 · 建昌江：即修水。源出江西修水县西，东流入鄱阳湖。

● 02 · 建昌县：唐代属洪州，治所在今江西永修。

● 03 · 唤渡船：后人本白居易诗意，于此处修水岸边建唤渡亭，立石刻诗。见清王士禛《居易录》。

● 04 · 蔡渡：在下邽，与作者故居渭村隔渭水相对，因汉代孝子蔡顺而得名。

建昌江水县门前，⁰²

立马教人唤渡船。⁰³

忽似往年归蔡渡，⁰⁴

草风沙雨渭河边。

本诗作于元和十一年至十三年（816—818）间，白居易时在江州。作者触景生情，以平淡的语言表达心灵深处对故乡的思念。前两句叙述在水边等待渡船的情况，其事平凡，用词亦平凡。在等待中，作者由当下情景联想起在故乡时的相似往事，于是"忽似"陡然转折，后两句叙述往年故乡渡口一幕，句中不言心情而思乡之情尽在其中。"草风沙雨"既重现往年故乡情景，也沾染当下心境。诗中出现三处地名，正可谓"视通万里"（《文心雕龙·神思》）。

南湖早春 01

注·释

● 01·南湖：指彭蠡湖。因在江州城南，当地称为南湖。
● 02·回：回旋。断：尽。
● 03·反照：指日光倒影。
● 04·点：点缀。
● 05·黄鹂：黄莺。涩：指声音不流利。

风回云断雨初晴，02
反照湖边暖复明。03
乱点碎红山杏发，04
平铺新绿水蘋生。
翅低白雁飞仍重，
舌涩黄鹂语未成。05
不道江南春不好，
年年衰病减心情。

品·评

本诗作于元和十一年至十三年（816—818）间，白居易时在江州。诗中写景生动，观察细致。雨后初晴，细赏景物。花红草绿，色彩鲜明，"点"与"铺"用字传神，似植物有意装点春色。白雁低飞，黄鹂学语，紧扣"早春"，生趣盎然。前六句言湖边景色，细写物态，描绘出一幅绚丽画图。后两句由美景引发感慨，说是因衰病而辜负大好春色，却含蓄地道出贬谪生活的哀愁。

江南遇天宝乐叟[01]

白头病叟泣且言,
禄山未乱入梨园。[02]
能弹琵琶和法曲,[03]
多在华清随至尊。
是时天下太平久,
年年十月坐朝元。[04]
千官起居环佩合,[05]
万国会同车马奔。[06]
金钿照耀石瓮寺,[07]
兰麝薰煮温汤源。[08]
贵妃宛转侍君侧,[09]
体弱不胜珠翠繁。

注·释

● 01·乐叟:老乐人。

● 02·禄山:安禄山。梨园:见《长恨歌》注40。

● 03·和(hè):指伴奏。法曲:西域各族音乐传到中原地区后,与汉族的清商乐相结合,到隋代正式形成法曲。其声清雅,乐器有铙、钹、钟、磬、洞箫、琵琶等。唐代法曲又掺入道曲而臻于极盛。著名的《霓裳羽衣曲》即法曲之一。

● 04·"年年"句:指唐玄宗每年十月到骊山华清宫过冬。朝元:朝元阁,在华清宫内。

● 05·起居:群臣平日朝见皇帝,称为起居,原有问候生活情况的意思,后成朝廷制度。环佩(pèi):衣带上系的佩玉。环指有孔的圆形玉饰,佩指其他玉饰。合:聚集。

● 06·万国:周代本指诸侯。这里泛指各地地方长官与周边各族的使者。会同:古代诸侯朝见天子的通称。

● 07·石瓮寺:在骊山石瓮谷中,寺以谷名。

● 08·温汤:温泉。

● 09·贵妃:杨贵妃。宛转:这里指体态柔美。

冬雪飘飖锦袍暖，

春风荡漾霓裳翻。 *10*

欢娱未足燕寇至， *11*

弓劲马肥胡语喧。 *12*

豳土人迁避夷狄， *13*

鼎湖龙去哭轩辕。 *14*

从此漂沦到南土，

万人死尽一身存。

秋风江上浪无限，

暮雨舟中酒一樽。

涸鱼久失风波势， *15*

枯草曾沾雨露恩。

● *10* · 霓裳：当指表演霓裳羽衣舞时所穿的舞衣。翻：飘扬。

● *11* · 燕（yān）寇：指安禄山。安禄山兼范阳、平卢、河东三镇节度使，常驻范阳。范阳属古燕国地。

● *12* · 胡：古代对北方和西北各族的称呼。安禄山为营州柳城胡人，部下有奚、契丹、突厥等族人。

● *13* · "豳（bīn）土"句：周族原居豳（今陕西旬邑县一带）地，后因戎狄侵扰，古公亶父率族迁到岐山下的周原。这里指唐玄宗避安禄山之乱逃离长安。

● *14* · "鼎湖"句：传说黄帝在荆山（在今河南灵宝境内）铸鼎，鼎成，有龙下迎，黄帝乘龙而去。后人称此处为鼎湖。此典故常用来指皇帝死亡。这里指唐玄宗去世。轩辕：即黄帝。姬姓，居轩辕之丘，号轩辕氏。

● *15* · 涸鱼：涸辙之鱼，语出《庄子·外物》。风波：指江湖的风浪，鱼游乐其间。

●16・新丰：见《新丰折臂翁》注 01。

●17・欹（qī）瓦：倾侧不正的屋瓦。

●18・坏垣：倒塌的墙。垣，矮墙。

●19・中官：宦官。宫使：宫中使臣。这
里指被派往华清宫祭扫的使臣。

我自秦来君莫问，

骊山渭水如荒村。

新丰树老笼明月，¹⁶

长生殿暗锁黄昏。

红叶纷纷盖欹瓦，¹⁷

绿苔重重封坏垣。¹⁸

唯有中官作宫使，¹⁹

每年寒食一开门。

品·评 本诗作于元和十一年至十三年（816—818）间，白居易时在江州。诗借与天宝乐叟的对话，表现华清宫今昔的巨大不同，感慨唐王朝的盛衰变迁。开篇省略对"遇"的交待，以天宝乐叟之言径起。乐工的回忆以华清宫为中心，太平繁盛中已见骄奢淫靡。他乱后漂泊江南，仍想到"曾沾雨露恩"，表明对盛世的怀念。"我自秦来君莫问"以下是作者对如今华清宫荒凉景象的简要描述，今昔对比，盛衰之感蕴其中。

李白墓

注·释

● 01 · 采石：采石矶，一名牛渚山，在当涂县北（今安徽马鞍山市南）。李白坟：李白病逝于宣州当涂（治所在今安徽当涂县），初葬当涂龙山，后改葬青山。见唐范传正《唐左拾遗翰林学士李公新墓碑并序》。采石之坟是衣冠冢。北宋赵令畤《侯鲭录》卷六说："李白坟在太平州采石镇民家菜圃中，游人亦多留诗，然州之南有青山，乃有正坟。或云：太白平生爱谢家青山，葬其处，采石特空坟耳。"

● 02 · 穷泉：地下深处。意同"九泉"。

● 03 · 但是：只要是，凡是。

● 04 · 就中：其中。

采石江边李白坟，⁰¹

绕田无限草连云。

可怜荒陇穷泉骨，⁰²

曾有惊天动地文。

但是诗人多薄命，⁰³

就中沦落不过君。⁰⁴

品·评

本诗作于元和十一年至十三年（816—818）间。白居易在诗中对大诗人李白给予极高评价，同时嗟叹李白的不幸遭遇，也寄托自己的沦落之情。诗以"草连云"形容李白墓的无比荒凉，由此感慨李白生前的作品曾惊天动地。末两句认为尽管说诗人薄命，李白的遭遇却最坎坷。"但是诗人多薄命"句是对诗人普遍命运的嗟叹，作者身为诗人，也自嗟不幸。这是一首变格七言律诗，只有六句。七律中两联对仗，本诗省去一联对仗。

题岳阳楼 ⁰¹

岳阳城下水漫漫，

独上危楼凭曲栏。

春岸绿时连梦泽，⁰²

夕波红处近长安。⁰³

猿攀树立啼何苦，

雁点湖飞渡亦难。⁰⁴

此地唯堪画图障，

华堂张与贵人看。⁰⁵

注·释

● 01·岳阳楼：岳州（治所在今湖南岳阳）城门西楼。唐开元初期，张说为岳州刺史，常与文士登楼赋诗，楼由此闻名。唐代文士登此楼每有题咏，如孟浩然有《岳阳楼》诗、杜甫有《登岳阳楼》诗。

● 02·"春岸"句：指洞庭湖春天水涨而与云梦泽相连。梦泽：即云梦泽。古代楚地大泽，约当今湖北省南部和湖南省北部。后逐渐淤积，水面缩小。在唐代，一般指岳阳南边的青草湖为云梦泽。

● 03·近长安：《世说新语·夙惠》："晋明帝数岁，坐元帝膝上。有人从长安来，元帝问洛下消息……因问明帝：'汝意谓长安何如日远？'答曰：'日远。不闻人从日边来，居然可知。'元帝异之。明日，集群臣宴会，告以此意，更重问之。乃答曰：'日近。'元帝失色，曰：'尔何故异昨日之言邪？'答曰：'举目见日，不见长安。'"这里化用此典故，暗含对京城的怀念。

● 04·点：点水。

● 05·华堂：华丽的厅堂。

品·评

本诗作于元和十四年（819）春，白居易时自江州赴忠州（治所在今重庆忠县）刺史任，路经岳阳。诗前半写登楼遥望湖水无边无际，风景壮阔。"夕波红处近长安"句则化用典故，暗含对京城的怀念。后半写旅途艰难，此处风景只宜画成图障，供贵人观赏，行者逐客只能感到凄苦而已。诗中写景同时抒发感情，真切朴实。

初入峡有感

上有万仞山，　　下有千丈水。

苍苍两崖间，　　阔狭容一苇。⁰¹

瞿唐呀直泻，⁰²　滟滪屹中峙。⁰³

未夜黑岩昏，　　无风白浪起。

大石如刀剑，　　小石如牙齿。

一步不可行，　　况千三百里？⁰⁴

苒箬竹篾签，⁰⁵　攲危楫师趾。⁰⁶

一跌无完舟，⁰⁷　吾生系于此。

常闻仗忠信，　　蛮貊可行矣。⁰⁸

自古漂沉人，　　岂尽非君子？

况吾时与命，　　蹇舛不足恃。⁰⁹

常恐不才身，¹⁰　复作无名死。¹¹

品·评　本诗作于元和十四年（819）春，白居易时赴忠州，途中入三峡。诗中描写峡中之险，纪实中带有夸张，惊心动魄。笔下山崖高峻，遮天蔽日，江面狭窄，仅容一船，险滩如张开大口，江水无风而起浪，礁石棱角尖利，从而得出"一步不可行"的看法。以下担忧所乘船会随时倾覆，引发人生命运无凭的感叹，惟惜未能施展才干而死。全诗表现了惊悸、忧惧的心情。

九日登巴台

01

● 01·巴台：即巴子台。在忠州城东，传说是古时巴国国王所建。

● 02·黍：一种粮食作物，俗称黍子、黄米。是古代重要的酿酒原料。

● 03·竹枝曲：即竹枝词。地方民歌。

● 04·茱萸杯：指重阳饮酒。见《东南行一百韵……》注 105。

● 05·溢城：指江州城。隋时浔阳县曾称溢城县，以地当溢江入长江口得名。隈：角落。

● 06·寻：不久。

● 07·搔首：抓头，有所思虑的样子。语本《诗经·邶风·静女》："搔首踟蹰。"

黍香酒初熟，⁰² 菊暖花未开。

闲听竹枝曲，⁰³ 浅酌茱萸杯。⁰⁴

去年重阳日，　漂泊溢城隈。⁰⁵

今岁重阳日，　萧条巴子台。

旅鬓寻已白，⁰⁶ 乡书久不来。

临觞一搔首，⁰⁷ 座客亦徘徊。

品·评　本诗作于元和十四年（819），白居易时在忠州。前四句写当地的重阳节日风俗，与别处大同小异，心情悠闲。中四句转入异乡过节所感。上一年漂泊江州，此时在巴国古地身感寂寞。后四句直抒思念家乡、亲人之愁。从"旅鬓"、"乡书"可见这种思念平日始终存在，而遇到节日就更加强烈。念及此情，对酒"一搔首"之忧虑就不似先前"浅酌"那般心境平静。全诗表现异乡过节的心情，曲折真切。诗为古体，而多用对偶。

竹枝词
01

瞿唐峡口水烟低，*02*

白帝城头月向西。*03*

唱到竹枝声咽处，*04*

寒猿暗鸟一时啼。

注·释

● *01*·竹枝词：宋郭茂倩编《乐府诗集》卷八一《近代曲辞三》："《竹枝》本出于巴渝。唐贞元中，刘禹锡在沅湘，以俚歌鄙陋，乃依骚人《九歌》，作《竹枝》新辞九章，教里中儿歌之，由是盛于贞元、元和之间。"可知《竹枝词》原为流行于今湖北西部和重庆一带的一种民歌，唐代诗人据之拟作。后代也多模仿这一体裁歌咏各地风土之作。

● *02*·水烟：水上的雾气。

● *03*·白帝城：古城名。在今重庆奉节东白帝山上。东汉初，公孙述据蜀，自以为当代汉称帝，五行属金，代汉土德，故称白帝。因以白帝名城。

● *04*·咽：呜咽。

竹枝苦怨怨何人？

夜静山空歇又闻。

蛮儿巴女齐声唱，⁰¹

愁杀江楼病使君。⁰²

● 01·巴东、巴西：东汉末，益州牧刘璋分巴郡为巴、巴东、巴西三郡，合称三巴。巴东在今重庆奉节一带，巴西在今四川阆中一带。

● 02·雨脚：指细密相连的雨丝、雨点。

● 03·水蓼（liǎo）：草本植物，生长在水边，开浅红色小花。

● 04·江蓠：生长在水边的一种香草。凄凄：形容凉冷。

巴东船舫上巴西，　⁰¹

波面风生雨脚齐。　⁰²

水蓼冷花红簇簇，　⁰³

江蓠湿叶碧凄凄。　⁰⁴

江畔谁人唱竹枝？

前声断咽后声迟。*01*

怪来调苦缘词苦，*02*

多是通州司马诗。*03*

种桃杏

注·释

● 01 · 乡曲：偏僻的地方。泛指家乡。

● 02 · 年深：年月久。京华：京城。

● 03 · 三年：唐代地方官的任期一般是三年。

无论海角与天涯，

大抵心安即是家。

路远谁能念乡曲？ [01]

年深兼欲忘京华。 [02]

忠州且作三年计， [03]

种杏栽桃拟待花。

品·评　本诗作于元和十五年（820），白居易时在忠州。诗中以"心安即是家"表现随遇而安的心境，这种心境以后屡有表达，如大和年间在洛阳写道"身心安处为吾土"（《吾土》）。前两句直言心境，末两句则写出种树看花的具体打算。这是一首六句七言律诗，中间一联对仗。

东坡种花二首
01

注·释

● 01·东坡：指忠州城东的山坡。宋代苏轼谪居黄州，自号东坡，即因仰慕白居易而来。
● 02·参杂：混合。
● 03·荫：遮蔽。
● 04·竟春：整个春天。

持钱买花树， 城东坡上栽。

但购有花者， 不限桃杏梅。

百果参杂种， 02 千枝次第开。

天时有早晚， 地力无高低。

红者霞艳艳， 白者雪皑皑。

游蜂遂不去， 好鸟亦栖来。

前有长流水， 下有小平台。

时拂台上石， 一举风前杯。

花枝荫我头， 03 花蕊落我怀。

独酌复独咏， 不觉月平西。

巴俗不爱花， 竟春无人来。 04

唯此醉太守， 尽日不能回。

● 01 · 春向暮：春天将尽。

● 02 · 漠漠：形容寂静无声。

● 03 · 翳（yì）翳：阴暗的样子，这里指叶子长出，渐有树荫。

● 04 · 决渠：开水沟。

● 05 · 划：同"铲"。壅：培土。本：根部。

● 06 · 封植：培植。

● 07 · 扶疏：枝叶茂盛。

● 08 · 救：扶助。

● 09 · 云何：如何，怎样。

● 10 · 劝农：鼓励农业生产。均赋租：使劳役和租税的负担均衡。

● 11 · 省事：指减少扰民的事。宽刑书：放宽刑罚。刑书，法律条文。春秋时，郑国子产把刑法铸在鼎上，称为刑书。

● 12 · 氓（méng）：指农民。苏：从困苦中得到解救。

东坡春向暮，⁰¹　树木今何如？

漠漠花落尽，⁰²　翳翳叶生初。⁰³

每日领僮仆，　荷锄仍决渠。⁰⁴

划土壅其本，⁰⁵　引泉溉其枯。

小树低数尺，　大树长丈余。

封植来几时，⁰⁶　高下齐扶疏。⁰⁷

养树既如此，　养民亦何殊？

将欲茂枝叶，　必先救根株。⁰⁸

云何救根株？⁰⁹　劝农均赋租。¹⁰

云何茂枝叶？　省事宽刑书。¹¹

移此为郡政，　庶几氓俗苏。¹²

这二首诗作于元和十五年（820），白居易时在忠州。第一首写种花、赏花的乐趣。种花不求名贵，不限品种，但求花长开，得以花下饮酒咏诗。花枝、花蕊似解人意，陪伴作者独酌的独咏，使人乐而忘返。第二首前半写带领僮仆人种花木，使之枝叶茂盛。后半"养树既如此，养民亦何殊"以下，从种花木的方法推论为政的道理，即从培根本到劝农、省事，与柳宗元《种树郭橐驼传》异曲同工。二诗语句朴实平淡。

蚊蟆

注·释

- 01·蟆：蚊类小虫。
- 02·徼：边地。炎毒：酷热。
- 03·咂（zā）：吮吸。
- 04·薨（hōng）薨：象声词。《诗经·齐风·鸡鸣》："虫之薨薨。"
- 05·中（zhòng）：伤，中伤。
- 06·肤受谮：指谗言。语本《论语·颜渊》："浸润之谮，肤受之愬。"
- 07·痏（wěi）：瘢痕。
- 08·幺：细小。

巴徼炎毒早，⁰² 三月蚊蟆生。

咂肤拂不去，⁰³ 绕耳薨薨声。⁰⁴

斯物颇微细，　中人初甚轻。⁰⁵

如有肤受谮，⁰⁶ 久则疮痏成。⁰⁷

痏成无奈何，　所要防其萌。

幺虫何足道？⁰⁸ 潜喻儆人情。

品·评　本诗作于元和十五年（820），白居易时在忠州。诗中通过对蚊子叮人的描写，提醒人们警惕小人谗言中伤，防微杜渐。先描写蚊子叮人皮肤，驱之不去，绕耳鸣响。接着写其危害，人们起初只觉得受伤轻微，不以为意，久而形成疮疤，已无可奈何。至此得出教训是"防其萌"，即加以预防。篇末点明主旨在警诫人事，而中间"如有肤受谮"句已以蚊喻人之谗言。刘禹锡也作过寓意相似的《聚蚊谣》。

委顺

注·释

● 01·外累：身外事物造成的烦扰、忧患。

● 02·宜怀：合意。

● 03·委顺：语出《庄子·知北游》："性命非汝有，是天地之委顺也。"原意为人的性命是天地间阴阳二气调和所赋予。白居易常使用"委顺"一词，指顺应自然的趋势，随遇而安。

● 04·可怜：可喜。

山城虽荒芜，　竹树有嘉色。

郡俸诚不多，　亦足充衣食。

外累由心起，[01] 心宁累自息。

尚欲忘家乡，　谁能算官职？

宜怀齐远近，[02] 委顺随南北。[03]

归去诚可怜，[04] 天涯住亦得。

品·评

本诗作于元和十五年（820），白居易时在忠州。诗中明确表示宦途上采取"委顺"的态度，顺从命运，随遇而安。由于"委顺"，前四句写忠州环境、官俸，虽有欠缺，却也可令人满足。"外累"两句进而指出，内心宁静就不会因外物而生忧患。以下说到为官外地、远离家乡，认为无所谓远近、南北，天涯与家乡也无多大差别。白居易使用"委顺"一词，较早见于渭村丁忧时所作《归田三首》，其三云"形骸为异物，委顺心犹足"。贬居江州时，更多次使用此词。"委顺"的思想，是白居易后半生生活的重要指导理念。

自蜀江至洞庭湖口有感而作

江从西南来，　浩浩无旦夕。[01]

长波逐若泻，　连山凿如劈。

千年不拥溃，[02]　万姓无垫溺。[03]

不尔民为鱼，[04]　大哉禹之绩。

导岷既艰远，[05]　距海无咫尺。[06]

胡为不讫功，[07]　余水斯委积？

洞庭与青草，[08]　大小两相敌。[09]

混合万丈深，　淼茫千里白。[10]

每岁秋夏时，　浩大吞七泽。[11]

水族窟穴多，　农人土地窄。

我今尚嗟叹，　禹岂不爱惜？

邈未究其由，[12]　想古观遗迹。

疑此苗人顽，¹³ 恃险不终役。

帝亦无奈何，¹⁴ 留患与今昔。

水流天地内， 如身有血脉。

滞则为疽疣，¹⁵ 治之在针石。¹⁶

安得禹复生， 为唐水官伯？¹⁷

手提倚天剑，¹⁸ 重来亲指画。¹⁹

疏流似剪纸， 决壅同裂帛。

渗作膏腴田，²⁰ 踏平鱼鳖宅。

龙宫变闾里， 水府生禾麦。²¹

坐添百万户，²² 书我司徒籍。²³

●13·苗人顽：语本《尚书·皋陶谟》：禹治水，"苗顽，弗即工"。弗即工，不投入工程。舜、禹时，苗人部落在长江中游南部洞庭湖、鄱阳湖一带。

●14·帝：指舜。禹治水时，舜尚未传位给禹。

●15·疽疣（jū yóu）：恶疮和肉瘤。

●16·针石：金属针和石针。针灸用具。

●17·水官伯：负责水利的长官。

●18·倚天剑：形容长剑靠在天边。语本宋玉《大言赋》："长剑耿耿倚天外。"

●19·指画：指点谋划。

●20·膏腴田：肥沃田地。

●21·"龙宫"二句：指化湖泊为平地。龙宫、水府：传说中龙在水底的宫殿。闾里：里巷，居住区。

●22·坐添：平添，不费力地增添。

●23·司徒：《周礼》地官大司徒管理全国土地、户口。唐代户部的职责与司徒接近。籍：官府的登记册。

品·评 本诗作于元和十五年（820）冬，白居易时在自忠州还长安途中。诗中写洞庭湖水势浩大，想到大禹治水功绩伟大，然而留下洞庭湖大水积聚，未导入海，期望朝廷能根治水患，造福人民，表现济世的热情。"安得禹复生，为唐水官伯"数句尤见理想宏伟，至于幻想化湖泊为平地，不切实际，则另当别论。全诗想象奇特，笔力雄劲，风格颇似韩愈，可见诗人常互相影响。

商山路有感

注
·
释

● 01 · 六年：白居易于元和十年贬江州，至归朝时已六年。

● 02 · 馆：馆舍。

● 03 · 太半：大半。

万里路长在，　六年身始归。[01]

所经多旧馆，[02] 太半主人非。[03]

品
·
评

本诗作于元和十五年（820）冬，白居易时在自忠州还长安途中。这首小诗抒发漂泊多年、物是人非之感，表达似平淡而实深沉。从时间、空间交织的角度看本诗，第一、三句写空间，驿路和馆舍不变；第二、四句写时间，几年间变化巨大。六年始归，含有岁月蹉跎的伤感与终于归朝的庆幸。馆舍主人已非，寄寓对人事多变的叹惜，或许也有己身已非旧我的感慨。

紫薇花

01

丝纶阁下文书静，*02*

钟鼓楼中刻漏长。*03*

独坐黄昏谁是伴？

紫薇花对紫微郎。*04*

注·释

● *01*·紫薇花：夏季开花，花期长，俗称百日红。

● *02*·丝纶（lún）阁：指起草诏令的处所。丝纶，指帝王诏令，语出《礼记·缁衣》："王言如丝，其出如纶。"唐代中书舍人掌起草诏令，常以他官代行其职，称知制诰。文书静：指暂无诏令起草之事。

● *03*·钟鼓楼：唐代宫城有钟楼、鼓楼，朝夕报时。刻漏长：指时间过得缓慢。刻漏，即漏壶，古代计时器。滴水入壶，观察壶上所刻符号以计时。

● *04*·"紫薇花"句：唐开元初，曾改称中书省为紫微省，中书令为紫微令，中书舍人为紫微舍人，别称紫微郎。紫微：取天文紫微垣之义。唐人遂于中书省植紫薇花，以其谐音应天象。

品·评　本诗作于长庆元年（821），白居易时在长安，任知制诰。诗写值宿中书省时的感受。前两句写暂无文书起草，觉得时间缓慢。"静"字既是就文书而言，又是指整个环境，由寂静才会听到刻漏声。后两句从寂静写到寂寞，欲以花为伴。静中对花，含有生趣。末句谐音，别有诗趣。

久不见韩侍郎，戏题四韵以寄之 [01]

注·释

● 01·韩侍郎：指韩愈，时为兵部侍郎。韩愈（768—824），字退之，河南河阳（治所在今河南孟州）人，郡望昌黎。贞元八年中进士第。曾任国子博士、刑部侍郎等官，因谏阻宪宗迎佛骨，被贬为潮州刺史。后官至吏部侍郎。倡导古文，位居"唐宋八大家"之首。诗力求新奇，对宋诗影响颇大。

● 02·阁老：唐代中书、门下两省官员互相称呼为"阁老"，见《国史补》。韩愈此时为兵部侍郎，属尚书省。这里白居易亦称呼韩愈"阁老"。

● 03·户：指酒量。唐代口语中常用。

● 04·小诗：作者谦称自己的诗。

近来韩阁老，[02] 疏我我心知。

户大嫌甜酒，[03] 才高笑小诗。[04]

静吟乖月夜，　闲醉旷花时。

还有愁同处，　春风满鬓丝。

品·评　　本诗作于长庆二年（822），白居易时在长安。诗以戏言出之，却可见韩愈、白居易两人间的微妙关系。首联直说对方近来疏远自己。颔联承上，说明因酒量、诗才不如对方而被疏远。作者自称"小诗"，虽是谦词，然而不被韩愈看重当近事实。颈联承上一联之诗酒交往，不愿各自"静吟"、"闲醉"，希望相聚而共度月夜花时。末联则进一步指出两人都已年老，意谓更应相聚。

勤政楼西老柳

01

注·释　●*01*·勤政楼：即勤政务本楼。在长安兴庆宫内，开元中建。唐玄宗常常在此饮宴及考试应制举者。

半朽临风树，多情立马人。

开元一株柳，长庆二年春。

品·评　本诗作于长庆二年（822），白居易时在长安。诗咏百年老柳树，语句平易近拙而含蓄蕴藉。老柳实阅尽沧桑，而被"多情立马人"所见，由此表现对开元盛世的怀念及世事变迁的感慨，妙在不着一字。对树木而动情，古来皆然，最著称者是东晋桓温见昔日手种柳树而感慨道："木犹如此，人何以堪！"本诗前两句自应涵括此情。其"多情"任随读者体会，而开元到长庆的百年时间则提供了想象的空间。四句皆对而一气贯注。

花非花

●01·"来如"二句：或用宋玉《高唐赋》典故。楚怀王游高唐，梦与巫山神女相会共寝，神女说："妾在巫山之阳，高丘之阻，旦为朝云，暮为行雨，朝朝暮暮，阳台之下。"几多时：多少时间。这里指时间短暂。

花非花，雾非雾。

夜半来，天明去。

来如春梦几多时？

去似朝云无觅处。[01]

品·评 本诗约作于元和至长庆初。意境朦胧，难知主旨，然而似与男女欢爱有关。开端"花非花，雾非雾"六字，构造出迷蒙而空灵的境界，似真似幻。以下"夜半来，天明去"等句，所表现的不知是美人的来去，还是梦幻的出现和消失，包含了未加言说的喜悦与惆怅。后人采用本诗句式为词，调名《花非花》，或许正因为本诗含有小词的婉约特质。

后宫词

注·释

- 01·罗巾：丝巾。
- 02·按：演奏。
- 03·薰笼：薰炉外罩的笼，可用于取暖或烘烤衣物。

泪尽罗巾梦不成，⁰¹

夜深前殿按歌声。⁰²

红颜未老恩先断，

斜倚薰笼坐到明。⁰³

品·评　本诗约作于元和至长庆初。诗中以直接倾诉的语气与对比手法表现失宠宫女的哀怨。首句写此宫女不眠而泣，第二句写此时前殿正演奏歌舞，冷寂与热闹形成对比。由第三句"恩断"可知此宫女昔日亦曾承恩而于前殿演奏，故闻歌引发哀怨而流泪不眠。末句"坐到明"应首句"梦不成"，长夜独坐，无人知晓，幽怨无穷。

闻夜砧

注 · 释

● 01 · 思妇：思念远行丈夫的妇人。
● 02 · 杵：捣衣的木棒。
● 03 · 丝：指白发。

谁家思妇秋捣帛？ ⁰¹

月苦风凄砧杵悲。 ⁰²

八月九月正长夜，

千声万声无了时。

应到天明头尽白，

一声添得一茎丝。 ⁰³

品 · 评　本诗约作于元和至长庆初。诗从秋夜捣衣声，想到思妇别离的悲愁，充满同情。
第二句正面写夜闻捣衣声，"月苦风凄"表现环境凄清，衬托出"砧杵悲"，而
"砧杵悲"蕴含执杵人之悲。依照事情发生的顺序，应是闻砧后联想到思妇，而
"谁家思妇"句置于前，可以看出本诗重点所在。三、四句写长夜中杵声不断，
则千声万声尽是悲哀，"无了时"有不堪承受之意。以下设想每一下杵声会添一
根白发，则一声悲于一声。诗意层层深入，以夸张句收束，极为沉重。

板桥路 01

注·释

● 01·板桥：在汴州（治所在今河南开封）城西，为交通要道。
● 02·梁苑：西汉梁孝王苑囿。指汴州。
● 03·若为：怎堪，怎能经受。

梁苑城西二十里，02

一渠春水柳千条。

若为此路今重过，03

十五年前旧板桥。

曾共玉颜桥上别，

不知消息到今朝。

品·评

本诗约作于元和至长庆初。诗中写重临故地，怀念往日情事，不知别后音讯，情调惆怅，或与昔时恋人湘灵有关。前两句点明板桥所在，春色美好，而撷取"柳千条"咏春色别有深意，盖唐人有折柳送别习俗，暗中引出以下对离别的感伤。三、四句写十五年前曾过此路，如今重过，黯然神伤。本诗形式特殊，为六句七言律诗，无对仗。唐代歌女曾取前后二联作为绝句歌唱。就中间两句来说，它显示了作者个人的独有经历，删为四句则诗意更有普遍性。

青门柳 01

注·释 ●01·青门：汉长安城东南门。唐人用以泛指长安城东面的城门。

青青一树伤心色，

曾入几人离恨中？

为近都门多送别，

长条折尽减春风。

品·评 本诗约作于元和至长庆初。唐人有折柳送别习俗，本诗借咏都门柳表现别愁离恨。柳色青青，在离别人眼中是"伤心色"，设问有"几人"，实是含蓄地表达不计其数。末句写柳条折尽，使春色不足，暗示人的心情难畅。士大夫都门送别友人，其中常有得罪贬谪者，因此，这类送别诗中往往还含有政治失意的抑郁情绪。

暮江吟

注·释

● 01·瑟瑟：一种绿色宝石。这里用以形容水面碧绿的颜色。

● 02·可怜：可爱。

● 03·真珠：即珍珠。

一道残阳铺水中，

半江瑟瑟半江红。⁰¹

可怜九月初三夜，⁰²

露似真珠月似弓。⁰³

品·评　本诗约作于元和至长庆初。诗篇描写了从黄昏到夜晚的奇丽景色，如一幅设色、运笔俱佳的画图，眼光敏锐，简洁生动。前二句写夕阳西下时色彩奇特的江水，后二句写新月初升时清丽的夜景。暮景和夜景这两个画面，由第三句"可怜九月初三夜"相衔接，自然地形成过渡，同时表现出诗人长时间地观赏景色，沉浸其中。点明日期，则有纪实的意味，读来真切。

思妇眉

注
·
释

● 01 · 绽：开放。

春风摇荡自东来，

折尽樱桃绽尽梅。[01]

唯余思妇愁眉结，

无限春风吹不开。

品
·
评

本诗约作于元和至长庆初。诗对思妇的具体身份及其所思未加表现，思妇身在富贵人家抑或贫寒人家，在外的丈夫是宦游抑或从军，在天南还是在海北，一任读者想象。诗中只表现思妇的春愁，对其春愁却不作直接描写，而是以春花烂漫开放与思妇愁眉不展作对照。第三句起到承上转折、推进一层的作用，表明春风之力能吹开百花却吹不开愁眉，可见其愁之深，其愁思之不可解。

采莲曲
01

注·释

● *01*· 采莲曲：乐府诗清商曲辞。

● *02*· 萦波：在水波中旋转。飐（zhǎn）：被风吹得摇动。

● *03*· 搔头：指发簪。

菱叶萦波荷飐风，*01*

荷花深处小船通。

逢郎欲语低头笑，

碧玉搔头落水中。*02*

品·评　本诗约作于元和至长庆初。诗沿袭南朝乐府诗题材，富有生活情趣。首句描写碧波清风中菱叶、荷花的旺盛，静中有生意。第二句写小船驶入荷花深处，用一"通"字，则可以想见船过处划开一条水道，两旁荷叶、荷花被触动，摇曳生姿。在这充满诗意的环境中，采莲女子遇到情人时神态羞涩，有些失常，更显得天真淳朴。

太原一男子，02 自顾庸且鄙。
老逢不次恩，03 洗拔出泥滓。04
既居可言地，05 愿助朝廷理。
伏阁三上章，06 戇愚不称旨。07
圣人存大体，08 优贷容不死。09
凤诏停舍人，10 鱼书除刺史。11
置怀齐宠辱，委顺随行止。12
我自得此心，于兹十年矣。
余杭乃名郡，13 郡郭临江氾。14
已想海门山，15 潮声来入耳。
昔予贞元末，羁旅曾游此。
甚觉太守尊，亦谙鱼酒美。16

注·释

- 01·蓝溪：又名蓝谷水，在今陕西蓝田县境。
- 02·太原：白居易祖籍太原（治所在今山西太原）。
- 03·不次：不按寻常次序的升迁。
- 04·"洗拔"句：意谓从泥垢中得到洗雪拔擢。此指元和十五年自忠州还京，任司门员外郎、主客郎中、知制诰、中书舍人等官职。
- 05·"既居"句：指任中书舍人，可参议朝政。
- 06·伏阁：拜伏于殿下。阁，内殿的侧门。
- 07·戇（zhuàng）：性直。
- 08·圣人：对皇帝的尊称。这里指唐穆宗。存大体：顾全道理，照顾大局。
- 09·优贷：宽容，宽恕。
- 10·凤诏：诏书。后赵石虎称帝，刻木凤凰，将诏书放在凤口中，从楼观上系绳放下，臣下从风口取诏，故称凤诏。
- 11·鱼书：唐代新任命长官，发给鱼符及敕牒，合称鱼书，到任时检验。除：授官。
- 12·委顺：见《委顺》注03。行止：动静进退。
- 13·余杭：杭州曾称余杭郡。
- 14·郡郭：郡城。江氾（sì）：这里指钱塘江。氾，由主流分出后又汇合进主流的支流。
- 15·海门山：钱塘江入海处，有龛山、赭山两座山南北夹江相对，状如门，称为海门。海潮翻腾经过，世称浙江潮。
- 16·"昔予"四句：《吴郡诗石记》："贞元初，韦应物为苏州牧，房孺复为杭州牧……时予始年十四五，旅二郡，以幼贱不得与游宴，尤觉其才调高而郡守尊。"

●17・沧浪水：汉水的支流。《楚辞·渔父》言渔父劝屈原隐退，唱《沧浪歌》而去。

●18・拂衣：抖动衣服。常指隐居。

●19・烟尘：指战争。当时汴州军队发生叛乱。

●20・东道：指从长安东行沿汴水而下的路。唐人常称为汴路。

●21・"改辕"句：指改沿汉水南行，取道襄阳。改辕：改变行车的路径。

●22・浩荡：形容遥远。

●23・贤主人：这里指原州长官，即前任杭州刺史。

●24・惬（qiè）：心里满足，适意。

●25・良：很。

因生江海兴，　每羡沧浪水。[17]

尚拟拂衣行，[18] 况今兼禄仕。

青山峰峦接，　白日烟尘起。[19]

东道既不通，[20] 改辕遂南指。[21]

自秦穷楚越，　浩荡五千里。[22]

闻有贤主人，[23] 而多好山水。

是行颇为惬，[24] 所历良可纪。[25]

策马度蓝溪，　胜游从此始。

品·评　本诗作于长庆二年（822），白居易往杭州途中。白居易因上书言事不受采纳，自请外任，于本年七月授杭州刺史。诗首先概述此事，并道出不恋权势的处世观念，即"置怀齐宠辱，委顺随行止"。继而表达对杭州风土的向往，想起少年时游杭州的回忆，流露得遂意愿的轻松心情。末叙赴任路程，表达将其当作长途游览的想法，以"胜游从此始"终篇，亦与前述处世观念相应。全诗夹叙夹议，条理分明，似散文作法。

醉后狂言酬赠萧、殷二协律 [01]

余杭邑客多羁贫， [02]
其间甚者萧与殷。
天寒身上犹衣葛， [03]
日高甑中未拂尘。 [04]
江城山寺十一月， [05]
北风吹砂雪纷纷。
宾客不见绨袍惠， [06]
黎庶未沾襦袴恩。 [07]
此时太守自惭愧， [08]
重衣复衾有余温。
因命染人与针女， [09]
先制两裘赠二君。

注·释

● 01 · 萧协律：即萧悦。善于画竹。此时为协律郎。殷协律：今人疑为殷尧藩。殷尧藩，嘉兴（治所在今浙江嘉兴）人。元和九年登进士第。有诗名，贞元、元和间即与白居易相识。协律，即协律郎，掌管音律，属太常寺。萧、殷二人当是杭州幕僚，带京官协律衔。

● 02 · 邑客：寄住的外地人。羁贫：旅居贫苦。

● 03 · 葛：指葛布，宜做夏衣。

● 04 · 甑中未拂尘：形容长时间断炊。东汉范冉，字史云，曾官莱芜县长。家贫，常断炊，邻里作歌："甑中生尘范史云，釜中生鱼范莱芜。"甑，蒸食物的陶器。

● 05 · 江城：这里指杭州。杭州在钱塘江边。

● 06 · 绨（tí）袍惠：绨，一种厚绸。战国时，范雎曾为魏国大夫须贾的门客，受辱逃走，化名张禄，在秦国做宰相。后须贾出使秦国，范雎穿着破旧衣服装成穷人来见，须贾怜悯他，说："范叔一寒如此哉！"送给他一件绨袍。后用作朋友间不忘旧交、有所资助的典故。

● 07 · 黎庶：老百姓。襦袴（kù）恩：襦，短袄。袴，套裤。东汉廉范，字叔度，为蜀郡太守，废除了禁止百姓夜晚干活以防火灾的旧令，百姓作歌："廉叔度，来何暮！不禁火，民安作。平生无襦今五袴。"后用作官吏有惠政于民的典故。

● 08 · 太守：作者自称。州刺史相当于郡太守。

● 09 · 染人：染工。针女：缝纫女工。

● 10・吴绵、桂布：见《新制布裘》注 01、02。

● 11・狐腋：狐狸腋下的皮毛，最细软。

● 12・缯：丝织品的统称。纩（kuàng）：丝绵。

● 13・絮：在棉衣、被褥里铺进棉絮。

● 14・刀尺：剪刀和尺子。指裁制衣服。

● 15・五考：唐代自元和二年起，规定州刺史经五考，可转官。见《唐会要》。五考经五年。

吴绵细软桂布密，[10]

柔如狐腋白似云。[11]

劳将诗书投赠我，

如此小惠何足论？

我有大裘君未见，

宽广和暖如阳春。

此裘非缯亦非纩，[12]

裁以法度絮以仁。[13]

刀尺钝拙制未毕，[14]

出亦不独裹一身。

若令在郡得五考，[15]

与君展覆杭州人。

品·评 本诗作于长庆二年（822），白居易时在杭州。诗以宾客贫寒开端，继以太守制裘赠送，引出诗题中"狂言"。作者发愿要用"宽广和暖如阳春"之大裘"展覆杭州人"，表明作者虽历经挫折，但关心民瘼的胸怀并未改变。这大裘的制作方法是"裁以法度絮以仁"，即依据法度、加以仁爱，在任期内有惠于当地百姓。这表现出为官的高度责任心。

吾雏

注·释

● *01* · 无弟兄：白居易此时尚未有儿子。

● *02* · 骄骏（ái）：天真可爱而不懂事。

● *03* · 性识：天分，天资。

● *04* · 缅想：遥想。

● *05* · "蔡邕"句：蔡邕（133—192），东汉学者，字伯喈，陈留圉（治所在今河南杞县南）人。灵帝时为议郎，上书论朝政获罪，流放朔方。董卓专权时，官左中郎将。董卓被诛，下狱而死。女名琰，字文姬，博学能诗。汉末大乱，被掠入匈奴，归南匈奴左贤王，居十二年。曹操念蔡邕无后，赎归，再嫁同郡董祀。蔡邕多藏典籍，文姬凭记忆默写四百余篇，呈与曹操。

● *06* · "于公"句：汉文帝时，齐太仓长淳于意有罪，被押送长安，叹息说："生子不生男，缓急无可使者！"小女儿缇（tí）萦伤叹父言，随父西行，上书愿为官婢，以赎父刑罪。文帝感叹，淳于意得免罪。

吾雏字阿罗，　　阿罗才七龄。

嗟吾不才子，　　怜汝无弟兄。 *01*

抚养虽骄骏， *02* 性识颇聪明。 *03*

学母画眉样，　　效吾咏诗声。

我齿今欲堕，　　汝齿昨始生。

我头发尽落，　　汝顶髻初成。

老幼不相待，　　父衰汝孩婴。

缅想古人心， *04* 兹爱亦不轻。

蔡邕念文姬， *05* 于公叹缇萦。 *06*

敢求得汝力？　　但未忘父情。

品·评　本诗作于长庆二年（822），白居易时在杭州。诗中表现怜爱幼女的心情，也感叹自己的衰老。开端说明"吾雏"之字、年龄及独女身份。"抚养虽骄骏"四句叙述此女的聪明天真，怜爱欣喜之情含蕴其中。以下诗句多以父女两人老幼相异并说，因自己年老而情调感伤，感情深重。全诗用面谈口吻，明白如话，唯蔡邕、于公两事用典，对幼女而言显得艰深。

夜归

注
·
释

● 01·镫（dèng）：挂在马鞍两旁的脚踏。
珑璁（lóng cōng）：鲜明洁净的样子。
● 02·万株松树：西湖附近有万松岭，唐
时夹道栽松。
● 03·沙堤：西湖中有白沙堤。后世又称
白堤，常被误以为是白居易所筑。
● 04·放：使，让。笙歌：指奏乐与歌唱。
● 05·画戟门：官府、显贵家门前列画戟
（彩饰的木戟），称门戟，作为仪仗。

半醉闲行湖岸东，

马鞭敲镫辔珑璁。 *01*

万株松树青山上， *02*

十里沙堤明月中。 *03*

楼角渐移当路影，

潮头欲过满江风。

归来未放笙歌散， *04*

画戟门开蜡烛红。 *05*

品
·
评

本诗作于长庆二年（822），白居易时在杭州。全诗表现湖光山色中刺史的适意
生活。首联写酒后乘马悠然而归，"马鞭敲镫"应"闲行"，极为简洁传神。中
二联写途中风景。"万株"二句以静态写远景，色彩清丽，总括西湖景色。"楼
角"二句以动态写近景，细致而阔大，语句精警。尾联写归来兴致不减，收束
全诗而意不尽。

画竹歌

并引

● 01·无伦：无比。
● 02·秘重：珍视而不轻示人。
● 03·好（hào）事：指爱好广泛。
● 04·惠然：友好的样子。
● 05·答贶（kuàng）：答谢所赠送之物。

协律郎萧悦善画竹，举时无伦。[01] 萧亦甚自秘重，[02] 有终岁求其一竿一枝而不得者。知予天与好事，[03] 忽写一十五竿，惠然见投。[04] 予厚其意，高其艺，无以答贶，[05] 作歌以报之，凡一百八十六字云。

注·释

● *01*·郎：唐代对男子的习惯称呼。

● *02*·拥肿：同"臃肿"。

● *03*·竦：耸立。

● *04*·死赢垂：低垂而没有生气。

植物之中竹难写，

古今虽画无似者。

萧郎下笔独逼真， ⁰¹

丹青以来唯一人。

人画竹身肥拥肿， ⁰²

萧画茎瘦节节竦。 ⁰³

人画竹梢死赢垂， ⁰⁴

萧画枝活叶叶动。

不根而生从意生，

不笋而成由笔成。

●05·埼（qí）：曲折的水岸。

●06·筠（yún）粉：新竹皮上生的一层白色粉状物。

●07·萧飒：姿态自然。

●08·省（xǐng）：记得。天竺寺：杭州西湖边有上、中、下三座天竺寺。上天竺寺与中天竺寺都建于唐以后。下天竺寺建于隋代，在飞来峰南。

●09·湘妃庙：在洞庭湖中君山上，祭祀舜之二妃。此地种植斑竹，上有斑点，呈紫色。相传舜死于湘水边九嶷山，舜之二妃痛哭，泪滴竹上，形成斑痕。人称湘妃竹。见晋张华《博物志》。

野塘水边埼岸侧，⁰⁵

森森两丛十五茎。

婵娟不失筠粉态，⁰⁶

萧飒尽得风烟情。⁰⁷

举头忽看不似画，

低耳静听疑有声。

西丛七茎劲而健，

省向天竺寺前石上见。⁰⁸

东丛八茎疏且寒，

忆曾湘妃庙里雨中看。⁰⁹

幽姿远思少人别，[10]

与君相顾空长叹。

萧郎萧郎老可惜，

手战眼昏头雪色。[11]

自言便是绝笔时，

从今此竹尤难得。

品·评 本诗作于长庆二年（822）或三年（823），白居易时在杭州。诗由谈画竹之难而起，将萧悦画竹与他人画竹对比，赞其画技高超无比。接着实写萧悦所赠画竹，赞其逼真有神，竹茎各有风韵，让诗人想起生平所见真竹。以下叙及画家本人，叹其绝笔。全诗脉络分明，流畅潇洒，描写与议论交错。写法上颇得杜甫题画诗的遗风。

官舍

注
·
释

● 01 · 幽人：隐士。

● 02 · 瓯（ōu）：盆、盂一类陶器。

● 03 · 引：带领。雏：指幼儿。

高树换新叶，　阴阴覆地隅。

何言太守宅？　有似幽人居。[01]

太守卧其下，　闲慵两有余。

起尝一瓯茗，[02]　行读一卷书。

早梅结青实，　残樱落红珠。

稚女弄庭果，　嬉戏牵人裾。

是日晚弥静，　巢禽下相呼。

喈喈护儿鹊，　哑哑母子乌。

岂唯云鸟尔？　吾亦引吾雏。[03]

品
·
评

本诗作于长庆三年（823），白居易时在杭州。诗写官舍内的家庭日常生活。前半写自己悠闲自得，后半写幼女可爱，以官舍中树木贯串全诗。诗以高树覆地、官舍幽静起，写太守卧于树下、品茗读书，有隐士之乐。接着写果树结实，引出幼女弄果，嬉戏牵人衣裾。继而转向树上禽鸟，禽鸟母子相呼，引起诗人自比。全诗充溢家居乐趣，天伦之乐尤为温馨。

钱塘湖春行 ⁰¹

注·释

● 01·钱塘湖：即西湖。

● 02·孤山寺：西湖的里湖、外湖之间有孤山，一山独秀，上有孤山寺，建于南朝陈时。贾亭：唐贞元年间，杭州刺史贾全在西湖边建亭，称贾公亭。

● 03·水面初平：指湖水初涨，水与岸平。云脚低：指云气接近地面。

● 04·白沙堤：见《夜归》注03。

孤山寺北贾亭西，⁰²

水面初平云脚低。⁰³

几处早莺争暖树，

谁家新燕啄春泥？

乱花渐欲迷人眼，

浅草才能没马蹄。

最爱湖东行不足，

绿杨阴里白沙堤。⁰⁴

品·评

本诗作于长庆三年（823），白居易时在杭州。首联总写西湖。中二联细致描写景物，生机盎然。三、四句写禽鸟，选取最能象征春天的莺和燕，扣紧早春显其动态。五、六句写花草，仍是表现早春特征。景物的变换暗示诗人是在行走中观赏，美景令人应接不暇。尾联表现喜悦的感受与悠闲的情调，同时点明"行"字，引向白沙堤，余音不尽。诗用白描手法，细腻生动，清新自然，格调明朗。妙处又在于即景抒情，情景相生。

杭州春望

注
·
释

● 01·望海楼：作者原注："城东楼名望海楼。"

● 02·伍员庙：伍员，字子胥，春秋时楚国人。父兄被楚平王杀害，他逃到吴国。后助阖闾夺得王位，使吴国强盛，攻破楚国，又辅佐夫差打败越国。夫差政乱，他屡次劝谏，被迫自杀，尸体被装在皮袋里丢入江中。民间传说，他死后，成为涛神，钱塘江潮由他驱动。历代立祠纪念，称伍公庙，所在山称胥山。

● 03·苏小：即苏小小。南齐时钱塘名妓。西湖边有苏小小墓。

● 04·红袖：指妇女。柿蒂：一种绫，上织柿蒂花纹。作者原注："杭州出柿蒂花者尤佳也。"

● 05·青旗：酒店门前的酒旗。作者原注："其俗，酿酒趁梨花时熟，号为梨花春。"

● 06·"谁开"二句：作者原注："孤山寺路在湖洲中，草绿时，望如裙腰。"

望海楼明照曙霞，⁰¹

护江堤白蹋晴沙。

涛声夜入伍员庙，⁰²

柳色春藏苏小家。⁰³

红袖织绫夸柿蒂，⁰⁴

青旗沽酒趁梨花。⁰⁵

谁开湖寺西南路？

草绿裙腰一道斜。⁰⁶

品
·
评

本诗作于长庆三年（823），白居易时在杭州。诗写杭州春天景色，紧扣望中所见，重点在历史名胜与当代风俗，笔下春意浮动。首联写杭州近海临江，晴日风光可爱。颔联写历史人物遗迹，"涛声"句厚重，"柳色"句妩媚，二者的反差却构成和谐的统一。颈联写风俗，选取织绫、酿酒为代表，巧用色彩鲜明的词语，相映成趣。尾联转向西湖，有引人入胜的作用。

西湖晚归，回望孤山寺赠诸客

注·释

● 01·柳湖：指西湖，西湖湖畔多柳树。
松岛：指孤山，孤山在湖中，多松柏。莲
花寺：指孤山寺，孤山寺多植莲花。佛教
徒又常以莲花称有关佛教的处所。

● 02·桡（ráo）：船桨。道场：佛教讲经、
做法事的场所。

● 03·卢橘：又名金橘。未成熟时皮色青
黑，故名。卢，黑色。

● 04·栟榈（bīng lú）：即棕榈。南方的一种
常绿乔木。战：同"颤"。抖动。

● 05·潋滟：荡漾。空碧：指天空在水中
的倒影。

● 06·蓬莱宫：以海上仙山喻孤山寺。

柳湖松岛莲花寺，　01

晚动归桡出道场。　02

卢橘子低山雨重，　03

栟榈叶战水风凉。　04

烟波潋滟摇空碧，　05

楼殿参差倚夕阳。

到岸请君回首望，

蓬莱宫在海中央。　06

品·评　本诗作于长庆三年（823），白居易时在杭州。诗描绘西湖景色，着重写孤山寺。
首联点题，写乘船离开孤山寺晚归，用语的修饰性很强，表现孤山寺的优美环
境。中二联分别写近景、远景，运用动词精到，表现雨过天晴，景物悦人，而
远景已暗示"回望"。尾联对远望所见进一步生发，点明题中的"回望孤山寺"，
称孤山寺犹如海中仙宫。全诗写景逼真细腻，摇曳生姿。末句加倍赞美，有画
龙点睛的艺术效果。

湖亭晚归

注
·
释

● 01·残醉：残留的醉意。

● 02·絮霏霏：柳絮飘得很密。

尽日湖亭卧，　心闲事亦稀。

起因残醉醒，⁰¹坐待晚凉归。

松雨飘藤帽，　江风透葛衣。

柳堤行不厌，　沙软絮霏霏。⁰²

品
·
评

本诗作于长庆三年（823），白居易时在杭州。诗篇以闲散的心境引出清幽的景物。首联以终日卧于湖亭起，表明清闲无事。颔联应首句，由"卧"而"起"、"坐"，说明曾终日醉酒，不言饮酒之乐而乐在其中。颈联接上句，写晚凉，"松雨"、"江风"何等惬意。尾联方写晚归，行于柳堤上，应是缓缓而行，流连忘返。本诗可与《夜归》一诗对照阅读，彼主动，此主静。

江楼夕望招客 ⁰¹

注
·
释

● 01 · 江楼：指杭州城东楼，即望海楼。
● 02 · 平沙：水边平地。
● 03 · 就：到，往。
● 04 · 校：同"较"。

海天东望夕茫茫，

山势川形阔复长。

灯火万家城四畔，

星河一道水中央。

风吹古木晴天雨，

月照平沙夏夜霜。⁰²

能就江楼销暑否？⁰³

比君茅舍校清凉。⁰⁴

品
·
评
　　本诗作于长庆三年（823），白居易时在杭州。诗中写登楼所见夜景，开阔壮大。首联写东望海天，天地辽阔。颔联稍收近，写杭州全城夜景，万家灯火与水中银河倒影互相映照。颈联再收近，写古木风声、水畔月光，透出怡人凉意。尾联承上，明说"清凉"，招客消暑。全诗格调疏宕，与宋人七律意味相近。

江楼晚眺，景物鲜奇，吟玩成篇，寄水部张员外 [01]

注·释

● 01·鲜奇：鲜明奇特。水部张员外：即张籍，时为水部员外郎。
● 02·间：间隔。
● 03·蜃散：指海市蜃楼般的幻景散去。
● 04·断桥梁：喻残虹。
● 05·好：可以，适宜。著丹青：涂颜料。取：用在动词后作助词。
● 06·水曹郎：指张籍。水曹，代称水部。

澹烟疏雨间斜阳，[02]

江色鲜明海气凉。

蜃散云收破楼阁，[03]

虹残水照断桥梁。[04]

风翻白浪花千片，

雁点青天字一行。

好著丹青图写取，[05]

题诗寄与水曹郎。[06]

品·评

本诗作于长庆三年（823），白居易时在杭州。诗从"鲜奇"着笔，视角在水天间不断转变，描绘雨后奇特景物如画。前六句写景物，即题中"吟玩"所得，一句一景。前二句既分别写景，也起到总写的作用，表示雨中及雨后概况。如烟细雨间隔着斜阳，此雨奇特；江色鲜明，则是雨后天晴之奇特。三、四句写罕见景物，空中海市蜃楼般的幻景从生成到破碎，映在水中如桥梁般的长虹渐渐残缺。五、六句写江中波浪如花片翻涌，青天雁阵组成字形，虽是常见景物而引人注目。七、八句赞美所见景物宜入画，并点题中"寄水部张员外"。

答微之泊西陵驿见寄[01]

注·释

● 01·西陵：在萧山县（治所在今浙江杭州萧山）西，与杭州隔钱塘江相望。春秋时越国范蠡曾在此筑城，称固陵。

烟波尽处一点白，

应是西陵古驿台。

知在台边望不见，

暮潮空送渡船回。

品·评　本诗作于长庆三年（823），白居易时在杭州。本年十月，元稹在赴浙东观察使、越州（治所在今浙江绍兴）刺史任途中经杭州，与白居易相会，留数日辞别，有《别后西陵晚眺》诗寄赠："晚日未抛诗笔砚，夕阳空望郡楼台。与君后会知何日，不似潮头暮却回。"表达别后的伤感。白居易答诗同样表达遥望不见、后会难期的伤感。前三句写遥望而不见。末句答元稹"不似潮头暮却回"句，推进一层，言暮潮虽送船回却不能乘船相见，"空"字见失望心情。

余思未尽，加为六韵，重寄微之

海内声华并在身，⁰¹

筬中文字绝无伦。⁰²

遥知独对封章草，⁰³

忽忆同为献纳臣。⁰⁴

走笔往来盈卷轴，⁰⁵

除官递互掌丝纶。⁰⁶

制从长庆辞高古，⁰⁷

诗到元和体变新。⁰⁸

注·释

● 01·声华：声誉。

● 02·"筬中"句：作者原注："美微之也。"绝无伦：没有人可以相比。

● 03·独对封章草：指元稹独自起草章奏。封章，密封的章奏。臣下言机密事，用封套缄封进呈。

● 04·同为献纳臣：指元稹于元和元年为左拾遗，白居易于元和三年至五年为左拾遗。献纳，指向皇帝进言供采纳，是谏官的职责。

● 05·"走笔"句：作者原注："予与微之前后寄和诗数百篇，近代无如此多有也。"走笔：挥笔疾书。

● 06·"除官"句：作者原注："予除中书舍人，微之撰制词。微之除翰林学士，予撰制词。"长庆元年二月，元稹自知制诰转中书舍人、翰林学士。长庆元年十月，白居易自知制诰转中书舍人。递互：轮流。丝纶：诏书。

● 07·"制从"句：作者原注："微之长庆初知制诰，文格高古，始变俗体，继者效之也。"制：皇帝命令的一种。辞高古：指元稹所撰制诰文字复古，对骈体公文有所改变。

● 08·"诗到"句：作者原注："众称元、白为千字律诗，或号元和格。"

● 09 · "各有"句：作者原注："蔡邕无儿，有女琰，字文姬。"

● 10 · "俱无"句：作者原注："陶潜小男名通子。"与上句合指两人各有幼女，没有儿子。余尘：遗留的踪迹。

● 11 · 王粲（177—217）：汉末文学家。字仲宣，山阳高平（治所在今山东邹城西南）人。"建安七子"之一。先投荆州刘表，未受重用。后依曹操，官至侍中。据《三国志·魏书·王粲传》记载，王粲十几岁时在长安拜访蔡邕，蔡邕宾客满座，听到王粲来，急忙出迎，对宾客说："此王公孙也，有异才，吾不如也。吾家书籍文章，尽当与之。"

各有文姬才稚齿，⁰⁹

俱无通子继余尘。¹⁰

琴书何必求王粲，¹¹

与女犹胜与外人。

品·评 本诗作于长庆三年（823），白居易时在杭州。诗是酬答元稹之作。前八句赞美元稹诗文，回顾两人友情，并以"制从长庆辞高古"两句对两人诗文的成就与影响作出概括性的评价，语气自豪，此评价常被后人引用。开篇即盛赞元稹，"并在身"则显露对自己能与元稹并称而感到荣幸，以下皆围绕两人友情与文字交往展开回忆。末四句对两人俱无儿子加以宽解。

春题湖上

注·释

● 01·乱峰围绕：西湖三面环山，有凤凰山、南高峰、北高峰、葛岭等。乱，形容高低不齐。水平铺：指湖水涨满。

● 02·勾留：留连。

湖上春来似画图，

乱峰围绕水平铺。[01]

松排山面千重翠，

月点波心一颗珠。

碧毯线头抽早稻，

青罗裙带展新蒲。

未能抛得杭州去，

一半勾留是此湖。[02]

品·评

本诗作于长庆四年（824），白居易时在杭州，刺史任期将满。首句"似画图"是对西湖风光的总评，以下五句具体写其优美景色。第二句写西湖山水总貌，其他句则细致描绘，色调清丽，"碧毯"二句尤注重田野风貌。比喻新颖贴切，且有动态感。风光如此美好，则尾联抒发留恋之情，收束自然，而"一半勾留"更深切表达了对西湖的喜爱。

别州民

注·释

● 01·壶浆：壶里盛着酒或汤水。
● 02·甘棠：树名，即棠梨。周初召伯巡行南国，曾在甘棠树下休息，后来人们怀念他，作诗歌颂，诗即《诗经·召南·甘棠》。后世用作地方官有惠政的典故。
● 03·饥：谷物歉收。足：多。
● 04·"唯留"二句：作者原注："今春增筑钱塘湖堤，贮水以防天旱，故云。"长庆四年春，白居易在钱塘门外筑堤蓄水，可灌溉湖边的田一千余顷，避免夏秋少雨成旱灾。堤修成后，作者撰《钱塘湖石记》一文，详细叙述蓄水放水的方法。

耆老遮归路，　壶浆满别筵。⁰¹

甘棠无一树，⁰² 那得泪潸然？

税重多贫户，　农饥足旱田。⁰³

唯留一湖水，　与汝救凶年。⁰⁴

品·评

本诗作于长庆四年（824）白居易离别杭州时。作者在任期间，关心人民疾苦，为百姓做了一些好事，尤其重视西湖水利建设，受到百姓爱戴。首联写州民依依送别，应是纪实。颔联自谦未能治理好地方，表示惭愧。颈联承上，具体说明治理不善，实际上反映作者关心百姓疾苦。尾联转折，道出治理西湖水利的成绩，显示对百姓的爱护。全诗真切地表达了作者对当地百姓的感情。

洛下卜居

注·释

- 01·典郡：主管一郡。指任杭州刺史。
- 02·天竺：西湖边山名，在灵隐山附近。
- 03·华亭鹤：华亭，唐所置县，治所在今上海松江区。县西有华亭谷，三国吴陆逊家族所居。陆机入晋，因战乱被杀，临死叹息说："华亭鹤唳，岂可复闻乎？"这里的华亭鹤是实指，白居易《池上篇序》："乐天罢杭州刺史时，得天竺石一、华亭鹤二以归。"
- 04·饮啄：饮水啄食。
- 05·其奈：怎奈。
- 06·云根：山中云起的地方。诗词中常与石联系，如贾岛《题李凝幽居》诗中"移石动云根"句。
- 07·霜翮（hé）：洁白的翅膀。翮，鸟羽毛的硬管，泛指翅膀。
- 08·就：靠近。无尘坊：指少有车马来往的里坊。
- 09·"东南"句：指履道坊，在洛阳城东南部。
- 10·请禄：领受俸禄。中庶：中庶子。汉以后是太子属官，称太子中庶子。隋唐起分设太子左庶子、太子右庶子。
- 11·"且脱"句：作者原注："买履道宅价不足，因以两马偿之。"骖（cān）：在外侧拉车的马。泛指马。

三年典郡归，⁰¹ 所得非金帛。

天竺石两片，⁰² 华亭鹤一只。⁰³

饮啄供稻粱，⁰⁴ 苞裹用茵席。

诚知是劳费， 其奈心爱惜。⁰⁵

远从余杭郭， 同到洛阳陌。

下担拂云根，⁰⁶ 开笯展霜翮。⁰⁷

贞姿不可杂， 高性宜其适。

遂就无尘坊，⁰⁸ 仍求有水宅。

东南得幽境，⁰⁹ 树老寒泉碧。

池畔多竹阴， 门前少人迹。

未请中庶禄，¹⁰ 且脱双骖易。¹¹

岂独为身谋？ 安吾鹤与石。

品·评 本诗作于长庆四年（824），白居易时初至洛阳，为太子左庶子分司东都。诗题曰卜居，而以叙述杭州所携归天竺石、华亭鹤为主。诗以石、鹤而起，表达爱惜的心情，喜爱其坚贞高洁。以下写求清幽之居，诗末言明卜居不独为自身，也为安顿石与鹤。写石与鹤，实乃衬托主人，"贞姿"、"高性"正是作者的自我写照。

梦行简

注·释

● 01·妍和：指天气晴暖宜人。

● 02·"池塘"二句：谢灵运《登池上楼》诗中有"池塘生春草"之名句，为谢灵运梦见从弟惠连而偶成，常说："此语有神助，非我语也。"见钟嵘《诗品》引《谢氏家录》。阿怜：当是白行简的小名。白居易《湖亭与行简宿》诗有"夜深唯共阿怜来"句，也称行简为阿怜。谢灵运呼弟谢惠连为阿连，白居易则呼弟行简为阿怜，"连"、"怜"同音借用。

天气妍和水色鲜，⁰¹

闲吟独步小桥边。

池塘草绿无佳句，

虚卧春窗梦阿怜。⁰²

品·评

本诗作于宝历元年（825）春，白居易时在洛阳。白行简时在长安，官主客郎中。诗中以常用典故表现兄弟之情，写来真切自然。前二句写春日天气宜人，景色美丽，作者有水边行吟之乐，然而"独"字隐含孤独之感，引出下文。后二句用典，乃反用，说自己白白地梦见弟弟，却没有写出好诗，自谓诗才不及谢灵运而怀念兄弟之情则同。

除苏州刺史别洛城东花

注·释

● 01·乱雪：喻落花如雪。
● 02·吴郡：即苏州。汉置吴郡，隋、唐称苏州。唐玄宗天宝年间曾改称吴郡。
● 03·残莺：指晚春黄莺的鸣声。

乱雪千花落，[01] 新丝两鬓生。

老除吴郡守，[02] 春别洛阳城。

江上今重去， 城东更一行。

别花何用伴？ 劝酒有残莺。[03]

品·评 本诗作于宝历元年（825）三月，白居易时在洛阳，将赴苏州。诗以春花落、叹年老而起。三、四两句分别承上，写年老而出任地方官，暮春时节而离别，含蕴无可奈何的心情。五、六两句写重往江南，特地告别春花。末两句则写寂寞别花，以"残莺"衬托。诗叹年老不得安居，语句流畅，情调苍凉。

霓裳羽衣歌

注·释

● 01·宪皇：即唐宪宗。

● 02·昭阳：见《长恨歌》注 63。

● 03·钩栏：即勾栏。四周有栏杆围起来表演歌舞杂戏的场所。香案：放香炉的几案。

● 04·帔（pèi）：披肩。步摇：见《长恨歌》注 09。

● 05·钿璎（yīng）：用黄金镶嵌的珠串。累累：下垂的样子。珊珊：玉佩的响声。

● 06·乐悬：悬挂的钟磬类打击乐器。这里指伴奏乐。

我昔元和侍宪皇，⁰¹

曾陪内宴宴昭阳。⁰²

千歌百舞不可数，

就中最爱霓裳舞。

舞时寒食春风天，

玉钩栏下香案前。⁰³

案前舞者颜如玉，

不著人家俗衣服。

虹裳霞帔步摇冠，⁰⁴

钿璎累累佩珊珊。⁰⁵

娉婷似不任罗绮，

顾听乐悬行复止。⁰⁶

磬箫筝笛递相搀，

击擫弹吹声逦迤。07

散序六奏未动衣，

阳台宿云慵不飞。08

中序擘騞初入拍，

秋竹竿裂春冰坼。09

飘然转旋回雪轻，10

嫣然纵送游龙惊。11

小垂手后柳无力，12

斜曳裾时云欲生。13

烟蛾敛略不胜态，14

风袖低昂如有情。

● *07* •“磬箫”二句：作者原注：“凡法曲之初，众乐不齐，唯金石丝竹次第发声。《霓裳》序初亦复如此。”搀：伴随。擫（yè）：用手指按捺管乐器的洞孔。逦迤（lǐ yǐ）：连绵不断。

● *08* •“散序”二句：作者原注：“散序六遍无拍，故不舞也。”散序：《霓裳羽衣舞》的前奏曲，只演奏乐器，没有节拍。六奏：即六遍。乐曲的一段称遍。阳台：用宋玉《高唐赋》典故，见《花非花》注 *01*。

● *09* •“中序”二句：作者原注：“中序始有拍，亦名拍序。”中序：《霓裳羽衣舞》的中段。擘騞（bò huō）：象声词。坼：开裂。

● *10* •“飘然”句：语本曹植《洛神赋》：“飘飖兮若流风之回雪。”回雪：雪花飞舞。

● *11* • 纵送：迅疾前进。游龙：曹植《洛神赋》：“婉若游龙。”

● *12* • 小垂手：舞姿名。《乐府解题》：“大垂手，小垂手，皆言舞而垂其手也。”

● *13* •“斜曳”句：写舞女斜拉裙边，像云一样展开。以上四句，作者原注：“四句皆霓裳舞之初态。”

● *14* • 烟蛾：淡黑色的眉毛。敛略：时蹙时展。不胜态：指有各种无法形容的姿态。

上元点鬓招萼绿，

王母挥袂别飞琼。[15]

繁音急节十二遍，

跳珠撼玉何铿铮。[16]

翔鸾舞了却收翅，

唳鹤曲终长引声。[17]

当时乍见惊心目，[18]

凝视谛听殊未足。

一落人间八九年，[19]

耳冷不曾闻此曲。[20]

溢城但听山魈语，[21]

巴峡唯闻杜鹃哭。[22]

● 15•"上元"二句：作者原注："许飞琼、萼绿华，皆女仙也。"上元：上元夫人，道教传说中的女仙。王母：指西王母，传说中的女神，曾见过周穆王、汉武帝。

● 16•"繁音"二句：作者原注："霓裳曲十二遍而终。"铿铮：乐声响亮。

● 17•"唳鹤"句：作者原注："凡曲将毕，皆声拍促速，唯《霓裳》之末，长引一声也。"唳：鸣。

● 18•乍见：初见。

● 19•"一落"句：指从京城出任地方官八九年。唐代重视京官，把在京城任职接近皇帝看作在天上，把出任地方官看作降落人间。白居易在江州、忠州、杭州、苏州为官，合计约八九年。

● 20•耳冷：耳边冷落。

● 21•山魈（xiāo）：传说中山里的猴形怪物。

● 22•"巴峡"句：作者原注："予自江州司马转忠州刺史。"巴峡：巴县（治所在今重庆巴南）以东的一段江峡。这里泛指忠州一带山峡。

● 23 • 问：顾及，留意。
● 24 • "玲珑"二句：作者原注："自玲珑
已下，皆杭之妓名。"玲珑：姓商。箜篌
（kōng hóu）：又称空侯、坎侯。古代弦乐
器，分卧式、竖式两种。汉时自西域传入。
觱篥（bì lì）：又名筚管。簧管乐器。汉时
自西域龟兹传入。
● 25 • 虚白亭：在杭州刺史衙中，为休息
处所。
● 26 • 祇（zhī）应：侍奉。按：按习，
演奏。
● 27 • 除庶子：指白居易于长庆四年五月
离杭州刺史任，以太子左庶子分司东都。

移领钱塘第二年，

始有心情问丝竹。[23]

玲珑箜篌谢好筝，

陈宠觱篥沈平笙。[24]

清弦脆管纤纤手，

教得霓裳一曲成。

虚白亭前湖水畔，[25]

前后祇应三度按。[26]

便除庶子抛却来，[27]

闻道如今各星散。

今年五月至苏州，

朝钟暮角催白头。

● 28・案牍：官府文书。侵夜：入夜。

● 29・君：指元稹，时为浙东观察使、越州刺史。部：古代监察区域名。这里指浙东观察使辖区。乐徒：乐人。

● 30・七县十万户：越州下辖会稽等七县。浙东观察使辖越州等七州，共十万四千三百六十七户。据此可知"七县"当作"七州"为是。《文苑英华》录此诗作"七州"。

● 31・霓裳羽衣谱：今元稹集中不载，已佚。

贪看案牍常侵夜，[28]

不听笙歌直到秋。

秋来无事多闲闷，

忽忆霓裳无处问。

闻君部内多乐徒，[29]

问有霓裳舞者无？

答云七县十万户，[30]

无人知有霓裳舞。

唯寄长歌与我来，

题作霓裳羽衣谱。[31]

四幅花笺碧间红，

霓裳实录在其中。

千姿万状分明见，

恰与昭阳舞者同。

眼前仿佛睹形质，

昔日今朝想如一。

疑从魂梦呼召来，

似著丹青图写出。

我爱霓裳君合知，[32]

发于歌咏形于诗。

君不见我歌云，

惊破霓裳羽衣曲。[33]

又不见我诗云，

曲爱霓裳未拍时。[34]

●35・能事：所擅长的事。
●36・"杨氏"句：作者原注："开元中，西凉府节度杨敬述造。"
●37・可怜：可爱。
●38・"吴妖"句：作者原注："夫差女小玉死后，形见于王，其母抱之，霏微若烟雾散空。"事见干宝《搜神记》。妖：指艳丽女子。
●39・娇花：指美丽的容貌。巧笑：指动人的笑容。《诗经・卫风・硕人》："巧笑倩兮。"
●40・娃馆：馆娃宫。吴王夫差为西施而建。苎萝：村名。西施的故乡，在今浙江诸暨南。
●41・翻传：指依谱传授。

由来能事皆有主，³⁵

杨氏创声君造谱。³⁶

君言此舞难得人，

须是倾城可怜女。³⁷

吴妖小玉飞作烟，³⁸

越艳西施化为土。

娇花巧笑久寂寥，³⁹

娃馆苎萝空处所。⁴⁰

如君所言诚有是，

君试从容听我语。

若求国色始翻传，⁴¹

但恐人间废此舞。

● 42 • 妍蚩 (chī)：美与丑。蚩，同"媸"。
宁：岂，难道。
● 43 • 抬举：培养，扶植。
● 44 • "李娟"句：作者原注："娟、态，
苏妓之名。"
● 45 • 取：用在动词后作助词。

妍蚩优劣宁相远？ *42*

大都只在人抬举。 *43*

李娟张态君莫嫌， *44*

亦拟随宜且教取。 *45*

品
·
评　　本诗作于宝历元年（825），白居易时在苏州。诗题下作者原注："和微之。"诗
篇前半部分生动地描绘了当年任朝官时所见所闻霓裳羽衣舞的优美舞姿和动听
音乐。后半部分自"当时乍见惊心目"始，结合自己的仕途经历，叙述对此舞
的搜寻和教习，表达不使此舞失传的心愿。诗中为后世留下有关唐代这一著名
歌舞最完整的记载，作者善于以诗描绘歌舞艺术的高超能力又一次得到体现。

觱篥歌 小童薛阳陶吹 01

剪削干芦插寒竹，02

九孔漏声五音足。03

近来吹者谁得名？

关璀老死李衮生。04

衮今又老谁其嗣？05

薛氏乐童年十二。

指点之下师授声，

含嚼之间天与气。06

润州城高霜月明，07

吟霜思月欲发声。

山头江底何悄悄，

猿鸟不喘鱼龙听。08

注·释

●01·薛阳陶：此时是浙西观察使、润州刺史李德裕的乐童。据《桂苑丛谈》记载，唐懿宗咸通年间，薛阳陶为浙西小校（军官），押运米到扬州时，曾为淮南节度使李蔚演奏。

●02·"剪削"句：指剪截、削平一段干芦管，做成吹口，名"嘴子"，插在竹管上。

●03·九孔：觱篥（bì lì）的竹管有九个孔。五音：古代以宫、商、角、徵、羽为五音，代表五个基本音阶。

●04·关璀：事迹不详。李衮：唐中期著名歌手。《国史补》中记其事，但未言其善吹觱篥。

●05·谁其嗣：谁继承他。

●06·含嚼：吞吐。吹觱篥时，嘴含芦管，由所含深浅的不同而发出不同的声调。天与气：天赋予气。这里的气不仅就呼吸而言，还包括艺术气质。

●07·润州：浙西观察使驻所，在今江苏镇江。

●08·喘：呼吸。

● 09 · 翕（xī）然：形容盛大热烈。《论语·八佾》："乐其可知也，始作，翕如也。"
● 10 · 诎（qū）然：指声音突然终止。《礼记·聘义》："叩之，其声清越以长，其终诎然。"
● 11 · 顿挫：声音停顿转折。
● 12 · 轹（lì）轹辚（lín）辚：车轮碾过的声音。
● 13 · 长有条：指声音延伸像长的枝条。
● 14 · 飘萧：飘动。
● 15 · 明旦：明日。
● 16 · 命乐：召唤乐工演奏。

翕然声作疑管裂，[09]

诎然声尽疑刀截。[10]

有时婉软无筋骨，

有时顿挫生棱节。[11]

急声圆转促不断，

轹轹辚辚似珠贯。[12]

缓声展引长有条，[13]

有条直直如笔描。

下声乍坠石沉重，

高声忽举云飘萧。[14]

明旦公堂陈宴席，[15]

主人命乐娱宾客。[16]

- *17*・碎丝细竹：指其他乐器声音细碎。
- *18*・宫调：曲调的总称。隋、唐燕乐用二十八个调。这里指以宫声为主的调式，代表正大之音。
- *19*・觃（luó）缕：细致而有条理。不落道：这里指不紊乱、不走调。
- *20*・部伍：军队的队伍。
- *21*・稚齿：年幼。
- *22*・但恐：只怕。表示估计、推测。

碎丝细竹徒纷纷，¹⁷

宫调一声雄出群。¹⁸

众音觃缕不落道，¹⁹

有如部伍随将军。²⁰

嗟尔阳陶方稚齿，²¹

下手发声已如此。

若教头白吹不休，

但恐声名压关李。²²

品·评 本诗作于宝历元年（825），白居易时在苏州。题下作者原注："和浙西李大夫作。"李大夫，即李德裕，时为浙西观察使，兼御史大夫。刘禹锡、元稹也有和诗。李诗今残缺，元诗已佚。本诗称赞乐童薛阳陶吹奏觱篥的技艺。开端以觱篥形制起，继而写著名乐师，引出乐童。写奏乐前，先渲染月夜环境以铺垫。"翕然声作疑管裂"十句描写乐声，多用比喻，穷形尽相。此下略写次日奏乐，推重其正大雄壮之音。结尾正面称赞乐童技艺并予以期待。全诗起伏变化，笔力劲健。

故衫

注·释

● 01·绯衫：唐制，四、五品官服绯（大红色）。白居易于长庆元年加朝散大夫，散官阶从五品下，始着绯。称：适合。
● 02·诗本：诗稿。
● 03·梅：指梅雨。向：将近。
● 04·烂熳：色彩鲜明的样子。

暗淡绯衫称老身，[01]

半披半曳出朱门。

袖中吴郡新诗本，[02]

襟上杭州旧酒痕。

残色过梅看向尽，[03]

故香因洗嗅犹存。

曾经烂熳三年著，[04]

欲弃空箱似少恩。

品·评

本诗作于宝历元年（825），白居易时在苏州。诗咏旧官服，实感慨身世。首句即有自嘲年老之意。领联借故衫概括杭州、苏州数年诗酒经历，流露自得之意。颈联承上句"旧"字，分写衫之"残色"、"故香"，寓恋旧之意。尾联则明确道出恋旧心理，"烂熳三年"呼应领联，末句言旧衣不可弃，则似暗喻旧臣不宜疏远。全诗不假雕琢，对心理变化表现自如。

早发赴洞庭舟中作 ⁰¹

注·释

● 01·洞庭：太湖中的洞庭山。
● 02·阊门：苏州城西北的城门。苍苍：天的深蓝色。
● 03·曳（yè）：拖，牵引出。管弦长：乐声悠扬。
● 04·海树：指湖中岛屿的树木。
● 05·包山：即洞庭山。

阊门曙色欲苍苍，⁰²

星月高低宿水光。

棹举影摇灯烛动，

舟移声曳管弦长。⁰³

渐看海树红生日，⁰⁴

遥见包山白带霜。⁰⁵

出郭已行十五里，

唯销一曲慢霓裳。

品·评　本诗作于宝历元年（825），白居易时在苏州。诗写太湖中行船。首联点明出发的时、地，地在阊门，时为拂晓，水中的星、月倒影高低错落，写来别有趣味。颔联写船行，仍扣住"早发"，船中灯烛、管弦相伴，显示心情的闲适。颈联写船中远望，清晨红日初见，白霜入眼，风景悦人。尾联写乐声悠扬相随，一曲方终，应前"管弦长"，更显悠然自得。

宿湖中

水天向晚碧沉沉，⁰¹

树影霞光重叠深。

浸月冷波千顷练，⁰²

苞霜新橘万株金。⁰³

幸无案牍何妨醉，

纵有笙歌不废吟。

十只画船何处宿？⁰⁴

洞庭山脚太湖心。

品·评

本诗作于宝历元年（825），白居易时在苏州。诗中描绘了太湖夜色的壮阔与优美，表现公务闲暇的轻松心情。前四句写景，水天空阔，晚霞多彩，月光澄澈，橘林金黄，令人应接不暇。颈联表现放松而醉酒吟诗的状态，近似口语，与以上的描绘语言有差异，形成变化。尾联写宿处，点题，颇为自得，收束全诗。白居易另一诗《泛太湖书事寄微之》诗末写道"报君一事君应美，五宿澄波皓月中"，可见作者宿于太湖澄波皓月中的欣喜之情。

正月三日闲行

注·释

● 01·"黄鹂巷"二句：作者原注："黄鹂，坊名。乌鹊，河名。"
● 02·"红栏"句：作者原注："苏之官桥大数。"官桥：指公用桥。
● 03·交加：错杂。
● 04·早晚：何时。

黄鹂巷口莺欲语，

乌鹊河头冰欲销。[01]

绿浪东西南北水，

红栏三百九十桥。[02]

鸳鸯荡漾双双翅，

杨柳交加万万条。[03]

借问春风来早晚，[04]

只从前日到今朝。

品·评

本诗作于宝历二年（826），白居易时在苏州。诗写早春景色，也体现了苏州的水城特色，观察细致。首联中两用"欲"字相对，而不计平仄，以表现气候的细微变化。中二联以景物表现早春特点，接前"冰欲销"而围绕满城水道展开。处处绿水红桥，水中鸳鸯拍动翅膀，水畔杨柳舒展枝条，已是春意盎然。尾联自问自答，说明春已于不觉之中来到，满含喜悦。诗中对仗巧妙，似随意拈来，富有情趣。

六月三日夜闻蝉

注·释

● *01·* 微月：新月。
● *02·* 东京：东都洛阳。
● *03·* 竹林宅：指作者洛阳履道坊宅。《池上篇序》言履道坊宅"地方十七亩，屋室三之一，水五之一，竹九之一"。

荷香清露坠，　柳动好风生。

微月初三夜，*01* 新蝉第一声。

乍闻愁北客，　静听忆东京。*02*

我有竹林宅，*03* 别来蝉再鸣。

不知池上月，　谁拨小船行？

品·评　本诗作于宝历二年（826），白居易时在苏州。诗从咏景物引发情思。开端咏荷、柳，伴随清露、好风，透露夏夜纳凉的清爽舒适。诗境清新，近似孟浩然"荷风送香气，竹露滴清响"（《夏日南亭怀辛大》）的境界。以下从初闻蝉鸣表达愁思。闻蝉鸣而动客思，是诗人传统，白居易此际故园之思落于洛阳之宅，既有竹林风清与当前环境接近的原因，更含寓早日辞官闲居的心情。诗由景及情，浑然一体，自然无拘束。

寄韬光禅师

01

注·释

● *01*·韬光：杭州灵隐寺僧人。白居易为杭州刺史时相识。韬光后移住虔州（治所在今江西赣州）。

● *02*·"一山门"二句：指杭州灵隐、天竺两寺同用一个山门，两寺连在一起。

● *03*·"东涧"句：指灵隐山涧水从山头分流而下，在山前合成一条涧。

● *04*·"南山"句：指两寺分别在山南坡与北坡，云气相合。

● *05*·"前台"句：指两寺花开互相能望见。

● *06*·"上界"句：指山上佛寺的钟声传到山下。上界：指天上。下界：指人间。

● *07*·师：对佛教徒的尊称。行道：指宣扬佛教教义。

● *08*·"天香"句：借用宋之问《灵隐寺》诗"桂子月中落，天香云外飘"诗意，切合灵隐寺。天香：指拜佛的香烟。桂子：白居易《东城桂》诗自注："旧说：杭州天竺寺每岁秋中，有月桂子堕。"

一山门作两山门，

两寺原从一寺分。 *02*

东涧水流西涧水， *03*

南山云起北山云。 *04*

前台花发后台见， *05*

上界钟声下界闻。 *06*

遥想吾师行道处， *07*

天香桂子落纷纷。 *08*

品·评　本诗约作于宝历二年（826），白居易时在苏州。诗描写杭州灵隐寺的特殊环境。灵隐与天竺两寺同在一山并相连，分中有合，诗就此而着力生发。前六句分别写两寺同用一个山门，同被山涧环绕，云气相合，花开同见，通过对此罕见现象的记叙，赞美此地的奇妙。末句强调灵隐寺著名的"天香桂子"，进一步渲染此地的神奇，则禅师行道自堪敬仰。前六句句中各用重字，意味连绵，音律回环，在七律中别具一格。

双石

注·释

- 01·苍然：青色的样子。
- 02·胚浑：指天地未开时的混沌状态。
- 03·洞庭：指太湖中的洞庭山。
- 04·担舁（yú）：抬。
- 05·罅（xià）：缝隙。

苍然两片石，[01] 厥状怪且丑。

俗用无所堪， 时人嫌不取。

结从胚浑始，[02] 得自洞庭口。[03]

万古遗水滨， 一朝入吾手。

担舁来郡内，[04] 洗刷去泥垢。

孔黑烟痕深， 罅青苔色厚。[05]

老蛟蟠作足， 古剑插为首。

忽疑天上落， 不似人间有。

● 06·坳（ào）泓：洼坑。

● 07·洼樽：指可贮酒的石上洼坑。

● 08·玉山颓：见《东南行一百韵……》
注 86。

● 09·偶：伙伴。

● 10·少年场：年轻人的聚集场所。

● 11·垂白：白发下垂，形容年老。

一可支吾琴，　一可贮吾酒。

峭绝高数尺，　坳泓容一斗。⁰⁶

五弦倚其左，　一杯置其右。

洼樽酌未空，⁰⁷玉山颓已久。⁰⁸

人皆有所好，　物各求其偶。⁰⁹

渐恐少年场，¹⁰不容垂白叟。¹¹

回头问双石，　能伴老夫否？

石虽不能言，　许我为三友。

品·评　本诗约作于宝历二年（826），白居易时在苏州。诗表达对奇石的爱好。先写水边怪石无人留取，而自己看中其历经万古。次写担回洗刷，惊叹其美，并发现其有用处，可以支琴、贮酒，合于作者所好。这里与诗开端的"厥状怪且丑"、"俗用无所堪"形成反差。诗末流露年老而孤独无偶的想法，竟以双石有灵而许为三友。用笔随意自在，颓唐中得生趣，结尾尤其灵妙，显示白居易诗风中洒脱空灵的一面。

别苏州

注·释

● *01* · 浩浩：形容众多。

● *02* · 郁郁：气象兴盛的样子。长洲：指苏州。春秋时，吴王阖闾有长洲苑，在今苏州西南。唐分吴县置长洲县，两县治所同在一城。

● *03* · 荷（hè）宠命：承受恩赐的使命。

● *04* · "青紫"二句：指送行的有穿官服的文武官吏，有头发花白的百姓。青色为八、九品官的服色。这里的紫色不是三品以上高级官员的服色，而是指低级官吏所穿的粗布紫衣。班：同"斑"。黎氓：民众，百姓。

● *05* · 征棹：指远行的船。

● *06* · 稍：渐渐。

● *07* · 武丘路：通往虎丘的路。宝历元年，白居易派人重新开拓虎丘路，沿路种植花木，作有《武丘寺路》诗。虎丘是苏州名胜，在苏州西北。唐人避讳，改"虎"为"武"。

● *08* · 沉吟：深思。浒水：即浒浦，又称许浦，在今江苏常熟市北流入长江。

浩浩姑苏民，*01* 郁郁长洲城。*02*

来惭荷宠命，*03* 去愧无能名。

青紫行将吏， 班白列黎氓。*04*

一时临水拜， 十里随舟行。

饩筵犹未收， 征棹不可停。*05*

稍隔烟树色，*06* 尚闻丝竹声。

怅望武丘路，*07* 沉吟浒水亭。*08*

还乡信有兴， 去郡能无情？

品·评　本诗作于宝历二年（826）白居易离别苏州时。作者自谦"愧无能名"，诗中所记送行盛况却能真实反映苏州人对作者的爱戴。"一时临水拜，十里随舟行"，应是对苏州百姓依依不舍相送的写实之句。诗末表达了作者思归北方而难舍州民的复杂心情。诗非律体，而从首至尾全用对偶，流畅而不凝滞。

醉赠刘二十八使君 01

注·释

● 01·刘二十八：即刘禹锡（772—842）。字梦得，洛阳（治所在今河南洛阳）人，排行二十八。贞元九年中进士第。参与永贞革新，后被贬为朗州司马，历连州、夔州、和州刺史。还朝为主客郎中。后以太子宾客分司东都，加检校礼部尚书。晚年与白居易为诗友。

● 02·引杯：举杯。

● 03·箸：筷子。

● 04·国手：国中技艺第一流的人。徒为尔：徒然费力而已。

● 05·折：折损。

● 06·二十三年：刘禹锡和诗《酬乐天扬州初逢席上见赠》亦称"二十三年弃置身"。刘禹锡自永贞元年（805）被贬，到宝历二年（826），共经二十二年。

为我引杯添酒饮，02

与君把箸击盘歌。03

诗称国手徒为尔，04

命压人头不奈何。

举眼风光长寂寞，

满朝官职独蹉跎。

亦知合被才名折，05

二十三年折太多。06

品·评　本诗作于宝历二年（826）白居易自苏州往洛阳途中。白居易冬季与初罢和州刺史的刘禹锡于扬州南面的扬子津相遇，一路同行，游扬州、楚州。本诗称赞刘禹锡的诗才，对他的坎坷遭遇深表愤懑，寄予同情。首联写饮酒悲歌，引出以下内容。颔联称刘禹锡诗为国手，命运却很不顺利，"徒为尔"、"不奈何"是作者的叹惜。颈联写刘禹锡坎坷失意，两句都是句中对比，到处都是好风光，朝廷尽是达官贵人，显出刘禹锡之寂寞蹉跎。尾联就诗人命薄的说法而议论。白居易《赠杨秘书巨源》诗有"不用更教诗过好，折君官职是声名"句，本诗仍持这种看法，但认为刘禹锡受折过甚，以"折太多"直抒愤懑。全诗感情由叹惜而至愤慨，渐趋强烈。

太湖石

注·释

● 01·烟翠：青蒙蒙的云雾。
● 02·根：山中云起的地方。
● 03·三峰：指西岳华山山峰中最著名的莲花、玉女、明星三峰。具体小：即具体而微之意。

烟翠三秋色，⁰¹ 波涛万古痕。

削成青玉片，　截断碧云根。⁰²

风气通岩穴，　苔文护洞门。

三峰具体小，⁰³ 应是华山孙。

品·评

本诗作于大和元年（827），白居易时在洛阳。诗中描绘了太湖石的形状。首联表现总体观感，从太湖石呈青绿色而称其有云雾缭绕，从石上纹路判断是千万年波涛冲刷的痕迹。颔联形容其形体峭拔。颈联描写其孔穴剔透。尾联赞美其为西岳华山的缩影。诗中将太湖石视作崇山峻岭，笔下有咫尺千里之势。风格浑成劲健，在作者晚年诗作中不多见。

秘省后厅 [01]

槐花雨润新秋地，

桐叶风翻欲夜天。

尽日后厅无一事，

白头老监枕书眠。[02]

品·评　本诗作于大和元年（827），白居易时在长安，官秘书监。诗中表现此官职的清闲无事。前两句写秘书省中初秋景物。风雨温和，槐花经雨，桐叶迎风，使安静的收藏图籍之地显现活力。诗句字面上不显色调，实际上槐花呈黄，桐叶犹绿，色彩悦目。后两句直说无事昼眠，表现秘书省官员的清闲，可见正是有闲情才会观察景物，至于闲中有何想法则不着笔墨。诗平淡而有韵味。

春词

注·释　●01·臂：动词。这里指使鹦鹉立在臂上。

低花树映小妆楼，

春入眉心两点愁。

斜倚栏干臂鹦鹉，[01]

思量何事不回头？

品·评　本诗约作于大和三年（829），白居易时在长安。诗写闺妇春愁，神态可感，却不明言因何而愁。首句描写小楼春色，引出次句闺妇愁眉紧锁。第三句转折，写其无事而弄鹦鹉。结句设问，说明她是背面而立，不知思量何事，则其愁苦难以言说，竟不愿正面示人。手法委婉含蓄。刘禹锡有《和乐天春词》："新妆宜面下朱楼，深锁春光一院愁。行到中庭数花朵，蜻蜓飞上玉搔头。"其诗第二句明写春愁。后两句亦写闺妇闲来无事，花前伫立如痴，未言其愁，却实是因愁而致。这两首诗写法相似，工力悉敌。

和自劝二首

（其一）⁰¹

注·释

● 01·此诗为诗人《和微之诗二十三首》之一。

● 02·曝背：指晒太阳。

● 03·麸（fū）炭：一种质轻的木炭，投进水中能浮，又称浮炭。

稀稀疏疏绕篱竹，

窄窄狭狭向阳屋。

屋中有一曝背翁，⁰²

委置形骸如土木。

日暮半炉麸炭火，⁰³

夜深一盏纱笼烛。

不知有益及民无，

二十年来食官禄。

就暖移盘檐下食，

防寒拥被帷中宿。

● 04 · 秋官：指刑部官员。
● 05 · 丹笔：朱笔，用于批阅。黄沙：黄沙狱，为诏狱，是关押钦犯的监狱。这里泛指监狱。

秋官月俸八九万，⁰⁴

岂徒遣尔身温足？

勤操丹笔念黄沙，⁰⁵

莫使饥寒囚滞狱。

品·评 本诗作于大和三年（829），白居易时在长安，任刑部侍郎。诗中表现在官尽职的想法。前六句写自己的家居生活，不求奢华，适意自得。"不知"四句写自己二十年来领受俸禄，衣食饱暖，反省在官所作所为是否有益及民。末四句就现任刑部官职而表达勤于职事以益民的心愿。诗中家居生活的"委置形骸"与为官的"勤操丹笔"形成对比，可见作者忧民之心不改，在官则思有所作为。

中隐

注·释

● 01·"大隐"二句：语本晋王康琚《反招隐诗》："小隐隐陵薮，大隐隐朝市。"朝市：朝廷和集市。丘樊：山林，多指隐居处。

● 02·留司：唐代于洛阳设东都留守司。

● 03·"城南"句：洛阳城南有龙门山、香山。

大隐住朝市，小隐入丘樊。[01]

丘樊太冷落，朝市太嚣喧。

不如作中隐，隐在留司官。[02]

似出复似处，非忙亦非闲。

不劳心与力，又免饥与寒。

终岁无公事，随月有俸钱。

君若好登临，城南有秋山。[03]

君若爱游荡，城东有春园。

君若欲一醉，时出赴宾筵。

- *04*·恣（zì）：放纵。
- *05*·但：只要。掩关：闭门。
- *06*·造次：匆忙。

洛中多君子，可以恣欢言。⁰⁴

君若欲高卧，但自深掩关。⁰⁵

亦无车马客，造次到门前。⁰⁶

人生处一世，其道难两全。

贱即苦冻馁，贵则多忧患。

唯此中隐士，致身吉且安。

穷通与丰约，正在四者间。

品·评 本诗作于大和三年（829），白居易时在洛阳，为太子宾客分司。古人早有大隐、小隐之说，"中隐"则是白居易之首倡，其意在诗中得到解说。"中隐"者，置身出与处、忙与闲、贱与贵、穷与通诸对立面之间，做闲散的东都分司官最为适宜。本诗可看作白居易晚年安居洛阳的宣言。

魏王堤
01

注·释

● 01·魏王堤：洛水流入洛阳外郭城，唐初筑堤壅水，余水经尚善、旌善二坊之北，汇成池。贞观中，赐予魏王李泰，故号魏王池，堤称魏王堤。

● 02·日西：太阳西下。

● 03·思：情思，心情。这里指春意。

花寒懒发鸟慵啼，

信马闲行到日西。 *02*

何处未春先有思？ *03*

柳条无力魏王堤。

品·评　本诗作于大和四年（830），白居易时在洛阳，为太子宾客分司。诗写早春寒时冷清景象，从中发现春意。花寒、鸟慵，白日西斜，景象寂寞，作者却信马闲行于堤上，从下文可知其意在寻春。末二句写从"无力"之柳条柔弱发现春意萌生，可见诗人观察之敏感，则花鸟迎春可待，快意油然而生。以"无力"咏早春柳条，不假雕琢而极工极真切。

天津桥 01

注·释

● 01·天津桥：唐时洛水流入洛阳外郭城，皇城端门南有数座桥，天津桥为其中之一。

● 02·斗亭：即斗门亭。洛水自天津桥向东流，经惠训坊西，分出一道为漕渠，于分流处置斗门控制。斗门上有桥，桥上有亭，称斗门亭。

● 03·诗思迷：诗情沉迷。

● 04·眉月：蛾眉般的新月。神女浦：不详。当是附近地名。

● 05·脸波：眼波。这里喻水波。窈娘堤：在天津桥附近。元稹《送友封》："心断洛阳三两处，窈娘堤抱古天津。"

● 06·袅袅：细长柔软的样子。

● 07·报道：告诉。前驱：官员出行时走在前面的仪仗。呼喝：吆喝。指仪仗传呼，令行人回避，称为"喝道"。《义山杂纂》以松下喝道为"煞风景"。

津桥东北斗亭西， 02

到此令人诗思迷。 03

眉月晚生神女浦， 04

脸波春傍窈娘堤。 05

柳丝袅袅风缲出， 06

草缕茸茸雨剪齐。

报道前驱少呼喝， 07

恐惊黄鸟不成啼。

品·评

本诗作于大和五年（831），白居易时在洛阳，任河南尹。诗咏天津桥一带迷人风景。首联总写，称赞此地令人产生诗情。中二联细写，优美生动。颔联用比喻手法，以美人眉目结合地名写景，表现其秀丽妩媚。颈联写柳丝、细草的柔美，将春风、春雨的功能拟人化。尾联则引出鸟鸣，表示不忍打破此地的幽静。写景中含悠然自得之情。

宴散

注·释

- 01·追凉：乘凉。
- 02·平桥：没有弧度的桥。
- 03·笙歌：指奏乐唱歌。
- 04·戴：一作"带"。

小宴追凉散，⁰¹ 平桥步月回。⁰²

笙歌归院落，⁰³ 灯火下楼台。

残暑蝉催尽，　新秋雁戴来。⁰⁴

将何迎睡兴？　临卧举残杯。

品·评　本诗作于大和五年（831），白居易时在洛阳，任河南尹。诗表现晚宴后归家的轻松心情。首联即点题，说明小宴本因乘凉而设，宴散后踏着月色归家。颔联写回到住处，从热闹转向清静，有闹中取静之趣。前人对此二句颇为注意，北宋晏殊认为善言富贵，盖以为言富贵而不俗。颈联写凉意，归其功于蝉与雁。尾联写余兴未尽，睡前再举酒杯。语句于自然之中含精致，"催"、"戴"等用字堪称句眼。

哭崔儿 ⁰¹

注·释

● 01·崔儿：白居易之子，乳名阿崔，大和三年生，三岁夭折。

● 02·掌珠：掌上明珠。

● 03·六旬：六十岁。十岁为一旬。

● 04·异物：指死亡的人。

● 05·喧：一作"啼"。

● 06·邓攸：字伯道，晋襄陵（治所在今河南睢县境内）人。任河东太守时，遇乱，携家南行。途中遇敌，子侄不能两全，因其弟早亡，乃弃子存侄。后竟无子，时人哀叹："天道无知，使邓伯道无儿。"后世以"伯道无儿"指人无子嗣。

掌珠一颗儿三岁，⁰²

发雪千茎父六旬。⁰³

岂料汝先为异物，⁰⁴

常忧吾不见成人。

悲肠自断非因剑，

喧眼加昏不是尘。⁰⁵

怀抱又空天默默，

依前重作邓攸身。⁰⁶

品·评

本诗作于大和五年（831），白居易时在洛阳，任河南尹。白居易老年得子，抚爱异常，不料小儿三岁夭折，故诗句极其沉痛。首联叙述老年得子，以年龄差距表明这种事罕有。作者在此儿出生后所作《阿崔》诗有"岂料鬓成雪，方看掌弄珠"句，意同而悲欢不同。颔联写小儿夭折事出意外，上下句倒装，言常担心自己先死去而不能眼看你长大，岂料你却先离开人世。颈联写肠断眼昏，极度悲伤。尾联有问天无语之意，归于对命运的无奈。全诗表现老年失子的心情，真切感人。

新制绫袄成，感而有咏

注·释

● 01 · 文：花纹。
● 02 · 绵：丝绵。
● 03 · 晨兴：早晨起床。
● 04 · 鹤氅（chǎng）：用鸟的羽毛制成的外套。毳（cuì）：鸟兽的细毛。
● 05 · 木绵：棉花。唐代棉花种植尚不普遍，属于特产。
● 06 · 侵夜：入夜。
● 07 · 昏昏：指睡得很熟。

水波文袄造新成，[01]

绫软绵匀温复轻。[02]

晨兴好拥向阳坐，[03]

晚出宜披踏雪行。

鹤氅毳疏无实事，[04]

木绵花冷得虚名。[05]

宴安往往欢侵夜，[06]

卧稳昏昏睡到明。[07]

百姓多寒无可救，

一身独暖亦何情？

心中为念农桑苦，

耳里如闻饥冻声。

争得大裘长万丈，[08]

与君都盖洛阳城！

品
·
评
本诗约作于大和五年（831），白居易时在洛阳，任河南尹。诗中写自己穿新袄
而温暖，想到百姓多贫寒，想象能制万丈大裘覆盖全城，这同作者早年思想一
贯，对此可参看《新制布裘》、《醉后狂言酬赠萧、殷二协律》。白居易从"一身
独暖"而心情不安，想到"百姓多寒"，"如闻饥冻声"，是胸襟的自然流露。诗
中多用虚字，语句流畅，不觉其为排律。

秋思

注
·
释

● 01·烧：野火。
● 02·蓝：蓝草，可制青绿色染料的植物。这里指深绿色。
● 03·雁思：指大雁飞来引动乡思。
● 04·气味：情调。
● 05·谙（ān）：熟悉。

夕照红于烧，[01] 晴空碧胜蓝。[02]

兽形云不一，　弓势月初三。

雁思来天北，[03] 砧愁满水南。

萧条秋气味，[04] 未老已深谙。[05]

品·评 本诗约作于大和六年（832），白居易时在洛阳，任河南尹。诗前半写傍晚的秋空景色，都用比喻。对夕阳、晴空，表现其色彩；对云、月，表现其形状。笔下景色喜人。后半因大雁南飞、砧杵声声引出思乡之情，落实"秋思"。对白居易来说，这种思乡之情当是广泛的思念亲友之情。因景物变换引起心情变化，诗末不再关注美景，而是深感秋天的寂寥冷清，回归传统的悲秋主题。

晚归府 01

注·释

● 01·府：河南府衙。

● 02·履道：履道坊，在洛阳城东南部。白居易住宅所在处。

● 03·床：坐榻。

● 04·紫蕉衫：紫色的蕉布衣。唐代散官阶三品以上服色为紫，白居易此时散官阶从四品下，本不能服紫，但是其实职河南尹为职事官从三品，乃赐紫。蕉布，以蕉麻纤维制成的布。

晚从履道来归府，02

街路虽长尹不嫌。

马上凉于床上坐，03

绿槐风透紫蕉衫。04

品·评 本诗约作于大和六年（832），白居易时在洛阳，任河南尹。诗写夏夜晚风凉爽，乘马而行，悠闲自得。首句点题，次句说不嫌街路长。三、四句实写路上情形，是对次句的解释，先说马上凉爽，再细说一路绿槐，凉风穿透夏衣。叙述中含有"快哉"之感，语句亦流畅明快。

洛中春游呈诸亲友

注·释

● 01 · "府中"二句：白居易于大和三年春以太子宾客分司东都，四年十二月授河南尹，至此在洛阳已五逢春天，在河南尹任上已三过冬天。腊：古代年末合祭百神的盛大祭祀。这里指腊月，农历十二月。

● 02 · "春树"四句：作者原注："咏春游一时之态。"曲尘：呈酒曲般浅黄带绿的颜色。娃：指年轻女子。无气力：形容因春意困人而显娇柔。

● 03 · 巡：席上斟酒一遍。

● 04 · 追逐：追随，伴随。交亲：亲近的朋友。

● 05 · 酣歌：尽情高唱。

莫叹年将暮，须怜岁又新。

府中三遇腊，洛下五逢春。 ⁰¹

春树花珠颗，春塘水曲尘。

春娃无气力，春马有精神。 ⁰²

并辔鞭徐动，连盘酒慢巡。 ⁰³

经过旧邻里，追逐好交亲。 ⁰⁴

笑语销闲日，酣歌送老身。 ⁰⁵

一生欢乐事，亦不少于人。

品·评

本诗作于大和七年（833），白居易时在洛阳，任河南尹。诗咏春游之乐。开端写新岁迎春之喜悦。"春树"四句描写春游时景物，春花春水呈现新貌，少女娇柔，马有精神，连用四个"春"字，不嫌重复，显示出春游的欢乐，乐在景物生气蓬勃。以下写亲友相聚，笑语酣歌，又是春游之一乐，乐在亲友情谊深厚。末二句以"一生欢乐事"不少而归纳。全诗洋溢着欢乐气氛。

感旧诗卷

夜深吟罢一长吁，

老泪灯前湿白须。

二十年前旧诗卷，

十人酬和九人无。

品·评 本诗作于大和七年（833），白居易时在洛阳。是年四月，作者以病罢河南尹，再授太子宾客分司。诗写夜读旧诗卷，因诗友多已去世（其中自然包括大和五年去世的元稹）而流泪，充满对诗友的怀念，也自感老年孤独。"老泪"一句，显现老人忆旧的伤感形象，简洁而传神。"十人"一句，感慨极深，已不须多言。语言浅近，未直抒感情，而情思无限。

池上闲咏

注·释

- 01·暂：初，始。
- 02·亦：只是，仅仅。
- 03·清商：清商乐。指古代源于民间的乐府音乐。
- 04·萧飒：稀疏。《池上篇并序》："有叟在中，白须飘然。"

青莎台上起书楼，

绿藻潭中系钓舟。

日晚爱行深竹里，

月明多在小桥头。

暂尝新酒还成醉，⁰¹

亦出中门便当游。⁰²

一部清商聊送老，⁰³

白须萧飒管弦秋。⁰⁴

品·评

本诗作于大和七年（833），白居易时在洛阳，官太子宾客分司。诗写家居游园的安闲自得。关于履道坊宅，《池上篇并序》云："地方十七亩，屋室三之一，水五之一，竹九之一，而岛树桥道间之。"本诗也反映了这些情况。首联记书楼、钓舟，以台上青莎、池中绿藻衬托。颔联写行止多在竹林与桥头。后半写园内饮酒赏乐，悠然其间。诗句似脱口而出，自然洒脱。

池上二绝

注·释　● 01 · 局：棋盘。

山僧对棋坐，局上竹阴清。[01]

映竹无人见，时闻下子声。

注·释　●01·"浮萍"句：指浮萍被小艇划开一条水道。

小娃撑小艇，偷采白莲回。

不解藏踪迹，浮萍一道开。[01]

品·评　《池上二绝》约作于大和九年（835），白居易时在洛阳，官太子宾客分司。第一首写山僧对弈，棋局在竹阴下，旁人能听见棋子落下的声音，却不见人的身影。第二首写小娃采莲，撑小艇悄悄采摘，然而浮萍被小艇划开一条水道，暴露了踪迹。在两首小诗中，作者使用白描手法，词语浅近，写景传神，都是后半首起变化，传达天趣。场景上，动静结合，第一首先静后动，第二首先动后静。

九年十一月二十一日感事而作 [01]

注·释

● 01·九年：大和九年，宰相李训与凤翔节度使郑注等谋诛宦官。十一月二十一日，李训使人诈言左金吾卫厅石榴树上夜有甘露，诱宦官仇士良等前往，欲加诛杀，计划失败。仇士良等率兵捕杀宰相李训、舒元舆、贾餗、王涯，郑注也被监军宦官所杀，株连者千余人。史称"甘露之变"。

● 02·不可期：不能预料。

● 03·白首同归：据《晋书·潘岳传》，潘岳与石崇被孙秀陷害，同日处死。潘岳对石崇说："可谓白首同所归。"

● 04·青山独往：诗题下作者原注："其日独游香山寺。"

● 05·顾索素琴：据《世说新语·雅量》，嵇康被司马昭杀害，临刑前，要了一张琴，弹奏乐曲《广陵散》，叹道："《广陵散》于今绝矣！"

● 06·忆牵黄犬：秦二世时，宦官赵高诬陷丞相李斯谋反，李斯临刑前对儿子说："吾欲与若复牵黄犬，俱出上蔡东门逐狡兔，岂可得乎？"难追：难以追及，无法补救。

● 07·麒麟作脯：王方平至蔡经家，其家以麒麟肉作脯。见葛洪《神仙传》。脯，干肉。龙为醢（hǎi）：《左传·昭公二十九年》记载，刘累学到驯龙术，为夏王孔甲养龙，"龙一雌死，潜醢以食夏后"。醢，剁成肉酱。

● 08·曳尾龟：《庄子·秋水》中说，楚王聘请庄子，庄子答复使者，举神龟死后藏之庙堂的例子，说龟宁可"生而曳尾涂中"，不愿"死为留骨而贵"。曳，拖。

祸福茫茫不可期，[02]

大都早退似先知。

当君白首同归日，[03]

是我青山独往时。[04]

顾索素琴应不暇，[05]

忆牵黄犬定难追。[06]

麒麟作脯龙为醢，[07]

何似泥中曳尾龟？[08]

品·评

本诗作于大和九年（835），白居易时在洛阳，官太子少傅分司。诗因"甘露之变"有感而作，而是日恰巧独游香山。白居易前此屡与舒元舆等同游香山，今舒元舆遇害，未免触景生情。贾餗更是早年旧友。作者同情遇害朝臣，心情悲伤，同时也流露明哲保身、及早引退的想法。首联总写官场祸福难料。颔联感慨近年同游香山之友人被害。颈联叹息遇害者仓促而死，不能重复平生爱好。尾联则引为教训，主张不求显达而保全性命。

岁除夜对酒 ⁰¹

注·释

● 01·岁除夜：除夕夜。

● 02·思悠然：思绪遥远。

● 03·十年：白居易自大和三年（829）居洛阳，入开成三年（838）则是十年。

衰翁岁除夜，对酒思悠然。⁰²

草白经霜地，云黄欲雪天。

醉依香枕坐，慵傍暖炉眠。

洛下闲来久，明朝是十年。⁰³

品·评　本诗作于开成二年（837），白居易时在洛阳，官太子少傅分司。诗写一年将尽之情景。首联径直入题，道出衰翁此际"思悠然"。颔联写室外气候，霜寒欲雪。颈联写室内起居，非醉即眠。玩味此二联，似有世事与己无关、我自悠游岁月之意。尾联说明闲居已近十年之久，感想尽在不言之中。本诗写法含蓄，开篇"思悠然"，此后未言所思何事，只在诗末以"闲来久"相应，任读者体会心情。

与梦得沽酒闲饮且约后期

注·释

● 01·"相看"句：指两人同为六十七岁。
● 02·征：征引。雅令：雅致的酒令。
● 03·陶然：快乐的样子。

少时犹不忧生计，

老后谁能惜酒钱？

共把十千沽一斗，

相看七十欠三年。[01]

闲征雅令穷经史，[02]

醉听清吟胜管弦。

更待菊黄家酝熟，

共君一醉一陶然。[03]

品·评　本诗作于开成三年（838），白居易时在洛阳，官太子少傅分司。刘禹锡时为太子宾客分司，同在洛阳。诗通篇以"酒"连贯，表现了白、刘二人诗酒娱乐的雅兴与深厚友情。首联写沽酒不惜钱的豪爽。颔联接第二句，写同沽美酒，相看老态。颈联描写闲饮，行酒令以展才学，听吟诗而胜管弦。尾联写兴犹未尽，相约重阳节共饮家酿。全诗平淡中含奇警，不显锤炼痕迹。

杪秋独夜

01

注
·
释

● *01*·杪（miǎo）秋：秋末。

● *02*·牢落：孤寂，无聊。中心：心中。

无限少年非我伴，

可怜清夜与谁同？

欢娱牢落中心少， *02*

亲故凋零四面空。

红叶树飘风起后，

白须人立月明中。

前头更有萧条物，

老菊衰兰三两丛。

品
·
评
本诗作于开成三年（838），白居易时在洛阳，官太子少傅分司。诗借古人悲秋传统，流露衰老孤独的情感。首联以"少年非我伴"引出老人的孤独感，语气悲伤。颔联接上，写缺少欢娱，亲故凋零。颈联写景物，风飘落叶，衬托"白须人"的孤单形象。尾联递进，指出更有萧条景物，将悲情推向极点。诗中表达的悲伤发自内心深处，与作者晚年大多数诗篇中旷达闲适的情调不同。

夜闻筝中弹潇湘
送神曲感旧

注·释
● 01 · 十三弦：筝有十三弦。
● 02 · 思：情思。

缥缈巫山女，　归来七八年。[01]

殷勤湘水曲，　留在十三弦。

苦调吟还出，　深情咽不传。

万重云水思，[02] 今夜月明前。

品·评　本诗作于开成四年（839），白居易时在洛阳，官太子少傅分司。诗似是表现对年轻时情人的思忆，深情绵绵，委婉含蓄。传说中的巫山神女缥缈空灵，潇湘女神乐声美妙而哀婉，世人都不可接近。作者夜闻乐声，想到凄美的传说，品味哀怨的音调，感受其中的幽怨深情。末二句由曲中深情而驰骋情思，穿越重重云水，怀念旧情。前四句用隔句对，不多见。

老病相仍，以诗自解

注·释

● 01 · 彭殇：指寿夭。彭，彭祖，古代传说中的长寿者，年八百岁。殇，未成年而死。

● 02 · 虫臂鼠肝：指极微小的东西。语出《庄子·大宗师》："以汝为鼠肝乎？以汝为虫臂乎？"言人死后可以化为虫臂鼠肝。

● 03 · 鸡肤鹤发：形容老人皮肤皱、头发白。

● 04 · "昨因"二句：作者原注："春暖来，风痹稍退也。"风痹，手足麻木。甘长往：情愿长逝（死去）。小康：指稍为安适。

● 05 · 装束：整理行装。

● 06 · 迟回：迟疑不决。

荣枯忧喜与彭殇，⁰¹

都似人间戏一场。

虫臂鼠肝犹不怪，⁰²

鸡肤鹤发复何伤？⁰³

昨因风发甘长往，

今遇阳和又小康。⁰⁴

还似远行装束了，⁰⁵

迟回且住亦何妨？⁰⁶

品·评 本诗作于开成五年（840），白居易时在洛阳，官太子少傅分司。诗中以庄子相对主义的观点看待衰老、疾病、死亡以及人生，任凭自然，自我宽慰。首联言人生种种对立关系都似戏一场。颔联言人死不足怪，衰老也不必悲伤。颈联言自己病后初愈。尾联接上，喻死亡如远行，达观看待。全诗多用虚词连贯，中两联用流水对，读来流畅无碍。

春尽日宴罢感事独吟

注·释

● *01* · 掩扉：关门。

● *02* · 樊子：樊素。白居易家妓。白居易《不能忘情吟序》："乐天既老，又病风，乃录家事，会经费，去长物。妓有樊素者，年二十余，绰绰有歌舞态，善唱《杨枝》，人多以曲名名之，由是名闻洛下。籍在经费中，将放之。"

● *03* · 移时：经过一段时间。

● *04* · 触处：到处，处处。

● *05* · "金带"句：指身体变瘦弱，腰带松弛，衣衫拖地。缒（zhuì）：本意是用绳子挂系而下坠。

● *06* · 年年：一年比一年。

五年三月今朝尽，

客散筵空独掩扉。 *01*

病共乐天相伴住，

春随樊子一时归。 *02*

闲听莺语移时立， *03*

思逐杨花触处飞。 *04*

金带缒腰衫委地， *05*

年年衰瘦不胜衣。 *06*

品·评

本诗作于开成五年（840），白居易时在洛阳，官太子少傅分司。白居易于去年冬患风痹后，遣去能歌善舞的家妓樊素，本诗表现了对樊素的想念。首联叙述题意"春尽日宴罢"。颔联应题中"感事"，第三句言自己多病，着重在第四句。后二联细写"感事"。颈联融情入景，由莺语、杨花思及樊素，因樊素善歌，又号"杨枝"。尾联叹自己身体衰弱，这实际也是遣去樊素的主因。全诗结构看似松散，实则缜密。

梦微之

注·释

● 01·"漳浦"句：以三国时刘桢卧病漳浦自比。刘桢《赠五官中郎将四首》其二："余婴沉瘤疾，窜身清漳滨。"漳浦：指漳河。今山西省东部有清漳、浊漳二河，东南流至河北、河南两省边境，合为漳河。

● 02·"咸阳"句：指元稹已死多年。元稹死于大和五年（831）七月，次年七月葬咸阳县（治所在今陕西咸阳）。

● 03·寄人间：寄居人间。

● 04·"阿卫"句：作者原注："阿卫，微之小男。韩郎，微之爱婿。"据白居易所作元稹墓志铭，元稹继室裴氏生三女：小迎、道卫、道扶；一子：道护。注中"小男"似为"小女"之误。

● 05·夜台：坟墓。

夜来携手梦同游，

晨起盈巾泪莫收。

漳浦老身三度病，⁰¹

咸阳宿草八回秋。⁰²

君埋泉下泥销骨，

我寄人间雪满头。⁰³

阿卫韩郎相次去，⁰⁴

夜台茫昧得知不？⁰⁵

品·评　本诗作于开成五年（840），白居易时在洛阳，官太子少傅分司。诗写因梦而怀念故友元稹，沉痛悲伤。首联写梦中同游，醒来伤感。中二联表现对元稹的思念，以元稹长眠地下与自己多病衰老并提，情在其中，含孤单之感。尾联以元稹家人死讯相告，则是为其身后事而悲哀。诗以泪写成，不假雕饰。

杨柳枝词八首

（选三）

⁰¹

注·释

- *01*·杨柳枝：本古曲，名《折杨柳》。中唐时，洛阳地方乐人创制新调，称《柳枝》。白居易、刘禹锡等人所作歌词仍是七言绝句诗。
- *02*·六幺、水调：曲调名称。《六幺》，见《琵琶行》正文注*11*。《水调》，相传为隋炀帝游江都时创制。唐人演为大曲，共十一叠（段）。
- *03*·白雪、梅花：曲调名称。《白雪》为古笛曲。《梅花》，指《梅花落》，汉代笛曲。
- *04*·新翻杨柳枝：新改作的《杨柳枝》曲调。刘禹锡《杨柳枝词》亦云："请君莫奏前朝曲，听唱新翻杨柳枝。"

六幺水调家家唱，⁰²
白雪梅花处处吹。⁰³
古歌旧曲君休听，
听取新翻杨柳枝。⁰⁴

叶含浓露如啼眼，

枝袅轻风似舞腰。

小树不禁攀折苦，

乞君留取两三条。⁰¹

人言柳叶似愁眉，

更有愁肠似柳丝。

柳丝挽断肠牵断，

彼此应无续得期。

品·评 这一组诗作于大和、开成时，白居易时在洛阳。原诗八首，这里选第一、第七、第八首。第一首带有介绍《杨柳枝》新曲的性质，重其新声。其他二首咏柳。"叶含浓露"一首以柳叶、柳枝喻人，反映唐人折柳送别的习俗。"人言柳叶"一首以柳丝喻愁肠，表现离别之苦。各诗写景含情，清新传神。

浪淘沙词六首

（选三）

注·释

● 01·浪淘沙：唐教坊曲调名。《乐府诗集》列为近代曲辞。白居易、刘禹锡等人所作歌词仍是七言绝句诗。

● 02·东海变桑田：古代神话传说，麻姑对王方平说，自从上次见面后，"已见东海三为桑田"。见《神仙传》。后用以指世事变迁。

白浪茫茫与海连，

平沙浩浩四无边。

暮去朝来淘不住，

遂令东海变桑田。

注
·
释

● 01·青草湖：在洞庭湖南面，水大时两
湖相连。

青草湖中万里程，⁰¹

黄梅雨里一人行。

愁见滩头夜泊处，

风翻暗浪打船声。

注
·
释

● *01 ·* 潮：一作"湖"。马元调本作"潮"，
于义较合。

● *02 ·* 潮有信：李益《江南曲》："早知潮
有信，嫁与弄潮儿。"

借问江潮与海水，[01]

何似君情与妾心？

相恨不如潮有信，[02]

相思始觉海非深。

品
·
评

这一组诗作于大和、开成时，白居易时在洛阳。原诗六首，这里选第二、第三、
第四首。"白浪茫茫"一首咏调名"浪淘沙"之意。"青草湖中"一首写孤舟远
行，则融入作者身世之感。作者贬江州司马时，《舟中读元九诗》有"逆风吹浪
打船声"句，与此首末句"风翻暗浪打船声"同一意境。"借问江潮"一首以江
潮、海水起兴，借女子口吻表现相思之深。各诗具民歌风味。

注·释　●*01*·作雨：语本《尚书·说命上》："若岁大旱，用汝作霖雨。"

岭上云

岭上白云朝未散，

田中青麦旱将枯。

自生自灭成何事，

能逐东风作雨无？ [01]

涧中鱼

海水桑田欲变时，

风涛翻覆沸天池。 *01*

鲸吞蛟斗波成血，

深涧游鱼乐不知。

●01·"千年"句：古人认为鼠可化蝙蝠，千年蝙蝠色白。《初学记》引郑氏《玄中记》："百岁之鼠，化为蝙蝠。"葛洪《抱朴子内篇·仙药》："千岁蝙蝠，色白如雪。"

洞中蝙蝠

千年鼠化白蝙蝠，[01]

黑洞深藏避网罗。

远害全身诚得计，

一生幽暗又如何？

品
·
评

这一组诗约作于会昌元年（841），白居易时在洛阳。诗题下作者原注："游嵩阳，见五物，各有所感。感兴不同，随兴而吟，因成五绝。"可见各诗皆有寓意。《岭上云》以云兴作雨而救旱为喻，寄托兼济天下的用世之志。《洞中鱼》似以海水翻覆指"甘露之变"，以深涧鱼乐自喻远离祸患。《洞中蝙蝠》表现明哲保身的思想与建立功业的志向二者之间的矛盾。

池上寓兴二绝

注 · 释

● 01 · "濠梁"句：《庄子·秋水》："庄子与惠子游于濠梁之上。庄子曰：'鲦鱼出游从容，是鱼之乐也。'惠子曰：'子非鱼，安知鱼之乐？'庄子曰：'子非我，安知我不知鱼之乐？'惠子曰：'我非子，固不知子矣。子固非鱼也，子之不知鱼之乐，全矣。'庄子曰：'请循其本。子曰汝安知鱼乐云者，既已知吾知之而问我，我知之濠上也。'"濠：水名，在今安徽凤阳县境。梁：桥。谩：徒然。

● 02 · 獭：水獭，嗜食鱼。

濠梁庄惠谩相争，⁰¹

未必人情知物情。

獭捕鱼来鱼跃出，⁰²

此非鱼乐是鱼惊。

水浅鱼稀白鹭饥，

劳心瞪目待鱼时。

外容闲暇中心苦，

似是而非谁得知？

品·评 这两首诗约作于会昌元年（841），白居易时在洛阳。作者观察事物，加以思辨，以诗议论，富有哲理。第一首从池中鱼跃出而观察到是逃避水獭的捕捉，从而联想起著名的庄、惠濠梁之辨，断定眼前"此非鱼乐是鱼惊"，进一步得出"未必人情知物情"的结论。写法上是结论置前，所见现象置后。第二首写白鹭在水边等待捕鱼，"劳心瞪目"，旁人看白鹭"外容闲暇"，作者却判断白鹭"中心苦"，提出反问"似是而非谁得知"。两首诗描写精炼，作者对事物的观察未停留于现象，而是体察"物情"，作出深刻的辨析。

喜入新年自咏

注·释

● 01·五朝：指德宗、宪宗、穆宗、敬宗、文宗五朝。

● 02·新正：新年正月。第七旬：此指过七十岁。

● 03·老过：老来。蓝尾酒：唐代宴饮，最后饮者叫蓝尾，也作婪尾。元旦饮酒，自少至长，年最高者饮蓝尾酒，有祝寿之意。

● 04·到头身：指身体最终尚完好。暗喻未遭祸患。

● 05·时流：同时人。

● 06·骑竹马：儿童跨竹竿当马骑。

白须如雪五朝臣，[01]

又入新正第七旬。[02]

老过占他蓝尾酒，[03]

病余收得到头身。[04]

销磨岁月成高位，

比类时流是幸人。[05]

大历年中骑竹马，[06]

几人得见会昌春？

品·评　本诗作于会昌二年（842），白居易时在洛阳。诗以年老位高身全而自我庆幸，含蓄地表达了在险恶政局中得以避祸保全的心情。首联自叙历仕五朝、年过七旬，含有荣幸之意。颔联写年高受尊敬、病愈身体完好，以"到头身"暗喻未遭祸患。颈联承上，言年老而渐至高位，比同时人幸运。尾联应前"五朝"，自喜年高。

达哉乐天行

注·释

- *01* · "分司" 句：白居易自大和三年（829）以太子宾客分司东都，至会昌元年（841）罢太子少傅，历十三年，当中河南尹任期一并计入。
- *02* · 冠已挂：指辞官。
- *03* · "半禄" 句：指辞官后尚未领取致仕官员之半俸，因白居易此时还没有被批准致仕。唐制，致仕官员予半俸。悬车：指辞官不再从政。
- *04* · 庖童：厨师。
- *05* · 穿：破。

达哉达哉白乐天，

分司东都十三年。*01*

七旬才满冠已挂，*02*

半禄未及车先悬。*03*

或伴游客春行乐，

或随山僧夜坐禅。

二年忘却问家事，

门庭多草厨少烟。

庖童朝告盐米尽，*04*

侍婢暮诉衣裳穿。*05*

妻孥不悦甥侄闷，

而我醉卧方陶然。

●06· 仿佛：大约。缗（mín）：一千钱为
一缗，即一贯。
●07· 风眩：眩晕。
●08· 朝露：喻人生短暂。《汉书·苏武
传》："人生如朝露，何久自苦如此？"夜
泉：黄泉，地下。

起来与尔画生计，

薄产处置有后先。

先卖南坊十亩园，

次卖东郭五顷田。

然后兼卖所居宅，

仿佛获缗二三千。[06]

半与尔充衣食费，

半与吾供酒肉钱。

吾今已年七十一，

眼昏须白头风眩。[07]

但恐此钱用不尽，

即先朝露归夜泉。[08]

未归且住亦不恶，

饥餐乐饮安稳眠。

死生无可无不可，⁰⁹

达哉达哉白乐天。

品·评 本诗作于会昌二年（842），白居易时在洛阳。会昌元年春，白居易以假满而罢
太子少傅，停俸。二年秋，方以刑部尚书致仕。作此诗时，尚未致仕。诗中以
旷达态度看待贫富生死，以谐谑笔调谈论家事，语气率易，不假雕饰。开篇总
叙分司东都经历。以下写不问家事，家人诉苦。作者由此安排家计，吩咐出卖
家产的次序，打算半充家人衣食费，半供自己酒肉钱，并说可能至死也用不尽
此钱，满足于"饥餐乐饮安稳眠"。起句、末句皆用"达哉达哉白乐天"，明确
表达对人生的旷达态度。

哭刘尚书梦得二首

（其一）

四海齐名白与刘，

百年交分两绸缪。[01]

同贫同病退闲日，[02]

一死一生临老头。[03]

杯酒英雄君与操，[04]

文章微婉我知丘。[05]

贤豪虽殁精灵在，[06]

应共微之地下游。

注·释

● 01·百年：一生。交分（fèn）：交谊，交情。绸缪（móu）：情意缠绵深厚。

● 02·退闲：辞官闲居。刘禹锡、白居易二人均以东官职衔分司东都多年，实为闲官，不任职事。

● 03·一死一生：汉代翟公说："一死一生，乃知交情。"见《史记·汲郑列传》。

● 04·"杯酒"句：作者原注："曹公曰：天下英雄，唯使君与操耳。"事见《三国志·魏书·武帝纪》，使君指刘备。

● 05·"文章"句：作者原注："仲尼云：'后世知丘者《春秋》。'又云：'《春秋》之旨微而婉也。'"注中前一句出《孟子·滕文公下》：孔子作《春秋》，曰："知我者其惟《春秋》乎！罪我者其惟《春秋》乎！"后一句非孔子语，出《左传·成公十四年》："君子曰：《春秋》之称，微而显，志而晦，婉而成章，尽而不污，惩恶而劝善。"文章：泛指诗文。丘：孔丘。

● 06·贤豪：白居易《刘白唱和集解》："彭城刘梦得，诗豪者也。"

品·评

这两首诗作于会昌二年（842），白居易时在洛阳，已致仕。本年七月，刘禹锡卒于洛阳。本诗悼念刘禹锡，概括两人晚年交谊，称赞刘禹锡及自己的文才，悲伤中寓有豪迈。首联叙述刘、白齐名，交情深厚。颔联写两人同闲居洛阳，临老之际见出交情。颈联就"四海齐名"推进一层，赞扬两人诗文称雄当世，说唯有自己深知刘禹锡诗文的精微大旨。末联引出共同的亡友元稹，告慰地下英灵，可见对友情的极度重视。

池鹤八绝句

（选六）

注·释

● 01·介然：独特，独立。
● 02·冶长：公冶长。孔子弟子，传说他通鸟语。

池上有鹤，介然不群，[01] 乌、鸢、鸡、鹅次第嘲噪，诸禽似有所诮，鹤亦时复一鸣。予非冶长，[02] 不通其意，因戏与赠答，以意斟酌之，聊亦自取笑耳。

鸡赠鹤

一声警露君能薄，⁰¹

五德司晨我用多。⁰²

不会悠悠时俗士，⁰³

重君轻我意如何？

- *01*·伉俪（kàng lì）：夫妻，配偶。
- *02*·羽仪：羽翼。《周易·渐卦》："鸿渐于陆，其羽可用为仪。"孔颖达《正义》："处高而能不以位自累，则其羽可用为物之仪表，可贵可法也。"
- *03*·遣：使，令。

鹤答鸡

尔争伉俪泥中斗， *01*

吾整羽仪松上栖。 *02*

不可遣他天下眼， *03*

却轻野鹤重家鸡。

乌赠鹤

与君白黑太分明，

纵不相亲莫见轻。

我每夜啼君怨别，

玉徽琴里忝同声。[01]

注·释

● 01 · 上华表：《搜神后记》中记载：丁令威本辽东人，学道于灵虚山，后化鹤归辽东，停在城门华表柱上，在空中说："有鸟有鸟丁令威，去家千年今始归，城郭如故人民非，何不学仙冢累累！"于是冲天飞去。

● 02 · "吾音"二句：作者原注："《别鹤怨》在羽调，《乌夜啼》在角调。"古代音阶分宫、商、角、徵、羽、变徵、变羽七声，以其中任何一声为主，均可构成一种调式。羽调声高于角调。中（zhòng）：符合。

鹤答乌

吾爱栖云上华表，⁰¹

汝多攫肉下田中。

吾音中羽汝声角，

琴曲虽同调不同。⁰²

● 01·闻天：《诗经·小雅·鹤鸣》："鹤
鸣于九皋，声闻于天。"唳：高亢地鸣叫。
《诗经·大雅·旱麓》："鸢飞戾天。"戾，
到达。与本诗"唳天"意思有别。

● 02·一种：一样，同样。

鸢赠鹤

君夸名鹤我名鸢，

君叫闻天我唳天。[01]

更有与君相似处，

饥来一种啄腥膻。[02]

注
·
释

●*01*·归：归向。

●*02*·喘鸢：指鸢鸣声急促。

鹤答鸢

无妨自是莫相非，

清浊高低各有归。*01*

鸢鹤群中彩云里，

几时曾见喘鸢飞？*02*

品
·
评

这一组诗约作于会昌二年（842），白居易时在洛阳。作者虚拟鸡、乌、鸢、鹅等与鹤的一问一答，多方面表现鹤的高洁，有自喻性质。诗意寓庄于谐，手法新颖。鸡鹤对话中，鸡自诩有"五德"与"司晨"之能，鹤以泥中争斗与松上整羽对比，显示风度高下之别。乌鹤对话中，乌认为二者在琴曲中都有调名，不应相轻，鹤以攫肉田中与栖止云间对比，又指出琴曲中格调不同。鸢鹤对话中，鸢认为二者鸣声效果相似，所食亦相似，鹤指出清浊高低不同，以高飞彩云轻之。几番对话，都表现鹤之清高，风度不凡，不屑与凡鸟为伍，从中可见作者对贪婪、庸俗之徒的鄙视。

开龙门八节石滩诗二首 并序

注·释

● 01 · 龙门潭：在龙门山下。
● 02 · 例：照例，大都。反：翻。
● 03 · 束缚：指用绳索捆缚船筏。
● 04 · 跣（xiǎn）：光着脚。
● 05 · 悲智：佛教语。心地慈悲又有智慧。
● 06 · 发心：发愿，动念头。
● 07 · 於戏：同"呜呼"。
● 08 · 忽乎：忽然。
● 09 · 拔苦：救苦。施乐：给予他人欢乐。
● 10 · 功德：佛教语。指行善事。福报：因行善而受到护佑报答。
● 11 · 寺：指香山寺。
● 12 · 事因僧：事由僧道遇而起。

东都龙门潭之南，[01]有八节滩、九峭石，船筏过此，例反破伤。[02]舟人楫师，推挽束缚，[03]大寒之月，裸跣水中，[04]饥冻有声，闻于终夜。予尝有愿，力及则救之。会昌四年，有悲智僧道遇，[05]适同发心，[06]经营开凿，贫者出力，仁者施财。於戏！[07]从古有碍之险，未来无穷之苦，忽乎一旦尽除去之。[08]兹吾所用适愿快心、拔苦施乐者耳，[09]岂独以功德福报为意哉？[10]因作二诗，刻题石上。以其地属寺，[11]事因僧，[12]故多引僧言见志。

注·释

- *01·* 金：指铜。殷：震动声。
- *02·* 剑棱：喻礁石似剑刃。
- *03·* 鱼贯：像鱼游一样前后相接。
- *04·* 振锡：僧侣云游时，持锡杖，行走则振动作响。导师：佛教语。引导众生成佛的人。
- *05·* 挥金退傅：白居易致仕前为太子少傅。这里暗用汉代疏广事。疏广以太子太傅辞归，将皇帝所赐黄金散与乡人。见《汉书·疏广传》。
- *06·* 相逐：相随。西方：佛教所说的净土。佛教徒修行，以期往生西方净土。
- *07·* 尘沙路：佛教语。指法门（修行者所入之门）像尘沙一样多。

铁凿金锤殷若雷，　*01*

八滩九石剑棱摧。　*02*

竹篙桂楫飞如箭，

百筏千艘鱼贯来。　*03*

振锡导师凭众力，　*04*

挥金退傅施家财。　*05*

他时相逐西方去，　*06*

莫虑尘沙路不开。　*07*

● *01*·旦暮身：早晚之间就要去世的人。
● *02*·通津：指畅通的水道。
● *03*·朝胫：商朝暴君纣王想知道冬天早上涉水者不怕冷的原因，下令砍断他们的腿以观察。这里指序中"大寒之月，裸跣水中"的船工。胫，小腿。
● *04*·叱滩：长江三峡中的险滩，在今湖北秭归西。这里指八节滩。河汉：银河。古人设想银河水流平稳。
● *05*·八寒阴狱：作者原注："八寒地狱，见《佛名》及《涅槃经》，故以八节滩为比。"八寒地狱是佛教所说的八个寒冷的地狱。
● *06*·慈悲：佛教语。慈指爱护众生而给予安乐，悲指怜悯众生而拔除苦难。

七十三翁旦暮身，*01*

誓开险路作通津。*02*

夜舟过此无倾覆，

朝胫从今免苦辛。*03*

十里叱滩变河汉，*04*

八寒阴狱化阳春。*05*

我身虽殁心长在，

暗施慈悲与后人。*06*

品
·
评

这两首诗作于会昌四年（844），白居易时在洛阳。白居易施舍家财开凿险滩，为劳苦百姓办成一件好事，欣喜不已，字里行间激情洋溢，奔放流畅。第一首诗主要写开凿险滩从发起到完成而船行无碍的过程，诗末预期此事必有福报。第二首诗主要写完工后水道畅通的现状，表达自己施慈悲以利后人的心愿，末二句明确道出爱民的胸怀。

杨柳枝词

注
·
释

● 01 · 永丰：坊名。在洛阳城南部。

● 02 · 阿谁：谁。阿，发语词。

一树春风千万枝，

嫩如金色软于丝。

永丰西角荒园里，⁰¹

尽日无人属阿谁？⁰²

品
·
评

本诗约作于会昌五年（845），白居易时在洛阳。诗写杨柳神态，细腻柔美，委婉含蓄。诗传唱遍京城，唐武宗下旨取所咏永丰坊杨柳两枝植于禁苑。事见河南尹卢贞和诗题序。前二句写柳枝繁盛，柔嫩可爱，在春风吹拂中轻盈摇动，嫩黄悦目，风姿动人。后二句转写此柳所在，荒园寂寞，无人一顾，其处境与风姿形成强烈反差，显现作者对美好事物不得其地的叹惜之情。全诗咏物与寓意俱佳。

禽虫十二章

并序（选四）

注·释

● 01 · 庄、列寓言：《庄子》、《列子》二书都常用寓言阐发哲理。

● 02 · 风、骚：风指《诗经·国风》。骚指屈原《离骚》等作品。常泛指《诗经》与楚辞。

● 03 · 筌蹄：喻达到目的的工具。《庄子·外物》："筌者所以在鱼，得鱼而忘筌；蹄者所以在兔，得兔而忘蹄；言者所以在意，得意而忘言。"筌，捕鱼的竹笼。蹄，捕兔的器具。

● 04 · "《诗》义"句：《诗经·国风》将《周南》、《召南》排列在前，《关雎》是《周南》首篇，《鹊巢》是《召南》首篇，两篇分别以"关关雎鸠"、"维鹊有巢"起兴。

● 05 · "道说"句：《庄子》首篇《逍遥游》借鲲、鹏、蜩、鷃阐述道家学说。道说：即道家学说。

● 06 · 志怪：记载怪异的事。语出《庄子·逍遥游》："《齐谐》者，志怪者也。"放言：见《放言五首》序注 01。

● 07 · 耄（mào）：指年老。封执：闭塞、固执。

● 08 · 共之：这里指共同欣赏。

● 09 · 九奏：指传说中艺术水平最高的乐曲。语出《史记·赵世家》："九奏万舞，不类三代之乐。"

● 10 · 八珍：见《秦中吟·轻肥》注 06。

● 11 · 旨：深意。

庄、列寓言，[01] 风、骚比兴，[02] 多假虫鸟以为筌蹄。[03] 故《诗》义始于《关雎》《鹊巢》，[04] 道说先乎鲲、鹏、蜩、鷃之类是也。[05] 予闲居，乘兴偶作一十二章，颇类志怪放言。[06] 每章可致一哂，一哂之外，亦有以自警其衰耄封执之惑焉。[07] 顷如此作，多与故人微之、梦得共之。[08] 微之、梦得尝云：此乃九奏中新声，[09] 八珍中异味也。[10] 有旨哉，[11] 有旨哉！今则独吟，想二君在目，能无恨乎！

注
·
释

● 01·阿（ē）阁：四面有檐的楼阁。鹓

（yuān）：与鸾凤同类的鸟。

● 02·摧颓：形容失意。

第五

阿阁鹓鸾田舍乌， [01]

妍蚩贵贱两悬殊。

如何闭向深笼里，

一种摧颓触四隅？ [02]

● *01*· 中（zhòng）：被击中，遭受。
● *02*· 罗：捕鸟的网。弋（yì）：带有绳子
的箭，射出后可收回。

第六

兽中刀枪多怒吼， *01*

鸟遭罗弋尽哀鸣。 *02*

羔羊口在缘何事，

暗死屠门无一声。

注·释

● *01*· 蟭（jiāo）螟：古代传说中一种极微
小的虫。《列子·汤问》："江浦之间生蟭螟
虫，其名曰焦螟。群飞而集于蚊睫，弗相
触也。栖宿去来，蚊弗觉也。"

● *02*·"蛮触"句：《庄子·则阳》："有国
于蜗之左角者曰触氏，有国于蜗之右角者
曰蛮氏，时相与争地而战，伏尸数万，逐
北旬有五日而后反。"

● *03*·诸天：佛教认为，欲界、色界、无
色界这三界共有三十二天，统称诸天。下
界：指人间。

● *04*·一微尘：佛教认为，人间与整个世
界相比，只像一粒微尘。

第七

蟭螟杀敌蚊巢上， *01*

蛮触交争蜗角中。 *02*

应似诸天观下界， *03*

一微尘内斗英雄。 *04*

● 01·蟏蛸（xiāo shāo）：一种蜘蛛，常称喜蛛或蟢子。罥（juàn）：缠绕。蜉蝣（fú yóu）：一种小虫。生存期很短，只有几小时至几天。

● 02·一弹指顷：佛教学说中指极短的时间。

第八

蟏蛸网上罥蜉蝣，[01]

反覆相持死始休。

何异浮生临老日，

一弹指顷报恩仇？[02]

这一组诗约作于会昌六年（846），白居易时在洛阳。各诗皆借禽虫以寓言，不拘一格，有对政治、人生的严肃思考与感慨，也有对小动物界奇异现象的探索。这里选四首。第五首作者原注："有所感也。"诗中写鸾凤与乌鸦同笼，感慨世人不分美丑优劣，人才受到压抑。第六首作者原注："有所悲也。"诗似为甘露之变中被害的朝臣过于软弱而感到悲哀。第七首作者原注："自照也。"诗似有感于牛李党争而作，视之为无意义之争，并自我警诫。第八首作者原注："诫报也。"诗似悯惜当时牛、李党魁相争不休而俱伤。

词 选

忆江南词三首 ⁰¹

注 · 释

● 01 · 忆江南：题下作者原注："此曲亦名《谢秋娘》，每首五句。"《乐府诗集》列为近代曲辞，卷八二：《忆江南》"一曰《望江南》。《乐府杂录》曰：《望江南》本名《谢秋娘》，李德裕镇浙西，为妾谢秋娘所制。后改为《望江南》"。

● 02 · 绿如蓝：比蓝草的绿色还要绿。如，于。与上句"胜"同义。蓝，蓝草，可制青绿色染料的植物。

江南好，风景旧曾谙。日出江花红胜火，春来江水绿如蓝。⁰² 能不忆江南？

注·释

● 01·"山寺"句：见《寄韬光禅师》注 08。

● 02·"郡亭"句：在杭州，八月中秋前后可观看钱塘江大潮。枕上看：极言看潮方便。

江南忆，最忆是杭州。山寺月中寻桂子，[01]郡亭枕上看潮头。[02]何日更重游？

注·释

● 01·吴宫：指苏州。苏州是春秋时吴国都城所在地。

● 02·竹叶：酒名。本非吴地所产。这里泛指酒。

● 03·吴娃：吴地美女。醉芙蓉：形容舞女美丽。

江南忆，其次忆吴宫。[01]吴酒一杯春竹叶，[02]吴娃双舞醉芙蓉。[03]早晚复相逢？

品·评

这三首词约作于开成（836—840）年间，白居易时在洛阳。词表达了对江南生活的怀念，语句优美流畅。第一首总写对江南的回忆。"日出"二句概括江南春色，以春江为描写的中心，色彩鲜明，内涵丰富，有神韵。第二首忆杭州，选择了最有代表性的灵隐寺桂与钱塘潮，人在景中，情景相合。第三首忆苏州，写当年娱乐，描写酒筵歌席的场面。三首各自独立，又能合为一体。每首都以问句收束，使怀念之情更显深沉。

长相思二首

（其一）

⁰¹

注·释

● 01·长相思：本唐教坊曲名。调名出自《古诗十九首》"上言长相思，下言久离别"句。

● 02·瓜洲：在今江苏扬州市南长江北岸，与镇江隔江相望。

汴水流，泗水流，流到瓜洲古渡头。⁰²吴山点点愁。思悠悠，恨悠悠，恨到归时方始休。月明人倚楼。

品·评

本词作年不详。词中表现对亲人的思念，似是思妇口吻。上片写流水，从淮北到长江边瓜洲古渡，再到江南。"吴山点点愁"揭示所思正在江南，思妇遥想江南之山，引发愁绪。下片明写思念，亲人不归，因而长久思念，转而长久怨恨，仍是倚楼念远。"恨到归时方始休"句表现思妇的心理活动，"月明人倚楼"句则显示思妇的形象。词中多用重字、叠字，语言通俗，有民歌风味。

一

文　选

与元九书

注·释

● 01·月日：书信的草稿常只写"月日"，不填写具体日期。

● 02·白：启，告。

● 03·足下谪江陵：指元稹于元和五年贬为江陵府士曹参军事。

● 04·枉：屈尊。谦词。仅：几乎，近于。

● 05·辱：使屈辱，屈尊。谦词。

● 06·受：《文苑英华》作"爱"。

● 07·粗：大略。大端：主要情况。

● 08·牵故：被事务牵缠。

● 09·间：间或。

月日，[01] 居易白，[02] 微之足下：自足下谪江陵至于今，[03] 凡枉赠答诗仅百篇。[04] 每诗来，或辱序，[05] 或辱书，冠于卷首，皆所以陈古今歌诗之义，且自叙为文因缘，与年月之远近也。仆既受足下诗，[06] 又谕足下此意，常欲承答来旨，粗论歌诗大端，[07] 并自述为文之意，总为一书，致足下前。累岁已来，牵故少暇，[08] 间有容隙，[09] 或欲为之，又自思

● *10* • 数四：多次。
● *11* • 足下去通州日：指元稹于元和十年三月出任通州司马时。
● *12* • 得意：领会意思。
● *13* • 快言：任意、畅快地谈论。
● *14* • 愤悱（fěi）之气：指郁积不平之气。
● *15* • 追：补救。
● *16* • 省（xǐng）：察看。

所陈亦无出足下之见，临纸复罢者数四，¹⁰ 卒不能成就其志，以至于今。今俟罪浔阳，除盥栉食寝外无余事，因览足下去通州日所留新旧文二十六轴，¹¹ 开卷得意，¹² 忽如会面。心所畜者，便欲快言，¹³ 往往自疑，不知相去万里也。既而愤悱之气，¹⁴ 思有所泄，遂追就前志，¹⁵ 勉为此书。足下幸试为仆留意一省。¹⁶

● 17·尚：久远。

● 18·三才：指天、地、人。

● 19·三光：指日、月、星。

● 20·五材：即五行。金、木、水、火、土。

● 21·六经：《易》、《书》、《诗》、《礼》、《乐》、《春秋》。

● 22·感：感动，感化。

● 23·义：道理，思想内容。

● 24·豚鱼：指小动物。《周易·中孚》："信及豚鱼"。豚，小猪。

● 25·幽：幽隐。

● 26·群分：类别不同。气同：古人认为气构成万物，故万物同气。

● 27·经：以纺织的经线喻贯穿、组织。下句"纬"的用法相同。六义：见《读张籍古乐府》注 04。

夫文尚矣！¹⁷ 三才各有文：¹⁸ 天之文，三光首之；¹⁹ 地之文，五材首之；²⁰ 人之文，六经首之。²¹ 就六经言，《诗》又首之。何者？圣人感人心而天下和平。²² 感人心者，莫先乎情，莫始乎言，莫切乎声，莫深乎义。²³ 诗者，根情，苗言，华声，实义。上自贤圣，下至愚骏，微及豚鱼，²⁴ 幽及鬼神，²⁵ 群分而气同，²⁶ 形异而情一，未有声入而不应，情交而不感者。圣人知其然，因其言，经之以六义；²⁷

缘其声，纬之以五音。[28] 音有韵，[29] 义有类，[30] 韵协则言顺，言顺则声易入。类举则情见，情见则感易交。于是乎孕大含深，贯微洞密，上下通而一气泰，[31] 忧乐合而百志熙。[32] 五帝三皇所以直道而行，[33] 垂拱而理者，[34] 揭此以为大柄，[35] 决此以为大窦也。[36] 故闻"元首明、股肱良"之歌，[37] 则知虞道昌矣。[38] 闻五子洛汭之歌，[39] 则知夏政荒矣。言者无罪，闻者作戒。[40] 言者闻者，莫不两尽其

- 28 · 五音：指宫、商、角、徵、羽五个音阶。
- 29 · 音有韵：五音有韵律。
- 30 · 义有类：六义有类别。指体裁和表现方法的区别。
- 31 · 一气泰：世风通泰。
- 32 · 百志熙：众心欢快。
- 33 · 五帝三皇：远古帝王，说法不一。三皇，一说指燧人、伏羲、神农。五帝，一说指黄帝、颛顼、帝喾、唐尧、虞舜。直道：正道。
- 34 · 垂拱而理：垂衣拱手，无为而治。
- 35 · 揭：高举。大柄：指治国的根本。
- 36 · 决：打开。窦：孔穴。
- 37 · "元首明、股肱（gōng）良"之歌：舜在位时与皋陶作歌唱和，皋陶歌曰："元首明哉，股肱良哉，庶事康哉！"元首，指君。股肱，指臣。
- 38 · 虞道昌：虞舜的治道昌明。
- 39 · 五子洛汭（ruì）之歌：相传夏王太康荒淫无道而被国人放逐，他的五个兄弟在洛水边等待他而作歌讽刺。
- 40 · "言者无罪"二句：语本《毛诗序》："上以风化下，下以风刺上，主文而谲谏，言之者无罪，闻之者足以戒，故曰风。"

心焉。洎周衰秦兴，[41] 采诗官废，上不以诗补察时政，[42] 下不以歌泄导人情，[43] 乃至于谄成之风动，[44] 救失之道缺。于时，六义始刓矣。[45] 国风变为骚辞，[46] 五言始于苏、李。[47] 苏、李、骚人，[48] 皆不遇者，各系其志，发而为文。故河梁之句，[49] 止于伤别；泽畔之吟，[50] 归于怨思。彷徨抑郁，不暇及他耳。然去《诗》未远，梗概尚存。故兴离别，则引双凫一雁为喻；[51] 讽君子小人，则引

● 41·洎（jì）：及，到。

● 42·补察：补救和考察。

● 43·泄导：宣泄和疏导。

● 44·谄成：谄媚地吹嘘成绩。

● 45·刓（wán）：削磨，残缺。

● 46·骚辞：指楚辞。楚辞以屈原《离骚》为代表作。

● 47·"五言"句：萧统《文选》载西汉苏武、李陵的五言诗数首，古人常据此以为五言诗由苏、李创始。但是据今人考证，苏、李诗实为六朝人托名之作。

● 48·骚人：这里专指屈原。

● 49·"河梁"之句：指《文选》载李陵与苏武诗之第三首（"携手上河梁"）。梁：桥。

● 50·泽畔之吟：指屈原的作品。《楚辞·渔父》："屈原既放，游于江潭，行吟泽畔。"

● 51·双凫一雁：《古文苑》载托名苏武别李陵诗，有"双凫俱北飞，一凫独南翔"句。凫，野鸭。

香草恶鸟为比。[52] 虽义类不具，犹得风人之什二三焉。[53] 于时，六义始缺矣。晋、宋已还，得者盖寡。以康乐之奥博，[54] 多溺于山水；以渊明之高古，[55] 偏放于田园。[56] 江、鲍之流，[57] 又狭于此。如梁鸿《五噫》之例者，[58] 百无一二焉。于时，六义寖微矣，[59] 陵夷矣。至于梁、陈间，率不过嘲风雪、弄花草而已。[60] 噫！风雪花草之物，三百篇中岂舍之乎？[61] 顾所用何如耳。[62] 设如"北风其凉"，假风

● 52·香草恶鸟：汉王逸《离骚序》："《离骚》之文，依《诗》取兴，引类譬谕。故善鸟香草，以配忠贞；恶禽臭物，以比谗佞。"

● 53·风人：诗人。指《诗经》的作者。《诗经》以《国风》为首。

● 54·康乐：即谢灵运。奥博：深奥渊博。

● 55·渊明：即陶渊明。

● 56·放：放纵。

● 57·江、鲍：江指江淹（444—505），字文通，南朝梁诗人。鲍指鲍照（414—466），字明远，南朝宋诗人。

● 58·梁鸿《五噫》：东汉梁鸿路过洛阳，感慨而作《五噫歌》："陟彼北邙兮，噫！顾瞻帝京兮，噫！宫阙崔巍兮，噫！民之劬劳兮，噫！辽辽未央兮，噫！"

● 59·寖微：渐渐衰落。

● 60·率：大抵，大都。

● 61·三百篇：指《诗经》。《诗经》有诗三百零五篇。

● 62·顾：只是。

● 63 • "北风其凉"二句:"北风其凉",《诗经·邶风·北风》诗句。《诗序》:"《北风》,刺虐也。"
● 64 • "雨雪霏霏"二句:"雨雪霏霏",《诗经·小雅·采薇》诗句。《诗序》:"《采薇》,遣戍役也。"雨雪:下雪。
● 65 • "棠棣之华"二句:"常棣之华",《诗经·小雅·常棣》诗句。《诗序》:"《常棣》,燕兄弟也。闵管、蔡之失道,故作《常棣》焉。"棠棣:同"常棣",树名,果实如李子,略小,花开几朵聚在一起。
● 66 • "采采芣苢(fú yǐ)"二句:"采采芣苢",《诗经·周南·芣苢》诗句。《诗序》:"《芣苢》,后妃之美也。和平则妇人乐有子矣。"芣苢:即车前子。草名。古人认为其子实可助妇女怀孕。
● 67 • "余霞"二句:南朝齐谢朓《晚登三山还望京邑》诗句。
● 68 • "离花"二句:鲍照《玩月城西门廨中》诗句。什:指诗篇。

以刺威虐也;[63]"雨雪霏霏",因雪以愍征役也;[64]"棠棣之华",感华以讽兄弟也;[65]"采采芣苢",美草以乐有子也。[66]皆兴发于此,而义归于彼,反是者可乎哉?然则"余霞散成绮,澄江净如练",[67]"离花先委露,别叶乍辞风"之什,[68]丽则丽矣,吾不知其所讽焉。故仆所谓嘲风雪、弄花草而已。于时,六义尽去矣。唐兴二百年,其间诗人,不可胜数。所可举者,陈子昂有《感遇》诗

● 69·《感遇》诗二十首：今传陈子昂《感遇》诗达三十八首。

● 70· 鲍防（723—790）：字子慎，襄阳（治所在今湖北襄阳）人。天宝十二载中进士第。代宗、德宗时，历官河东节度使、礼部侍郎、京兆尹等。工诗。有《感兴》诗十五首，已佚。

● 71· 觇（luó）缕：细致而有条理。

● 72· 撮：选取。《新安》、《石濠》：全称《新安吏》、《石濠吏》，与《潼关吏》合称"三吏"。《芦子》：全称《塞芦子》。《花门》：全称《留花门》。

● 73·"朱门"二句：杜甫《自京赴奉先县咏怀五百字》诗句。

● 74· 三四十：一作"十三四"。

● 75· 忽忽：迷惑、失意的样子。

二十首，[69]鲍防有《感兴》诗十五首。[70]又诗之豪者，世称李、杜。李之作才矣，奇矣，人不逮矣，索其风雅比兴，十无一焉。杜诗最多，可传者千余首，至于贯穿今古，觇缕格律，[71]尽工尽善，又过于李。然撮其《新安》《石壕》《潼关吏》《芦子》《花门》之章，[72]"朱门酒肉臭，路有冻死骨"之句，[73]亦不过三四十。[74]杜尚如此，况不逮杜者乎？仆常痛诗道崩坏，忽忽愤发，[75]或食辍哺，[76] 夜辍寝，不量才力，欲扶起之。嗟乎！事有大谬者，又不可一二而言，[77] 然亦不能不粗陈于左右。[78]

79·识（zhì）：记住。

80·宿习之缘：佛教语。前生因缘。

81·谙识：熟悉，通晓。

82·进士：唐代科举制度中最主要的
一科。

83·苦节：刻苦自励。

84·课：攻读，按规定的课程学习。

85·不遑（huáng）：不暇。

86·胝（zhī）：磨出的厚皮，老茧。

87·肤革：皮肤。

仆始生六七月时，乳母抱弄于书屏下，有指"无"字、"之"字示仆者，仆虽口未能言，心已默识。[79] 后有问此二字者，虽百十其试，而指之不差。则仆宿习之缘，[80] 已在文字中矣。及五六岁，便学为诗。九岁，谙识声韵。[81] 十五六，始知有进士，[82] 苦节读书。[83] 二十已来，昼课赋，[84] 夜课书，间又课诗，不遑寝息矣。[85] 以至于口舌成疮，手肘成胝，[86] 既壮而肤革不丰盈，[87] 未老而齿发早衰白，

● 88・瞥（piē）瞥然：形容眼花。

● 89・动：动辄，动不动。

● 90・"二十七"句：白居易于贞元十五年（799）在宣州始应乡试，贡于京师，时年二十八岁。乡赋：即乡试。唐代科举考试中的州试。

● 91・第：指中进士第。

● 92・科试：唐代士人经礼部试进士及第后，还要经过吏部的专科考试，才能授予官职。

● 93・授校书郎：白居易于贞元十九年以书判拔萃登科，授秘书省校书郎。

● 94・作者：指作品水平高的人。

● 95・登朝：在朝廷做官。

● 96・年齿：年龄。

● 97・皇帝：指唐宪宗。

瞥瞥然如飞蝇垂珠在眸子中也，[88] 动以万数。[89] 盖以苦学力文所致，又自悲矣。家贫多故，二十七方从乡赋。[90] 既第之后，[91] 虽专于科试，[92] 亦不废诗。及授校书郎时，[93] 已盈三四百首。或出示交友，如足下辈，见皆谓之工，其实未窥作者之域耳。[94] 自登朝来，[95] 年齿渐长，[96] 阅事渐多，每与人言，多询时务，每读书史，多求理道，始知文章合为时而著，歌诗合为事而作。是时，皇帝初即位，[97] 宰

● 98・宰府：相府。

● 99・访人急病：调查了解人民苦难。

● 100・擢在翰林：白居易于元和二年（807）十一月任翰林学士。

● 101・身是谏官：白居易于元和三年四月任左拾遗。

● 102・谏纸：见《初授拾遗》注 11。

● 103・裨补：弥补，补救。时阙：时政的缺失。

● 104・指言：直说。

● 105・递进：转达。

● 106・广宸聪：扩大皇帝的见闻。

● 107・副忧勤：辅助皇帝操劳国事。

● 108・塞言责：尽谏官的职责。

● 109・复：酬，实现愿望。

● 110・岂图：哪里料到。悔：灾祸，罪咎。

● 111・终言之：彻底说说。

● 112・《贺雨》诗：诗中讽劝皇帝关心民间疾苦，改善人民生活。

● 113・籍籍：喧闹的样子。

● 114・《哭孔戡》诗：诗中哀伤孔戡有才不受重用，对当权者有指责。孔戡（kān），见《登乐游园望》注 07。

府有正人，[98] 屡降玺书，访人急病。[99] 仆当此日，擢在翰林，[100] 身是谏官，[101] 手请谏纸，[102] 启奏之外，有可以救济人病，裨补时阙，[103] 而难于指言者，[104] 辄咏歌之，欲稍稍递进闻于上。[105] 上以广宸聪，[106] 副忧勤；[107] 次以酬恩奖，塞言责；[108] 下以复吾平生之志。[109] 岂图志未就而悔已生，[110] 言未闻而谤已成矣。又请为左右终言之。[111] 凡闻仆《贺雨》诗，[112] 而众口籍籍，[113] 已谓非宜矣。闻仆《哭孔戡》诗，[114]

众面脉脉，[115] 尽不悦矣。闻《秦中吟》，则权豪贵近者相目而变色矣。闻《乐游园》寄足下诗，[116] 则执政柄者扼腕矣。[117] 闻《宿紫阁村》诗，[118] 则握军要者切齿矣。[119] 大率如此，不可遍举。不相与者，号为沽名，[120] 号为诋讦，[121] 号为讪谤。[122] 苟相与者，则如牛僧孺之戒焉。[123] 乃至骨肉妻孥，皆以我为非也。其不我非者，举不过三两人。[124] 有邓鲂者，[125] 见仆诗而喜，无何而鲂死。[126] 有唐衢者，[127] 见

- 115 • 脉（mò）脉：凝视的样子。这里指怒而不言。
- 116 •《乐游园》寄足下诗：即《登乐游园望》诗。
- 117 • 执政柄者：掌握政权的人。扼腕：握紧手腕，表示愤恨。
- 118 •《宿紫阁村》诗：即《宿紫阁山北村》诗。
- 119 • 握军要者：掌握军权的人。这里指统领神策军的大宦官。
- 120 • 沽名：骗取名声。
- 121 • 诋讦：诋毁，攻击。
- 122 • 讪谤：讥刺毁谤。
- 123 • 牛僧孺之戒：牛僧孺直言指斥时政而遭受打击的教训。牛僧孺（779—847），字思黯，安定鹑觚（治所在今甘肃灵台）人。贞元进士。元和三年，应贤良方正能直言极谏科，因对策指斥时政，为宰相李吉甫排斥，考官杨於陵、韦贯之也贬外。穆宗、文宗朝，牛僧孺两度为相，是牛、李党争中牛派首领。武宗时，贬为循州长史。宣宗时，还朝病死。
- 124 • 举：总共。一作"举世"。
- 125 • 邓鲂：生平不详。白居易有《邓鲂、张彻落第》、《读邓鲂诗》，说邓鲂诗似陶渊明，未中进士，死时才三十岁。
- 126 • 无何：不久。
- 127 • 唐衢：见《寄唐生》注 01。

仆诗而泣，未几而衢死。其余则足下，足下又十年来困踬若此。[128] 呜呼！岂六义四始之风，[129] 天将破坏，不可支持耶？抑又不知天之意不欲使下人之病苦闻于上耶？不然，何有志于诗者不利若此之甚也！

● *130* · 关东一男子：关东一个普通男子。秦汉和隋唐定都关中，称函谷关或潼关以东地区为关东。

● *131* · 属（zhǔ）文：写文章。属，连缀。

● *132* · 懵（měng）然：无知的样子。

● *133* · 接群居之欢：和大家共同娱乐。

● *134* · 中朝：朝廷中。缌（sī）麻之亲：指关系最疏远的亲戚。缌麻，古代丧服"五服"中最轻的一等，服丧三月，丧服以细麻布制。

● *135* · 半面之旧：一面之交。

● *136* · 蹇（jiǎn）步：跛脚驴马。利足：指快马。

● *137* · 张空拳：喻没有凭借。战文：喻参加科举考试如参加战斗。

● *138* · 三登科第：白居易于贞元十六年（800）中进士第，贞元十九年登书判拔萃科，元和元年（806）登才识兼茂明于体用科。

● *139* · 清贯：清要官职。

● *140* · 冕旒（liú）：这里指代皇帝。皇帝之冠称冕，有十二旒。旒是冕上下垂的以彩绳穿起的玉串。

● *141* · 日者：近日。

然仆又自思，关东一男子耳，[130] 除读书属文外，[131] 其他懵然无知。[132] 乃至书画棋博可以接群居之欢者，[133] 一无通晓，即其愚拙可知矣。初应进士时，中朝无缌麻之亲，[134] 达官无半面之旧，[135] 策蹇步于利足之途，[136] 张空拳于战文之场。[137] 十年之间，三登科第，[138] 名入众耳，迹升清贯，[139] 出交贤俊，入侍冕旒。[140] 始得名于文章，终得罪于文章，亦其宜也。日者，[141] 又闻亲友间说，礼、吏部举选人，¹⁴² 多以仆私试赋判传为准的，¹⁴³ 其余诗句，亦往往在人口中。仆恧然自愧，¹⁴⁴ 不之信也。及再来长安，¹⁴⁵ 又闻有军使高霞寓者，¹⁴⁶ 欲娉倡妓。¹⁴⁷妓大夸曰："我诵得白学士《长恨歌》，¹⁴⁸ 岂同他妓哉？"由是增价。又足下书云：到通州日，见江馆柱间，¹⁴⁹ 有题仆诗者，复何人哉？又昨过汉南日，¹⁵⁰适遇主人集众乐，娱他宾，诸妓见仆来，指而相顾曰："此是《秦中吟》《长恨歌》主耳。"¹⁵¹

- 142 · 礼、吏部举选人：唐代礼部主持进士试，录取称举。吏部主持专科考试，合格者授官，称选。
- 143 · 私试赋判：唐李肇《国史补》记载，进士将试前，"群居而赋，谓之私试"。唐代应进士试须作赋，应吏部试须作判。判，官吏审案的判决辞。准的：标准。
- 144 · 恧（nù）然：惭愧的样子。
- 145 · 再来长安：指白居易自盩厔县尉调入京城。
- 146 · 军使：防御使的别称。防御使例由州刺史兼任。高霞寓：幽州范阳（治所在今河北涿州）人。元和初，从高崇文讨伐刘辟有功，任彭州刺史。元和五年，随诸将讨王承宗有功，任丰州刺史、三城都团练防御使。后任唐邓随节度使等。
- 147 · 娉：同"聘"。以财礼娶妻或纳妾。
- 148 · 白学士：白居易曾为翰林学士，故称。
- 149 · 江馆：临江的客舍。
- 150 · 昨：往日，先前。汉南：汉水南岸。这里指襄阳。白居易贬江州时路经襄阳。
- 151 · 主：主人。这里指创作者。

● 152·乡校：州县的学校。逆旅：旅舍。
● 153·雕虫之戏：比喻小技艺。汉代扬雄晚年悔作辞赋，认为"童子雕虫篆刻"，"壮夫不为"。见《法言·吾子》。
● 154·不足为多：不值得称赞。
● 155·渊、云：指汉代王褒、扬雄。王褒，字子渊；扬雄，字子云。两人都以写作辞赋著称。
● 156·"名者"三句：语出《庄子·天运》："名，公器也，不可多取。"公器：天下共有之物。
● 157·窃：窃取，本不应占有而占有。这里是自谦的说法。
● 158·造物者：指天。古人认为天创造万物。
● 159·迍（zhūn）穷：困厄，处境艰难。

自长安抵江西三四千里，凡乡校、佛寺、逆旅、行舟之中，[152]往往有题仆诗者。士庶、僧徒、孀妇、处女之口，每每有咏仆诗者。此诚雕虫之戏，[153]不足为多。[154]然今时俗所重，正在此耳。虽前贤如渊、云者，[155]前辈如李、杜者，亦未能忘情于其间哉。古人云："名者，公器，不可以多取。"[156]仆是何者？窃时之名已多。[157]既窃时名，又欲窃时之富贵，使己为造物者，[158]肯兼与之乎？今之迍穷，[159]理固然

306

●160• 蹇：困顿。

●161• 迍剥：即屯剥。屯、剥都是《周易》卦名，表示困厄和受损。

●162• 孟浩然（689—740）：唐襄阳（治所在今湖北襄阳）人。早年隐居鹿门山。年四十，游长安，应进士举不第，还乡。长于山水田园诗，与王维齐名。

●163• 一命：官员的最低等级。周代任官自一命至九命。唐代最低等级是九品。

●164• 穷悴：困苦。

●165• 孟郊（751—814）：字东野，湖州武康（治所在今浙江德清）人。年近五十才中进士，任溧阳县尉。后试协律郎，时年六十。诗与韩愈齐名，又与贾岛并称。

●166• 试：试用，不在正式员额之内。协律：协律郎，太常寺乐官，掌管音律，官正八品上。

●167• 太祝：太常寺属官，掌管祭祀，官正九品上。

●168• 官品至第五：唐制，上州司马从五品下。江州为上州。

●169• 不负白氏之子：不辜负做白家之子，意即不愧对先人。

也。况诗人多蹇，¹⁶⁰ 如陈子昂、杜甫，各授一拾遗，而迍剥至死。¹⁶¹ 李白、孟浩然辈，¹⁶² 不及一命，¹⁶³ 穷悴终身。¹⁶⁴ 近日孟郊六十，¹⁶⁵ 终试协律。¹⁶⁶ 张籍五十，未离一太祝。¹⁶⁷ 彼何人哉！彼何人哉！况仆之才，又不逮彼。今虽谪佐远郡，而官品至第五，¹⁶⁸ 月俸四五万，寒有衣，饥有食，给身之外，施及家人，亦可谓不负白氏之子矣。¹⁶⁹ 微之，微之，勿念我哉！

● *170*·检讨：检查寻找。囊帙：书袋、书
套一类。
● *171*·卷目：卷，卷次；目，大类中再分
的小类。
● *172*·武德：唐高祖年号（618—626）。
● *173*·退公：下班回家。《诗经·召南·羔
羊》："退食自公。"
● *174*·移病：上书请病假。又常指辞官。
● *175*·保和：保持心志平和。
● *176*·长句：指七言律诗。

仆数月来，检讨囊帙中，¹⁷⁰ 得新
旧诗，各以类分，分为卷目。¹⁷¹
自拾遗来，凡所适所感，关于美
刺兴比者，又自武德讫元和，¹⁷²
因事立题，题为《新乐府》者，
共一百五十首，谓之讽谕诗。又
或退公独处，¹⁷³ 或移病闲居，¹⁷⁴
知足保和，¹⁷⁵ 吟玩情性者一百
首，谓之闲适诗。又有事物牵于
外，情理动于内，随感遇而形于
叹咏者一百首，谓之感伤诗。又
有五言、七言、长句、绝句，¹⁷⁶
自一百韵至两韵者四百余首，谓

- *177*·杂律诗：指律诗与杂体诗。
- *178*·"穷则"二句：语出《孟子·尽心上》："穷则独善其身，达则兼善天下。"
- *179*·不肖：不贤。
- *180*·师：取法，以其为师。
- *181*·云龙：《周易·乾卦·文言》："云从龙，风从虎。"
- *182*·风鹏：《庄子·逍遥游》中说大鹏"抟扶摇而上者九万里"。扶摇，指旋风。
- *183*·勃然突然：形容奋发。
- *184*·陈力：施展才力。
- *185*·雾豹：喻退隐避害者。刘向《列女传·陶答子妻》："南山有玄豹，雾雨七日而不下食者，何也？欲以泽其毛而成文章也，故藏而远害。"
- *186*·冥鸿：喻远隐避世者。扬雄《法言·问明》："鸿飞冥冥，弋人何篡焉？"
- *187*·寂兮寥兮：指无声无形。语出《老子》。
- *188*·奉身：保养自身。
- *189*·出处（chǔ）：出仕与隐退。

之杂律诗。*177* 凡为十五卷，约八百首。异时相见，当尽致于执事。微之！古人云：穷则独善其身，达则兼济天下。*178* 仆虽不肖，*179* 常师此语。*180* 大丈夫所守者道，所待者时。时之来也，为云龙，*181* 为风鹏，*182* 勃然突然，*183* 陈力以出；*184* 时之不来也，为雾豹，*185* 为冥鸿，*186* 寂兮寥兮，*187* 奉身而退。*188* 进退出处，*189* 何往而不自得哉？故仆志在兼济，行在独善，奉而始终之则为道，言而发明之则为诗。谓之讽谕诗，兼济之志也。谓之闲适诗，独善之义也。故览仆诗，知仆之道焉。其余杂律诗，或诱于一时一物，[190] 发于一笑一吟，率然成章，[191] 非平生所尚者，但以亲朋合散之际，取其释恨佐欢。今铨次之间，[192] 未能删去，他时有为我编集斯文者，略之可也。

● 193• 贵耳贱目：重视传闻，轻视眼见。
语本张衡《东京赋》："末学肤受，贵耳而
贱目者也。"
● 194• 大情：常情。
● 195• 韦苏州：即韦应物。见《题浔阳楼》
注 04。歌行：泛指音节、格律、形式比较
自由的古体长诗。
● 196• 才丽：指有才情、文采。
● 197• 闲澹：安闲清淡。
● 198• 思澹而词迂：意趣恬淡而文词迂腐。

微之！夫贵耳贱目，[193] 荣古陋
今，人之大情也。[194] 仆不能远
征古旧，如近岁韦苏州歌行，[195]
才丽之外，[196] 颇近兴讽；其五言
诗又高雅闲澹，[197] 自成一家之
体。今之秉笔者，谁能及之？然
当苏州在时，人亦未甚爱重，必
待身后，然人贵之。今仆之诗，
人所爱者，悉不过杂律诗与《长
恨歌》已下耳。时之所重，仆之
所轻。至于讽谕者，意激而言
质；闲适者，思澹而词迂。[198] 以
质合迂，宜人之不爱也。今所

- *199·并世：同时。
- *200·索居：独居。
- *201·罪吾：谴责我。
- *202·小律：指绝句。
- *203·皇子陂：在长安城南。昭国里：即昭国坊，在长安城东南部，白居易当时居此。
- *204·迭吟递唱：轮流吟诗唱和。
- *205·樊、李：说法不一，有樊宗师与李建、樊宗师与李绅、樊宗宪与李景信等数说。
- *206·无所措口：无处插嘴。

爱者，并世而生，¹⁹⁹ 独足下耳。然千百年后，安知复无如足下者出而知爱我诗哉？故自八九年来，与足下小通则以诗相戒，小穷则以诗相勉，索居则以诗相慰，²⁰⁰ 同处则以诗相娱，知吾罪吾，²⁰¹ 率以诗也。如今年春，游城南时，与足下马上相戏，因各诵新艳小律，²⁰² 不杂他篇。自皇子陂归昭国里，²⁰³ 迭吟递唱，²⁰⁴ 不绝声者二十里余。樊、李在傍，²⁰⁵ 无所措口。²⁰⁶ 知我者以为诗仙，不知我者以

● 207 • 偶同人：陪伴志趣相同的人。

● 208 • "不知"句：语本《论语·述而》："发愤忘食，乐以忘忧，不知老之将至云尔。"

● 209 • 骖（cān）：乘，骑。蓬瀛：蓬莱和瀛洲。传说中的海上仙山。

● 210 • 外形骸：不顾躯体。

● 211 • 脱踪迹：指摆脱礼法的约束。

● 212 • 傲轩鼎：指轻视富贵。轩，古代大夫所乘的车。鼎，古代煮食物的铜质三足器具。贵族列鼎而食。

● 213 • 轻人寰：指轻视世俗社会。

● 214 • 还往：指交往的人。

● 215 • 张十八：即张籍。

● 216 • 李二十：即李绅。

为诗魔。何则？劳心灵，役声气，连朝接夕，不自知其苦，非魔而何？偶同人，²⁰⁷ 当美景，或花时宴罢，或月夜酒酣，一咏一吟，不知老之将至，²⁰⁸ 虽骖鸾鹤游蓬瀛者之适，²⁰⁹ 无以加于此焉，又非仙而何？微之，微之！此吾所以与足下外形骸，²¹⁰ 脱踪迹，²¹¹ 傲轩鼎，²¹² 轻人寰者，²¹³ 又以此也。当此之时，足下兴有余力，且与仆悉索还往中诗，²¹⁴ 取其尤长者，如张十八古乐府，²¹⁵ 李二十新歌行，²¹⁶

●217·卢、杨二秘书：指卢拱、杨巨源。
二人时为秘书郎。
●218·窦七、元八：即窦巩、元宗简。
●219·掇：选取。
●220·左转：左迁，贬官。
●221·心期：心意。索然：没有兴致的
样子。

卢、杨二秘书律诗，[217]窦七、
元八绝句，[218]博搜精掇，[219]编
而次之，号《元白往还诗集》。
众君子得拟议于此者，莫不踊
跃欣喜，以为盛事。嗟乎！言
未终而足下左转，[220]不数月而
仆又继行。心期索然，[221]何日
成就？又可为之叹息矣！

- *222* • 私于自是：偏爱自以为是。
- *223* • 割截：删削。
- *224* • 病：不满。
- *225* • 笔：自六朝来，文章以有韵为文，无韵为笔。这里泛指文章。
- *226* • 终前志：完成宿愿。
- *227* • 溘（kè）然：指忽然死亡。

又仆尝语足下：凡人为文，私于自是，[222] 不忍于割截，[223] 或失于繁多，其间妍蚩，益又自惑。必待交友有公鉴无姑息者，讨论而削夺之，然后繁简当否，得其中矣。况仆与足下为文，尤患其多，已尚病之，[224] 况他人乎？今且各纂诗笔，[225] 粗为卷第，待与足下相见日，各出所有，终前志焉。[226] 又不知相遇是何年，相见在何地，溘然而至，[227] 则如之何！微之，微之！知我心哉！

浔阳腊月，江风苦寒，岁暮鲜
欢，夜长无睡，引笔铺纸，悄
然灯前，有念则书，言无次第，
勿以繁杂为倦，[228] 且以代一夕
之话也。微之，微之！知我心
哉！乐天再拜。

品·评 本文作于元和十年（815）冬，白居易时在江州，为江州司马。这是白居易论诗的一篇重要文章，也是古代文学理论的名篇。内容丰富，表述了作者的诗歌主张与对个人遭遇的愤懑。作者重视文学与政治、社会现实的关系，明确提出"文章合为时而著，歌诗合为事而作"，认为诗歌的作用在于"补察时政，泄导人情"。他遵循汉儒"诗教"之说，强调"六义"、"风雅"传统，以"诗道崩坏"的观点评价历代及唐兴以来诗歌，作出尖锐的批判，其中不免偏激之处。就全文来说，"诗道崩坏"是基本观点，由此欲振兴诗道，提出有系统的主张。在叙述自己的诗歌创作历程和经验时，将个人志向与对遭遇的感慨融于其中，情感真挚。

草堂记

注·释

● 01·匡庐：即庐山。
● 02·介：在二者中间。
● 03·胜绝：极优美。
● 04·面峰腋寺：面对香炉峰，旁靠遗爱寺。
● 05·广袤（mào）：指面积。广指东西的距离，袤指南北的距离。丰杀：增减。
● 06·洞北户：开北门。
● 07·徂暑：盛暑。《诗经·小雅·四月》："六月徂暑。"
● 08·敞南甍（méng）：把朝南一面造得高敞。甍，屋脊。
● 09·祁寒：严寒。
● 10·圬（wū）：用泥涂墙壁。
● 11·墄（cè）：台阶。
● 12·羃（mì）窗：蒙窗，糊窗。
● 13·纻帏：麻布的帐幕。
● 14·榻：狭长而低矮的床。

匡庐奇秀，[01]甲天下山。山北峰曰香炉，峰北寺曰遗爱寺，介峰寺间，[02]其境胜绝，[03]又甲庐山。元和十一年秋，太原人白乐天见而爱之，若远行客过故乡，恋恋不能去。因面峰腋寺作为草堂。[04]明年春，草堂成。三间两柱，二室四牖，广袤丰杀，[05]一称心力。洞北户，[06]来阴风，防徂暑也。[07]敞南甍，[08]纳阳日，虞祁寒也。[09]木斫而已，不加丹；墙圬而已，[10]不加白。墄阶用石，[11]羃窗用纸，[12]竹帘纻帏，[13]率称是焉。堂中设木榻四，[14]素屏二，漆琴一张，儒、道、佛书各三两卷。

● 15·睨（nì）：斜视。

● 16·自辰及酉：从早到晚。古代用十二地支记时，辰时相当于上午七点到九点，酉时相当于下午五点到七点。

● 17·应接不暇：《世说新语·言语》："王子敬云：'从山阴道上行，山川自相映发，使人应接不暇。'"

● 18·俄而：不久。物诱气随：景物感染人，心气为之吸引。

● 19·颓然：松弛的样子。嗒（tà）然：物我两忘的样子。

● 20·轮广：指面积。轮指南北的距离。

● 21·半平地：占平地的一半。

● 22·戛（jiá）：摩擦，敲击。

乐天既来为主，仰观山，俯听泉，傍睨竹树云石，[15] 自辰及酉，[16] 应接不暇。[17] 俄而物诱气随，[18] 外适内和，一宿体宁，再宿心恬，三宿后颓然嗒然，[19] 不知其然而然。自问其故，答曰：是居也，前有平地，轮广十丈，[20] 中有平台，半平地。[21] 台南有方池，倍平台。环池多山竹野卉，池中生白莲、白鱼。又南抵石涧，夹涧有古松、老杉，大仅十人围，高不知几百尺。修柯戛云，[22] 低枝拂潭，如

- 23·幢（chuáng）：一种顶端呈圆筒形的旗帜。
- 24·盖：车的伞盖。
- 25·茑（niǎo）：一种蔓草。与女萝同为寄生植物，攀缘在别的树木上。
- 26·骈织承翳（yì）：交错纠缠因而遮蔽其下。
- 27·风气：气候。
- 28·垤堄（dié nì）：突出而立。
- 29·蒙蒙：浓密的样子。
- 30·朱实离离：左思《蜀都赋》："结朱实之离离。"离离，繁盛众多的样子。
- 31·烹燀（chǎn）：烹煮。燀，炊。
- 32·永日：长日，终日。
- 33·练色：白色。练，白绢。
- 34·趾：这里指山脚。

幢竖，[23] 如盖张，[24] 如龙蛇走。松下多灌丛，萝茑叶蔓，[25] 骈织承翳，[26] 日月光不到地，盛夏风气如八九月时。[27] 下铺白石，为出入道。堂北五步，据层崖积石，嵌空垤堄，[28] 杂木异草，盖覆其上。绿阴蒙蒙，[29] 朱实离离，[30] 不识其名，四时一色。又有飞泉，植茗，就以烹燀。[31] 好事者见，可以永日。[32] 堂东有瀑布，水悬三尺，泻阶隅，落石渠，昏晓如练色，[33] 夜中如环珮琴筑声。堂西倚北崖右趾，[34]

● 35 • 脉分线悬：形容高架的竹筒如血脉分布，如线悬空。

● 36 • 霏微：形容水滴细密。

● 37 • 锦绣谷：庐山中有锦绣谷，据说因谷中花开似锦绣而得名。见宋陈舜俞《庐山记》。

● 38 • 石门涧：庐山中有山形势似门，两崖之间有瀑布，称石门涧。

● 39 • 虎溪：在东林寺前。传说晋慧远居东林寺，送客不过溪。一日，送客不觉过溪，有虎吼叫，故名虎溪。

● 40 • 炉峰：即香炉峰。

● 41 • 显晦：明暗。

● 42 • 含吐：指吞吐烟云。

● 43 • 殚（dān）：尽。

以剖竹架空，引崖上泉，脉分线悬，³⁵ 自檐注砌，累累如贯珠，霏微如雨露，³⁶ 滴沥飘洒，随风远去。其四傍耳目杖屦可及者，春有锦绣谷花，³⁷ 夏有石门涧云，³⁸ 秋有虎溪月，³⁹ 冬有炉峰雪。⁴⁰ 阴晴显晦，⁴¹ 昏旦含吐，⁴² 千变万状，不可殚纪，⁴³ 觊缕而言，故云甲庐山者。

● 44 · 丰一屋：建一座高大房屋。语本
《周易·丰卦》："丰其屋。"

● 45 · 华一箦（zé）：置备一张华美的竹席。

● 46 · 骄稳：骄傲自得。

● 47 · 物至致知：外界事物来到面前，引
发认识。语本《礼记·大学》："物格而后
知至。"

● 48 · 永、远、宗、雷辈十八人：东晋释慧
永、释慧远、宗炳、雷次宗等十八人在东
林寺结白莲社，号十八贤。见《庐山记》。

● 49 · 以是：因为这。

● 50 · 矧（shěn）：况，况且。

● 51 · 白屋：用白茅草覆盖的房屋。一说
木材不加色彩的房屋。指贫苦人家的住房。

噫！凡人丰一屋，[44] 华一箦，[45]
而起居其间，尚不免有骄稳之
态，[46] 今我为是物主，物至致
知，[47] 各以类至，又安得不外
适内和，体宁心恬哉？昔永、
远、宗、雷辈十八人，[48] 同入此
山，老死不返，去我千载，我
知其心以是哉！[49] 矧予自思：[50]
从幼迨老，若白屋，[51] 若朱门，
凡所止，虽一日二日，辄覆蒉

● 52·蒉（kuì）：草编的筐。
● 53·蹇剥：指困顿。
● 54·来佐江郡：指任江州司马。
● 55·优容：宽容，宽待。
● 56·灵胜：奇异的美景。
● 57·冗员所羁：指受司马这闲散官职的束缚。
● 58·未遑宁处：未能闲暇安稳地居住。
● 59·岁秩：任官年限。
● 60·"清泉白石"二句：这是发誓的语气，意谓清泉白石可以作证。

土为台，⁵²聚拳石为山，环斗水为池，其喜山水，病癖如此。一旦蹇剥，⁵³来佐江郡，⁵⁴郡守以优容抚我，⁵⁵庐山以灵胜待我。⁵⁶是天与我时，地与我所，卒获所好，又何以求焉？尚以冗员所羁，⁵⁷余累未尽，或往或来，未遑宁处。⁵⁸待予异时弟妹婚嫁毕，司马岁秩满，⁵⁹出处行止，得以自遂，则必左手引妻子，右手抱琴书，终老于斯，以成就我平生之志。清泉白石，实闻此言。⁶⁰时三月二十七日，

● 61 · 元集虚：当时隐居于庐山。张允中：生平不详。张深之：生平不详。长老：对僧人年德俱高者的尊称。凑：神凑，白居易有《唐江州兴果寺律大德凑公塔碣铭》。满、坚：白居易《游大林寺序》记同游者有东林寺僧智满、士坚。朗、晦：白居易有《春忆二林寺旧游因寄朗、满、晦三上人》诗。
● 62 · 落：落成。

始居新堂。四月九日，与河南元集虚、范阳张允中、南阳张深之、东西二林长老凑、朗、满、晦、坚等凡二十有二人，[61] 具斋施茶果以落之。[62] 因为《草堂记》。

品·评　本文作于元和十二年（817）四月，白居易时在江州。文开端述营建草堂的缘起乃是爱其环境"甲庐山"。以下写草堂的结构与陈设简朴素雅，描绘草堂周围的景物美好多姿，证实"甲庐山"。末段以居草堂身心安适起，表达平生对山水的爱好，希望尽早退隐于此以终老，反映了作者遭受打击后的消极心情。全文叙事简洁，写景生动，抒情自然，文字清丽流畅，堪称唐代散文中的佳作。

荔枝图序

荔枝生巴峡间，⁰¹ 树形团团如帷盖。⁰² 叶如桂，冬青。华如橘，春荣。⁰³ 实如丹，⁰⁴ 夏熟。朵如蒲萄，⁰⁵ 核如枇杷，壳如红缯，⁰⁶ 膜如紫绡。⁰⁷ 瓤肉莹白如冰雪，浆液甘酸如醴酪。⁰⁸ 大略如彼，其实过之。若离本枝，一日而色变，二日而香变，三日而味变，四五日外，色香味尽去矣。元和十五年夏，南宾守乐天命工吏图而书之，⁰⁹ 盖为不识者与识而不及一二三日者云。¹⁰

注·释

● 01·巴峡：在今重庆以东江面，水程九十里。忠州在巴峡东。
● 02·帷盖：车上的帷幔和伞盖。
● 03·荣：开花。
● 04·实如丹：指荔枝果皮色赤如丹砂。
● 05·朵：指果实成簇。
● 06·红缯：红绸。
● 07·膜：果肉外的薄皮。紫绡：紫色薄绸。
● 08·醴酪：甜酒和奶酪。
● 09·南宾：即忠州。唐玄宗天宝时，忠州曾改称南宾郡。工吏：小吏。
● 10·识而不及一二三日者：见过荔枝而没有见过采下三天内的荔枝的人。

品·评

本文作于元和十五年（820）夏，白居易时在忠州。序文实是为图画写的说明，介绍荔枝的特质。开端以"生巴峡间"交待产地，然后对荔枝从树形到果实加以具体说明，由树形及于叶、花，再到果实，写果实则从其外形及于内部，次序清晰，语言简洁。这一部分从"树形团团如帷盖"到"浆液甘酸如醴酪"，连用十个"如"字作比喻，生动形象。以下简要说明荔枝采摘后色、香、味很难保持的特点。文末以"盖为不识者与识而不及一二三日者云"点明作序目的。这是一篇优秀的说明文小品。

醉吟先生传

注·释

- 01·忽忽：恍恍惚惚。
- 02·宦游：在外求官或做官。
- 03·淫诗：沉迷于作诗。
- 04·栖心：寄托心意。释氏：指佛教。
- 05·小中大乘法：佛教不同的教法。乘，以乘车运载喻修行法门，谓可使人到达觉悟的彼岸。
- 06·如满：僧名。居嵩山佛光寺，因号佛光和尚。
- 07·平泉：在洛阳城南三十里。李德裕曾在此建平泉庄。韦楚：隐居平泉。大和末出为拾遗。

醉吟先生者，忘其姓字、乡里、官爵，忽忽不知吾为谁也。⁰¹宦游三十载，⁰²将老，退居洛下。所居有池五六亩，竹数千竿，乔木数十株，台榭舟桥，具体而微，先生安焉。家虽贫，不至寒馁；年虽老，未及耄。性嗜酒，耽琴，淫诗。⁰³凡酒徒、琴侣、诗客，多与之游。游之外，栖心释氏，⁰⁴通学小中大乘法。⁰⁵与嵩山僧如满为空门友，⁰⁶平泉客韦楚为山水友，⁰⁷彭城刘梦得为诗友，安定皇甫

●08·皇甫朗之：即皇甫曙。字朗之，郡望安定（治所在今甘肃泾川）。元和十一年中进士第。文宗时历官泽州刺史、河南少尹、绛州刺史。其女嫁白行简子龟郎。

●09·居守洛川：指东都留守。大和八年至开成二年，裴度为东都留守。

●10·诗箧：放诗稿的箱子。

●11·弄：演奏。

●12·法部：唐时宫廷训练和演奏法曲的部门。这里指法曲。

朗之为酒友。[08]每一相见，欣然忘归。洛城内外六七十里间，凡观寺、丘墅有泉石花竹者，靡不游；人家有美酒、鸣琴者，靡不过；有图书、歌舞者，靡不观。自居守洛川泊布衣家，[09]以宴游召者，亦时时往。每良辰美景，或雪朝月夕，好事者相过，必为之先拂酒罍，次开诗箧。[10]酒既酣，乃自援琴，操宫声，弄《秋思》一遍。[11]若兴发，命家童调法部丝竹，[12]合奏《霓裳羽衣》一曲。若欢甚，又命小妓歌《杨柳枝》新词十数章。放情自娱，酩酊而后已。往往乘兴，屡及邻，杖于乡，[13] 骑游都邑，肩舁适野。[14] 舁中置一琴、一枕，陶、谢诗数卷。[15] 舁竿左右，悬双酒壶。寻水望山，率情便去；[16] 抱琴引酌，兴尽而返。[17] 如此者凡十年。其间日赋诗约千余首，日酿酒约数百斛，而十年前后赋酿者不与焉。

- *18*・讥：规劝。
- *19*・货殖：经商营利。
- *20*・润屋：使屋室华丽富有。语本《礼记·大学》："富润屋，德润身。"
- *21*・贾（gǔ）祸：招引祸害。
- *22*・药：指道教所说的长生药。
- *23*・炼铅烧汞：道教重丹药，以铅与汞入鼎烧炼，故炼丹之事称铅汞。
- *24*・庸：岂，难道。
- *25*・刘伯伦：即刘伶。字伯伦，沛国（治所在今安徽宿州）人。"竹林七贤"之一。曾为晋建威参军，以对策不合罢免。性嗜酒，著《酒德颂》。其妻曾劝他断酒，他让妻准备酒肉，祝鬼神自誓："天生刘伶，以酒为名。一饮一斛，五斗解酲。妇人之言，慎不可听。"
- *26*・王无功：即王绩。字无功，号东皋子，绛州龙门（治所在今山西河津）人。仕隋为秘书省正字、六合县丞，受劾弃官。唐初为太乐丞，后辞官还乡。嗜酒，继刘伶《酒德颂》作《醉乡记》。

妻孥弟侄虑其过也，或讥之，[18]不应，至于再三，乃曰："凡人之性，鲜得中，必有所偏好。吾非中者也，设不幸吾好利，而货殖焉，[19]以至于多藏润屋，[20]贾祸危身，[21]奈吾何？设不幸吾好博弈，一掷数万，倾财破产，以至于妻子冻饿，奈吾何？设不幸吾好药，[22]损衣削食，炼铅烧汞，[23]以至于无所成，有所误，奈吾何？今吾幸不好彼，而自适于杯觞讽咏之间，放则放矣，庸何伤乎？[24]不犹愈于好彼三者乎？此刘伯伦所以闻妇言而不听，[25]王无功所以游醉乡而不还也。"[26]

遂率子弟入酒房，环酿瓮，箕踞仰面，[27] 长吁太息曰："吾生天地间，才与行不逮于古人远矣，而富于黔娄，[28] 寿于颜回，[29] 饱于伯夷，[30] 乐于荣启期，[31] 健于卫叔宝。[32] 幸甚幸甚！余何求哉？若舍吾所好，何以送老？"因自吟《咏怀》诗云[33]："抱琴荣启乐，纵酒刘伶达。放眼看青山，任头生白发。不知天地内，更得几年活？从此到终身，尽为闲日月。"吟罢自哂，揭瓮拨醅，又引数杯，兀然而醉。[34]

● 27 · 箕踞：见《香炉峰下新置草堂，即事咏怀，题于石上》注 14。

● 28 · 黔娄：见《赠内》注 02。

● 29 · 颜回：春秋时鲁国人，字子渊。孔子学生，以德行好而受重视。死时仅三十二岁。

● 30 · 伯夷：见《访陶公旧宅》诗注 05。

● 31 · 荣启期：春秋时隐士。传说他鹿裘带索，鼓琴而歌，曾对孔子说自己有三乐："天生万物，唯人为贵，而吾得为人，是一乐也。男女之别，男尊女卑，故以男为贵，吾既得为男矣，是二乐也。人生有不见日月不免襁褓者，吾既已行年九十矣，是三乐也。"

● 32 · 卫叔宝：即卫玠（286—312）。字叔宝，晋安邑（治所在山西夏县境内）人。善谈玄理。官至太子洗马。体弱多病，卒年二十七。

● 33 · 《咏怀》诗：指《洛阳有愚叟》诗句。

● 34 · 兀然而醉：刘伶《酒德颂》："兀然而醉，恍尔而醒。"兀然，昏沉无知的样子。

● 35 · 梦身世：以人生、人世为梦。
● 36 · 云富贵：以富贵为浮云。《论语·述而》："不义而富且贵，于我如浮云。"
● 37 · 幕席天地：以天为帐幕，以地为坐席。刘伶《酒德颂》："幕天席地，纵意所如。"
● 38 · "不知"句：语出《论语·述而》。

既而醉复醒，醒复吟，吟复饮，饮复醉。醉吟相仍，若循环然。由是得以梦身世，[35] 云富贵，[36] 幕席天地，[37] 瞬息百年，陶陶然，昏昏然，不知老之将至，[38] 古所谓得全于酒者，故自号为醉吟先生。于时开成三年，先生之齿六十有七，须尽白，发半秃，齿双缺，而觞咏之兴犹未衰。顾谓妻子云："今之前，吾适矣；今之后，吾不自知其兴何如？"

品·评　本文作于开成三年（838），白居易时在洛阳，为太子少傅分司。醉吟先生为作者托名自称。此类托名自传，源于陶渊明《五柳先生传》，写作人常借以寄托情怀。本文是白居易晚年闲居洛阳生活的自我写照。首段叙述诗、酒、琴等游乐，任情尽兴。以下借回答家人而发议论，为放纵于酒辩护，视刘伶为榜样。继而写尽醉长吟，醉吟相仍，解说自号的缘由。文中塑造了醉吟先生旷达处世而自适的形象。叙述自然而多排比，议论率易。

图书在版编目（CIP）数据

白居易集 / 严杰注评. -- 南京：凤凰出版社，
2024.10
　ISBN 978-7-5506-3561-6

　Ⅰ. ①白… Ⅱ. ①严… Ⅲ. ①白居易（772-846）—
文学欣赏 Ⅳ. ①I206.2

中国国家版本馆CIP数据核字(2024)第101619号

书　　　　名	白居易集	
注　　　　评	严　杰	
责 任 编 辑	孙思贤	
书 籍 设 计	曲闵民	
责 任 监 制	程明娇	
出 版 发 行	凤凰出版社(原江苏古籍出版社)	
	发行部电话025-83223462	
出版社地址	江苏省南京市中央路165号，邮编：210009	
照　　　　排	南京凯建文化发展有限公司	
印　　　　刷	苏州市越洋印刷有限公司	
	江苏省苏州市吴中区南官渡路20号，邮编：215104	
开　　　　本	787毫米×1092毫米　1/32	
印　　　　张	11.375	
字　　　　数	218千字	
版　　　　次	2024年10月第1版	
印　　　　次	2024年10月第1次印刷	
标 准 书 号	ISBN 978-7-5506-3561-6	
定　　　　价	58.00元	

（本书凡印装错误可向承印厂调换，电话：0512-68180638）